我本清静

凤凰树下随笔集

张和平 著

厦门大学出版社
国家一级出版社
全国百佳图书出版单位

编者的话

　　厦门大学,一所闻名遐迩的高等学府,经过近百年的岁月洗礼,她根深叶茂,茁壮成长。厦大校园背山面海、拥湖抱水,早年由南洋引入的凤凰木遍布校园的各个角落,于是,一级又一级的海内外求知学子满怀憧憬地相聚在凤凰树下;一届又一届的毕业生依依惜别于凤凰树下。"凤凰花开"成了学子们对母校的青春记忆,"凤凰树下"成了厦大人共同的生活空间。

　　建校近百年的厦门大学现已成为学科门类齐全的国家"211"、"985"工程重点大学。厦大人秉承"自强不息,止于至善"的校训,铭记校主陈嘉庚建设一流大学的嘱托,在较少政治喧闹、较多自由思考的相对安静环境中,做着相对纯粹的真学问,培育着一代代莘莘学子。一大批厦大人在不同的学术领域里成果卓著,他们除了发表论文、出版专著,贡献自己高深的科研成果之外,亦时有充满灵性的学术感悟文字、感时悯世的政治评论短札,时有思索道德人生的启示益智言语、情感迸发的直抒胸臆篇什。这些学术随笔其

- 49 〉"天才"很"天真"
- 52 〉是一文不值还是无价之宝
- 55 〉"天籁"谁吹
- 57 〉面对人生的"败笔",你准备好了吗
- 59 〉大齐大平
- 60 〉找到自己的"位子"
- 62 〉"大人"少吗
- 64 〉"想"出来的相貌
- 66 〉万物皆有"背面"
- 69 〉世界只对什么样的人袒露真相
- 71 〉有感于动物自亮"软肋"
- 74 〉"意态由来画不成"
- 76 〉做到"合理合法"就够了吗
- 79 〉要活出我们的"节奏"
- 82 〉"平常心即道"
- 84 〉"我是谁"
- 87 〉官场"阴阳人"
- 89 〉御寒"小棉袄"
- 91 〉美在不"言"中
- 95 〉"非主题性"生存模式
- 97 〉"理性"的困境
- 98 〉美好生活的"分量"
- 99 〉"活在当下"
- 102 〉不要"笑得太早了"
- 105 〉说"痛快"
- 108 〉你得个什么就享福了
- 111 〉到底什么东西是被给定的
- 114 〉"太上无情"
- 117 〉中国文化的殊胜之处
- 119 〉生的幸福是一个常量
- 122 〉"至虚而至实"
- 126 〉谁是真正的幽默大师

130 〉 "心"是我们最危险的财富
133 〉 如蝉般清澈而凝定的生命
139 〉 中国人,你太急了
143 〉 让禅为我们打开心结
147 〉 "九九归一,一归何处"
151 〉 中国社会到底怎么了
154 〉 我们手中的"魔戒"
155 〉 随"造化"作"无穷之游"
163 〉 "数目化管理"与学人的相貌
166 〉 回家真好
167 〉 "过年"说"年"
169 〉 失真的"看脸"社会
173 〉 如此撕扯的人生
175 〉 要善于作人生的减法
178 〉 好可怕的"手套"
180 〉 向我们这个社会的脊梁们致敬
183 〉 "只有山歌敬亲人"
186 〉 你的爱成了别人的商机
188 〉 酣睡在天地之间
190 〉 "彼亦一是非,此亦一是非"

194 〉 **附录一** "天籁"新解
　　　　——兼论"天籁"与庄子哲学
213 〉 **附录二** "格物致知"释论
233 〉 **后　记**

引言：有"我"的人生才"清净"

要是有人问我："当今中国人最缺什么?"我的回答很简单："最缺'我'!"这一回答可能会出乎很多人的意料,因为人们看到的中国人往往都活得太有"我"了,说他们缺"我",那地球上就没人敢说不缺"我"了:他们财大气粗,招摇得不行,花钱都是大手笔,一出手就能将某奢侈品商店搬空;在一群出国游的人群当中,就中国人嗓门最大,"自我"得旁若无人;在公众场合,他们想干点什么,从不考虑别人的感受,甚至也不考虑会有什么后果;他们终日都在为他们的那个"我"打拼着,既为"我"的名,也为"我"的利、"我"的流芳百世……;至于各种各样的"中国式",比如中国式插队、中国式过马路、中国式涂鸦、中国式扔垃圾、中国式逆向行驶,等等,无不说明中国人不但有"我",而且已经到了只有"我"的地步。对此,我要说的是,中国人的种种表现,恰恰是他们缺"我"的有力证明。这里的道理很简单,正是因为缺"我"才导致他们以近乎疯狂的举动对他们的缺"我"人格进行补偿,其情形与一个极度自卑者往往会用极度"自尊"的行为来加以补偿是一样的。所以,在时下中国人身上表现出来的"我",其实不是真正的"我",倒更像是佛教所说的"我慢"或孔子所说的"勿意、勿必、勿固、勿我"之"我"——一种因"我"的变形所导致的"自我"无限膨胀与无限固执。

那么,我所说的"我"到底指什么呢?这个"我"不是别的,它就是构成我们人生最内在的生命之维(或称"原本的我"亦可),是一个人最切"己"、最真实、最生动的东西,借用古人的话来说,它就是使我们的生命得以"内充"的"气"(一个人可以借助幼儿看他的眼神来判断他是否拥有这种"气")。有了它,生命才充满了"动人的活气"(方东树《昭昧詹言》即谓:"观于人身及万物动植,皆全是气所鼓荡,气才绝即腐败臭恶不可近")、"温润的暖气"、"醉人的和气"、"优雅的灵气"。一个人若能使此"气"得以"长养",他就是一个能体、能感、能知、能明、能爱的人,而且他的行为总是能做到恰如其分,直至

"不思而得,不勉而中"。相反,一个缺"我"的人总是显得干瘪而扭曲,以至于一个人不应该有的东西他几乎都有,而应该有的东西他却很少有,这种人尤其缺"爱",因为历来的"爱"都是始于"推己及人"的,这种人由于缺"我",所以他是无"己"("我")可"推"的,表现为他不但不会主动去爱他人,也未必真爱他自己(一个"容"不下他人的人其实也是"容"不下"我"的,反之亦然)。进而,"贫瘠"、"干涸"甚至"残酷"便构成了这种人的基本人格特征。一个人可能不懂得"我"对于生命的意义,但他绝不可能不懂得水对于土地的意义:当土地还能留得住("容"得下)水分的时候,这片土地便景色宜人、生机勃发,而当土地中的水分都流失了,这片土地就变得"残酷"无比,不仅它自己长着一副"残酷"的脸(指它干坼的样子),它上面也变得寸草不生。水对于土地的意义也就是"我"对于生命的意义。

古人早就懂得为生命"保墒"的重要性,道家的"保己"、"不失己"、"安其性命之情"、"不失其性命之情",儒家的"守仁"、"为己"、"成己"、"反求诸己"、"反身而诚"、"存心"、"养性",禅家的"明心见性"、"发明本心"、"贫子认家门"以及(寻找人的)"本来面目"、"自家田地"或"来时路"皆属对此重要性的强调。在古人那里,这个"墒"除了被称为"我"(如孔子的"'我'欲仁,斯仁至矣"、孟子的"万物皆备于'我',反身而诚,乐莫大焉"、老子的"众人皆有以,而'我'独顽似鄙"、庄子的"万物与'我'并生,而天地与'我'为一"等等即是)之外,还被称作"己"、"气"、"仁"、"德"、"性"、"中"、"心"等等。甚至可以说,这样的强调已经构成我们这个民族传统智慧最核心的话题,将民族的人文始祖命名为"伏羲"如此,对"格物致知"的强调如此,对"中庸之道"的强调亦复如此。很长一段时间,我对我们的人文始祖何以叫"伏羲"大感困惑,自从接触到《庄子》之后,答案才逐渐变得清晰起来。原来,"伏羲"一名为庄子首创,乃庄子的哲学范畴名,与其所谓"保己"、"抱一"、"抱德"、"抱神"、"葆光"同义,故"伏羲"又名"包羲"或"包牺","包"、"保"可通,"羲"有"气"义,复有"我"义——很显然,"伏羲"背后其实就是一个与"保'我'"有关的话题,以"伏羲"为人文始祖,恰好说明我们这个民族向来都是将"保'我'"视为人生的第一要务。"格物致知"出自《大学》,其所强调的无非是:将生命中多余的"物""格"出去,以便为"我"的回流腾挪出足够的空间。"中庸之道"实即"中和之道",故《中庸》曰:"喜怒哀乐之未发,谓之中;发而皆中节,谓之和。中也者,天下之大本也;和也者,天下之达道也。致中和,天地位焉,万物育焉。""喜怒哀乐之未发,谓之中",由此可见"中"原本是一个多么"切身"的字眼,只是当它被后人作了五花八门的解读之后,形而上的味道越来越浓,进而也就变得不那么"切身"了。其实,"中"指的就是与作为生命外在之维的"和"相对应的生命内在之维,是生命的"原点",或者更直接地说,"中"就是"我",而所谓的"守中"、"养中"无非就是强调要守住自己的喜怒哀乐之情感表达都异常"切身"的"我":"唯仁者能好人,能恶人。"(孔子)一个人所拥有的"我"越"原本"、越"切身",那么他在为人处世的过程中就越能做到"心中有底"或"心中有数",表现为他不仅对是非曲直的判断具有极强的"我"性(原则性),还表现为他的行为总是那么的"恰到好处"(恰好命"中")。相反,一个人若是丢失了最值得他信赖的"我",那么,信"他人"也就成了他的必然之选。信"他人"原本并不可怕,甚至也无可厚非,但在无"我"的情况下忙不择路地信"他人"则是可怕的,因为它将导致生命的"失和":其一是我与"我"的"失和",其二是此时之我与彼时之我的"失和"。我与"我"的"失和"使我经常做"违心"之事,此时之我与彼时之我的"失和"又导致我的行为缺乏内在一贯性。这种内外都"失和"的人,用现在的话来说,就是"人格分裂"的人。故而,无"我"("己")之人是注定要承受"人格分裂"之苦的:"不见其诚己而发,每发而不当。"(庄子)换成"中和之道"的说法就是:没有内在之维的"中",就不可能有外在之维的"发而皆中节"之"和"。与无"我"之人不同,有"我"之人不仅其"中"是"正"的,"心"也是"在"的,"中正"、"心在"就确保了生命外在之维的"和",所谓"正心在中,万物得度"(管子)、"心全于中,形全于外,不逢天灾,不遇人害,谓之圣人"(管子)说的都是这个道理。在《中庸》一书中,有"我"之人被称为"尊德性"之人、"明明德"之人或"德润身"之人,而无"我"之人则被称为"心不在焉"之人。所以,《中庸》以"修道"为手段,以"率性"或"尊德性"、"明明德"为目标,其本意始终落在为人生找回那个能感、能体、能知、能明、能爱的"我"上。

"我"的有无直接决定了人的精神气象:一个人有没有"我",决定了一个人的精神气象;一个时代有没有"我",决定了一个时代的精神气象;一个民族有没有"我",决定了一个民族的精神气象。懂得推出"伏羲"、"格物致知"、"中庸之道"的古人,他们的确就比我们活得有"我",因而也就比我们活得有气象。别的不说,仅庄子笔下,我们就见证了诸如老子、孔子、颜渊、曾子、子贡、子路等等人物,他们个个都因为"我"的内充而将自己活得既真切动人又风貌宜人。至于庄子本人,则更是将"温润的感性"、"犀利的理性"、"优雅的灵气"乃至"孩童般的稚气"尽皆活出来的人。对此,闻一多先生是早就有过结论的:"有大智慧的人们都相信道的存在,信仰道的实有,却不像庄子那样热忱的爱慕它。在这里,庄子是从哲学又跨进了一步,到了文学的封域。他那婴儿哭着要捉月亮似的天真,那神秘的怅惘,圣睿的憧憬,无边际的企慕,无涯岸的艳羡,便使他成为最真实的诗人。"由于做到了"我"的"内保"、"气"的"内充"、"心"的"内定",致使庄子所看到的世界总是比别人真切:"他形容马'喜则交颈相靡,怒则分背相踢';又看到'泽雉十步一啄,百步一饮'。他又知道'槐之生也,入季春五日而兔目,十日而鼠耳,更旬而始规,二旬而叶成'。"(闻一多)他那酣然自足、"无可无不可"的意态更是对有"我"之人的最好诠释,而与专事矫情与反向补偿的无"我"之人大异其趣:"彼且为婴儿,亦与之为婴儿;彼且为无町畦,亦与之为无町畦;彼且为无崖,亦与之为无崖"、"呼我牛也,而谓之牛;呼我马也,而谓之马。"(庄子)这里需要指出的是,西方人同样强调人要活得有"我",他们将有"我"之人称为"自我实现"的人。两相比较之后,我们就不难发现,庄子恰好就是西方人所要寻找的"自我实现"的人:"自我实现者具有奇妙的反复欣赏的能力,他们带着敬畏、兴奋、好奇甚至狂喜,精神饱满地、天真无邪地体验人生的天伦之乐,而对于其他人,这些体验也许已经变得陈旧。对于自我实现者,每一次日落都像第一次看到那样美妙,每一朵花都温馨馥郁,令人喜爱不已,甚至在他见过许多花以后也是这样。他所见到的第一千个婴儿,就像他见到的第一个一样,是一种令人惊叹的产物。"(马斯洛)

在《庄子》一书中,有"我"之人就是有"道"之人,也就是庄子所说的"德充"之人;无"我"之人就是失"道"之人,也就是庄子所说的"失性"之人。无"我"之人由于丧失了沉甸甸的"德性",所以他们的人生也就丧失了应有的定力,致使他们注定就是"墙头草",也就是庄子所说的"风波之民"。"风波之民"往往经不起一点"风波",稍有"风波",他们就一会儿倒东一会儿倒西,承受着人生无尽的"颠簸"之苦。庄子笔下的东施就是一个典型的"风波之民":这位貌丑的姑娘,由于她不尊重自己的"我",认识不到"我"作为一个独特存在的唯一性和神圣性,因而不知道如何去成就"我",而是企图把她的"我"全都抛弃掉,转而认同并仿效大美人西施。在这一过程中,由于她的伪行为是在完全撇开了"我"的情况下进行的,所以显得极其的造作和不自然,结果终于导致了因怪模怪样的效颦而贻笑邻里的不幸结局——她本来是应该而且也可以成为她自己的"我"的,但她却不安分地想把"我"塑造成别人的一个赝品,结果,她忙活了半天,却把自己给演砸了;进而,她蒙羞了,她使自己远离了"幸福"。东施的不幸结局告诉人们这样一个道理:人一旦将"我"弄丢了,各种各样的假"我"(赝品的"我")注定是要乘虚而入的。何止是东施,在庄子看来,自三代以来,人们都挣扎在丧"我"的边缘,"以身(我)为殉"的"失性"之人所在皆是:"故尝试论之:自三代以下者,天下莫不以物易其性矣!小人则以身殉利;士则以身殉名;大夫则以身殉家;圣人则以身殉天下。故此数子者,事业不同,名声异号,其于伤性以身为殉,一也。""失性"的丧"我"之人总是处在"不自见而见彼,不自得而得彼"(庄子)的状态中,他们虽然整天忙忙叨叨,却从来不敢用自己的眼睛看世界,也不知道自己到底要什么,甚至不知道自己是谁,一味地只是人云亦云、人要己要地活着,这样的人生岂能"不悲"、"不哀":"与物相刃相靡,其行尽如驰而莫之能止,不亦悲乎!终身役役而不见其成功,苶然疲役而不知其所归,可不哀邪!人谓之不死,奚益!其形化,其心与之然,可不谓大哀乎?人之生也,固若是芒乎?其我独芒,而人亦有不芒者乎"(庄子)。庄子能声嘶力竭地控诉丧"我"的人生,恰恰说明他自己的"我"还流失得不多,或起码可以说明他是一个为重新找回"我"而抗争的人。

中国传统文化是一个以"人"为本位的文化,所以对于"人"之为"物","传统老人"早就"烂熟于心"了,在这方面,中国传统文化这只大缸中沉淀了比我们的想象要多得多的有价值的东西,这些东西都值得我们后人细细加以咀嚼。人生实在太玄妙,是非之间往往只有一步之遥,稍不留神,我们就有可能将我们的人生搞得"南辕北辙"。故而,向古人汲取生存智慧以摆脱无"我"之苦,这已成为我多年来最关注的事。但不曾想到的是,这一过程却伴有太多的纠结与无奈:我刚从古人的字里行间找到了久违的神清气爽、身心俱畅的感觉,一旦回到现实,又重新陷入"虑多志散,知多心乱"的煎熬中。现实中找不到一个"古之学者为己"的"古人",到处都是"今之学者为人"的

"今人"。以至于"我"就像是身处已经干涸沼泽中的鱼,虽然偶尔也能喜得几滴甘露滋润,但这点"相呴以湿,相濡以沫"的"幸福"又怎能抵折得了那"相忘于江湖"无限惬意!我的生命失去了"我"的内充,也就变得干瘪而扭曲了,就像泄了气的皮球,徒有其躯壳而已。施伟策有关现代人不幸命运的描述似乎专门就是针对严重失"我"的我而发的:"现代人以前所未有的方式失落在芸芸众生之中,这也许就是现代人最典型的特征。他对其自身本性的关注日益减弱,使得他的本性愈发成为一种病态的东西,使得社会及其表达机制所形成的铁板一块的那些现成观点畅通无阻。既然社会在此基础上作为一个铁板一块的组织以前所未有的力量成为精神生活的一股势力,那么,面对这股力量,人的独立性的缺乏遂变得如此严峻,以至于他几乎不再需要他本身的精神存在了。他像一个失去弹性的皮球,盲目接受施加于其上的任何影响。他被芸芸众生玩弄于股掌,他从芸芸众生那里获得他为什么生活、他怎样生活的观念;以及弄清楚他所面临的问题究竟是民族的、政治的,还是出于他本人信仰或非信仰的。"总之,生于这样"一个拔了根,落了空的时代"(牟宗三),面对现代社会高度逼凌的态势,"我"遭受到了极度挤压:"社会及其表达机制"挤对我使我偏离了"我",他人挤对我使我偏离了"我"(中国搞改革开放,引入竞争机制,由于缺乏良性的竞争环境,使得这一机制逐渐变成了"人挤对人"的机制,结果,"我"在这一过程中都被挤对得变了形),他人在挤对我的过程中因为发力过猛(反向补偿过猛)也使他们偏离了他们自己的"我"。整个社会都以失"我"为代价互相挤对着,致使"我"变得越来越苍白,人生越来越感到空虚彷徨、虚弱无力。

外在挤压固然可怕,而内在蒸发对"我"造成的流失其实更大。那么,将"我"活活蒸发掉的东西到底是什么呢?回答是:我的欲望。欲望从来就是一把双刃剑,让欲焰烧起来往往很容易,但要将它扑灭,实在是太难了。由于"不听老人言",我们将古人留给我们的"谆谆教诲"抛在脑后,致使我们亲手将"我"丢到了欲焰上煎考,最终"成就了"今天这样没有"我"的我们。造成今天这种"不听老人言"的结局,我们的"学者"们是难辞其咎的,因为他们为了打造自己的"体系",对"老人言"任意曲解,致使"老人们"一直担心的事情终于在我们身上"现报"了。早在宋明时期,众大儒们就喊出了"存天理,灭人欲"的口号,没曾想我们这些后生们不仅未能"同情地"理解其中的真知

我本清静

引言：有"我"的人生才"清净"

灼见，反而极尽其丑诋之语，以显得自己比古人高明。到了一切都"现报"之后，我们不妨再问自己一句："我们所打造的'体系'，真的比传统文化大缸里那点东西值钱吗"？同样是针对"存天理，灭人欲"，在一个还能够做到"同情地"理解的学者那里，古人的那点"心思"便昭然若揭了："根据王阳明对人的见解来看，人的欲望首先应该被理解为那些阻挠和歪曲人成为他应该是的什么的力量。在这个意义上，阻挠意味着一个消极的限制，歪曲意指一个积极的赝品。于是，去人欲是指删除那些不但限制人的真正自我的全面发展而且也曲解了他的本来意图的真正本质的东西。"（杜维明）要做"我"，不要做"我"的"赝品"，这才是"存天理，灭人欲"的本义。

本来，我与"我"是"合则两利，分则两伤"的关系，即是说，二者之间乃是十足的"同一性"关系。而现在，我与"我"分了家，结果就只能是我活得像"行尸走肉"，而"我"在一旁又"暗自神伤"。对于当代社会无"我"之人的真实处境，弗洛姆的相关描述最为到位："易卜生描述了皮尔·盖恩特身上的这种自我性状态：皮尔·盖恩特试图发现他的自我，而他却发现他像一个洋葱头——人们可以一层一层地剥去葱皮，却没有发现任何骨骸。因为，人活着就不能怀疑自己的同一性，而在市场定向中，他一定发现这种同一性的确信并不诉诸他自身和他的力量，而是诉诸别人对他的看法。他的名声、地位、成功以及他被别人认作一个人这一事实，成了纯粹同一感的替代品。这种境况使他完全依赖于他人注视他和强迫他坚持扮演他曾经获得成功的那种角色的方式。的的确确，如果我和我的力量与每一个他人分离开来的话，那么，我的自我就会由我所取得的价格所构成。"当无"我"一旦主宰了人生，就必然"引起了人的极度空虚、无力、恐惧、不安的情感，对于死亡的、正趋衰亡的、非生命的、纯粹机械的事物的迷恋与日俱增。总之，人们被物质利益所支配，失去了创造力和生命力，这是当代社会的最大病症"。

一种思想、一种心声、一种言说，也就是道家所谓的"道"（"道"即有"言说"之义），一旦被作了过多的技术化处理之后，其中的"活性成分"（也就是"我"）就要受到损伤甚至要被扼杀："是非之彰也，道之所以亏也。"其结果就是，原本"切身"的"道"就会被"穿凿"成与"我""隔"得厉害的"物"或"器"了，这一过程也就是道家所说的"朴散而为器"（老子）的过程。这样做，表面上看似乎是将学问做得越来越"规范"了、越来越"精致"了，实质上却是越来越

"堕落"了:"故失道而后德,失德而后仁,失仁而后义,失义而后礼。夫礼者,忠信之薄而乱之首。前识者,道之华而愚之始。"(老子)庄子所谓"道术"堕落为"方术"指的就是这一过程,而庄子所说的"方术",其所指应当就是今人所说的"学术"。在时下中国的人文学领域,人们所做的最愚蠢的一件事情就是形而上得厉害,即人们总想从"充满活气"的现象界抽象出能够说明其"本质"的知识体系,好像不鼓捣出一个什么"体系"来就不叫学问似的。人文学一旦被"体系化"甚至"学术化"了,它也就脱离了它的亲切可人的性质,这样的"学问"很难有持久的生命力:"'巧言令色'是为取悦人,'理论修辞术'也是为取悦人。特别是当饰伪本身成为学科职业运作特点之后,正误标准不再是仁与不仁,而被技术化为是否合乎通行专业标准,'取悦人'的态度也被制度化和效率化了"(李幼蒸),进而,"正确的废话"也就成了学界的"普通话"。就此,我们甚至可以这么说,一句"不知细叶谁裁出,二月春风似剪刀"(贺知章)不知要比那些蹩脚的"体系"要可爱多少倍!正是基于这一点,故古人有诗曰:"春草池塘一句子,惊天动地至今传"(吴可)。王国维曾有"可爱不可信,可信不可爱"之说,我以为此说大有问题:要是连可爱都不可信,那我们还能信什么?要是什么都不信,那我们还活着干什么?由此看来,王国维最终选择赴水而死,也算是"死得其所"吧!在人文学领域,可爱与不可爱之别就是温润的"我"与冰冷的"体系"之别,就是"有机"的(活的)学问与"无机"的(死的)学问之别。历史上,我们说不清老子、孔子、庄子的"学问"是什么"体系"(唯物耶,唯心耶;激进耶,保守耶;理性耶,非理性耶;进步耶,落后耶;传统耶,现代耶;对耶,错耶……),说得清的只是他们书中的那些只言片语——那些"有温度的"(活的)灵魂,这些灵魂与任何时代人的灵魂都是那么的相融无碍:"一座看不见的桥梁把一个又一个天才连结起来,共同构成了一个民族的真正无可置疑的'历史'。其他一切都只是梦一般变幻不息的过眼烟云,不善绘画者的不断的败笔。"(尼采)至于为了建立自己的什么"体系"而有意歪曲古人的思想,那就不仅不可爱,而是可恶了。这里顺便提一下孟子,孟子的学问做得不可谓不高深,不可谓不大气磅礴,但相对于孔子的"无可无不可"甚至"出言不逊"(如其所谓"唯小人与女子为难养也"之类即是),孟子的言论往往就显得"太正确"了,也正是因为他的言论总是那么的"正确"甚至无懈可击,反而少了几分"真",即反而少了孔子身上那种亲切可人的东西。终至在儒家阵营中,具有"学术化"倾向的孟子,就只能做个大贤而已,与圣学尚有"一间之未达"。孔孟之别,实乃"求之于内"与"求之于外"之别,进而也就是"为己之学"与"为人之学"之别。"己"属"内","人"属"外",故孔子之学内在的"小体验"居多,孟子之学外在的"大道理"居多。"小体验"总有些"拿不上台面"的东西,"大道理"却难有"不正确"的时候。"小体验"中"我"多,"大道理"中"我"少,这便有了后人所谓"孔母孟父"之说。看来,"我"多的人("我"多的学问),其亲和力就是要大一些。

都说"文章千古事",文章(亦即学问)之所以有这么高的评价,自然是因为它能"立言",是人生"三不朽"之一。然而,学问这个东西有时就是很怪:你越是有意想"立"个什么"言",这个"言"反而越是"立"不住。所以,我更倾向于将学问视为一种"代言"。代"谁"的言?这个"谁"既非古人也非今人,而是既超越古今又超越彼此的"我",或者更确切地说,学问就是为人类找"我"的精神历程"代言"。某种程度甚至可以说,一部人类文明史就是一部不断丧"我"又不断找"我"的历史,这样的历史虽不免显得有些"折腾",但这同时也恰恰说明,人类是不可能在丧"我"的情况下让自己活得心安理得的,丧"我"有其必然性,找"我"也有其必然性。中国历史上就经常出现将那些丧"我"的文明"成果"砸得粉碎以便重新找回"我"的精神抗争,先秦道家、魏晋玄学(魏晋风度)、晚明"人文思潮"等等,都属于此类的精神抗争。也许我们还是有理由将人类的这一"折腾"想得乐观一些,即人类正是在不断迷失"我"又不断找回"我"的艰难历程中,从而使"我"获得了充分的"历练",最后才终于使"我""长大成人"的(详见拙文《文化:在两种相反方向力的作用下发展》,载《学习与探索》1995 年第 3 期,《新华文摘》1995 年第 10 期作了论点摘编)。

在这样一个无比嘈杂、无比喧嚣的世界,我们的"我"还剩下多少呢?我们可以用一个很简单的方式来测试"我"流失的情况。比如,我们可以尝试着给自己提这样一类问题:我们能坦然地面对自己的人生得失吗?在人生的"紧要关头"我们还输得起吗?当我们孤身独处的时候能做到自得其乐吗?当我们从万人追捧的位置上退下来之后能做到没有失落感吗?我们能做到不在意他人对自己的评价吗?或者,我们能做到如庄子所说的"行修于内者,无位而不怍"吗?我们是真的需要那些东西而不仅仅只是为了满足自己病态的拥有感吗？我们还能以"将心比心"、"设身处地"的方式进行换位思考吗？我们能不做"追星族"或他人的"粉丝"吗？当我们听到蝉鸣时不是心烦意乱而是身心俱静吗？甚至，我们还能静静地为"我"吃一顿饭，为"我"做一些"无用"的事情吗？我们想过让我们的左手与右手握个手吗？（它俩虽然现在是"一家子"，整天在一起都待腻了，但等到我们的"我"不在世了，别说让它俩握手了，就连见个面，都比再造一个地球还要难。）我们能在外出旅游时不做那种"上车睡觉，下车尿尿，景区拍照"的无"我"之人吗？……面对这些问题，身处当今这个纷纷扰扰世界的我们，能给出肯定答复的人只怕已经不多了。让我稍感庆幸的是，我虽然也是一个严重缺"我"的人，但我毕竟还是在奋力地找"我"，以至于在我生活的每一天，只要给我一个找"我"的机会，我都不会轻易放过。无"我"的人生痛苦，找"我"的人生同样不易！

这么多年来，我几乎不做"课题"，也很少申请经费，对各种各样诱人的"指标"保持"敬而远之"的态度，目的就是要规避"社会及其表达机制"以及他人对我的"挤对"，以防止我的"我"一直"丧"下去。但我这样做，我的"我"到底是更多了还是更少了，我自己也不清楚，即便是多了，那也只是在对"我"的保存上多了一点而已，在对"我"的呈现上几乎没多出什么来。一个偶然的机会，我看了朋友的微信，微信中我看到了一个让我眼前一亮的世界——这是一个有"我"的世界。我带着试试看的心情，自己也开通了微信，并建立起了属于自己的微信朋友圈。我发现，微信乃是一个很好的呈现"我"场所，可以让"我"尽情地"释放"。于是，我就以"如我"作为我的微信用名，并以"如是我言"的形式开启了我的找"我"之旅。以前，我"做学问"，仿佛越做越无"我"；现在，我写微信，虽然也是在"做学问"，但这已经是在做"如我"的"学问"了。我用"我"的眼睛看世界、看人生，我爱着"我"的爱，恨着"我"的恨，快乐着"我"的快乐，忧伤着"我"的忧伤，我以自己的方式排解着人生的纠结，宣释着我对人生的希望，以此重新找回那个能体、能感、能知、能明、能爱的"我"，进而恢复我的"本源清净心"（佛教）。所写的东西，篇幅有长有短，话题飘忽不定，语言亦"庄"亦"谐"。其中，"庄"是我多年"做学问"落下的"毛病"，"谐"才是我的本色。总之，一切都以"如我"为原则。我做这些，并不奢望能全然地找回"我"，只要能找回一个"如我"，便心满意足。至于所写的内容，它有没有"感动"到别人，我不知道，但我觉得我的最大目的已经达到了:它"感动"了我自己。当然,这也恰恰说明我是一个丧"我"丧得厉害的人,被丧"我"的人生"折磨"得太久,偶尔看到"我"的一点影子就欣喜若狂,这种"久客还家"(禅宗)似的"感动",别人是很难理解的。

　　当代中国人有一句很温馨的话,叫作"有空的时候,多回家陪陪老婆孩子"。但我在感觉这句话温馨的同时,觉得它还是不够温馨。因为在我看来,更温馨的话应该是"有空的时候,多回'家'陪陪'我'"。老婆孩子纵然是我们人生的"大缘分",而"我"才是我们人生最大的"缘分":"我与'我'周旋久,宁作'我'。"(殷浩)我只做"我",而不是让他物作成我,这将意味什么呢?这将意味,"我"又重新回归于"我"位,我的内心从此有了根本。一切赝品的"我"在我这里已经没有立足之地,它们再也不能像"玩转"陀螺那样随意"玩转"我了。进而,我也就为自己赢得了主体性人格,而将整个世界都变成了我的"客体",我的生命将由此进入"主动客随"或"主静客动"的新格局,而不是正好相反。这样的人生,不知要损却多少"谋虚逐妄"之类的颠沛之苦。所以佛说:"心迷法华转,心悟转法华。"孟子说:"万物皆备于'我',反身而诚,乐莫大焉。"洪应明说:"以我转物者,得固不喜,失亦不忧,大地尽属逍遥;以物役我者,逆固生憎,顺亦生爱,一毫便生缠缚。"这样的人生格局应该就是古人以所谓"大清净"或"大清凉"所要表达的人生格局,同时也就是西方人以"自我实现"所表达的人生格局。在我们这样一个极度浮躁乃至急如星火的年代,这样的人生格局是多么令人神而往之啊!

留在手脚上的记忆

　　如是我言：手和脚都留有你岁月沧桑的印痕、故乡泥土的余香、家族血脉的记忆、父母生前的影子……，总之一句话，你的手和脚上都写了一个大大的"我"字。所以，当你孤独的时候、无助的时候、失落的时候、迷茫的时候，甚至绝望的时候，你不妨展开你的手和脚，深情地凝视它，你就会强烈地感受到来自你生命深处的一缕"天光"（庄子），它会驱散你人生中的所有阴霾，帮你重新找回你自己，为你提供快乐生活下去的充分理由！

　　《论语》上说，曾子临终前急切招呼其弟子，请他们帮忙将自己的手和脚拿出来，好让自己再看最后一眼。曾子在人生最后时刻所牵挂的为什么不是他多年积攒的钱财、他的那些曾经带给他无数欢乐的子女、他的那些足以傲视千古的"鸿篇巨制"（如《大学》等），反而是他那对普普通通的手和脚呢？说实在的，这个问题曾困扰了我多年，直到我写出上面的文字，才感觉自己若有所悟。

　　古人就是比我们活得到位，因为他们总能在我们看来再寻常不过的东西上找到真正属于自己的东西，从而活出自己的"性情"，活出那份真正属于自己的"精致"，并从中找到自己至深的灵魂。我们活得茫然，很大程度上都是我们这种"谋虚逐妄"的生活方式所直接造成的。而在科技文明主宰人生格局的今天，我们更是几乎都将"自己"给活丢了，这便诚如上世纪著名学者熊十力所说的那样："近代科学进步，乃供人欲，非养人情。情愈薄而世愈乱，中国古人早以为戒。"

　　面对"自己"可能被遗忘的人生格局，古人知道"引以为戒"，我们呢？

"吃亏是福"

如是我言："吃亏是福"，成功人士往往将此视为失败者的自嘲之语，故他们面对此语稍加迟疑，之后便绝尘而去，去追逐他们更大的成功去了。如此，将使我们的人生至理情何以堪！

前些年，某国际组织做了一项调查之后发现，世界各国中，幸福指数最高的国家既不是富得流油的瑞士，更不是不可一世的美国，而是积贫积弱且战乱不断的尼日利亚，紧随尼日利亚的是墨西哥、委内瑞拉、巴西、波多黎各，调查结果在英国杂志《新科学》公布（参看《厦门晚报》2004 年 7 月 24 日）。我认为，这绝不是像某些人所想象的那样，是调查数据有误，而应该是实情。当代的很多中国人，他们似乎是赚尽了成功，但他们是否真的那么幸福，那只有鬼知道了！七月中旬，我去省委党校学习，座谈会上，有人说了这么一句话，让我印象深刻：中国人不是富了也强了吗，我怎么老觉得中国很多人都长着一幅被欺负的脸？好极了！不健康的成功观、不断滋长的欲望，已经把中国人折磨得灵魂虚脱，这个时候，即便他们吃着山珍海味，他们的魂魄就真的安么？因此，一个国家，特别是像中国这样一个极其浮躁的国家，拥有一个能够承受"吃亏"的心态实在是太重要了。对于中国人而言，他们急切要做的事情不是再赚取多大的成功，而是尽快走出狂躁，以便让灵魂入窍。而要做到这一点，就必须学会专注于当下，乃至于专注于我的手和脚。相传，曾子临终前急呼其弟子："启予足，启予手！"古往今来，很多人（包括朱熹）皆不明曾子此举何义，殊不知，曾子正是以此好让自己灵魂入窍，让自己"整全而来，复整全而去"——让我带着"我"一起回"家"。

印第安人有这么一句名言："让我们走得慢些，以便等一等我们的灵魂。"说得真好！懂得这个道理，你也许就不会再简单认为"吃亏是福"者只是失败者的自嘲了。

有心人

如是我言:"春有百花秋有月,夏有凉风冬有雪。若无闲事挂心头,便是人间好时节"。美总是对有心人极为慷慨,而对"心不在焉"者又显得极为吝啬,如此而已!

有人说,这个世界不缺美,缺的只是发现美的眼睛。说得太对了!人不是"白"来这个世界的,在我们来这个世界之前,造物主就已经为我们的人生设计好了应有的"精彩",这些"精彩"不会太多,也不可能太少,而是刚刚好。所以,当我们倒霉、栽跟头的时候,没有必要气馁,因为前方应该还有"精彩"的人生等待我们去"消受";而当我们得意满满的时候,也不要太"奢侈",因为我们实在没有"奢侈"的"本钱",故老子云:"是以圣人去甚,去奢,去泰。"

人生是一条流动的曲线,起起落落,如果我们身陷此"曲线"之中不能自拔,肯定会让自己活得很"折腾"。倘若我们能像孙悟空那样拥有"分身术",高踞云端,从"天上"的自己看"地上"的"自己",那么这条人生"曲线"俨然就是流动的诗、婉转的歌,美得让人心醉(其情形犹如宇航员从太空看地球:原本"乌烟瘴气"、"欲焰熏天"的人类家园——地球,竟然在宇航员的视野中呈现为净洁而深邃的蔚蓝)。所谓"人生如歌"、"诗意地栖居"说的不就是这样的人生吗?

人生需要技巧,发现美的眼睛更需要技巧,有了这种技巧,我们就成了美妙人生的"有心人"。

生命的节律

如是我言:"天凉好个秋"。秋凉时节,生命步入静美的节律。恰如所谓"如夏花之绚烂,如秋叶之静美"说的那样,生命总能在它适当的时候展示其存在之美,还有什么比这更美妙的呢?所以我说,我们没有必要对此生抱怨什么,美就在我们生命固有的节律中,适时地抓住她,瞬间就是永恒!

美没有永恒不变的"实在",美总是"时"美(即"时"而美),或者说,美总是在恰到好处的生命"节律"中呈现自身:"喜怒哀乐之未发,谓之中;发而皆中节,谓之和。""和"了就"美"了。而且,你与之相"和"的对象越"博大",你所得到的"美"也就越"博大",进而你自己也会随之越"博大":"夫大人者,与天地合其德,与日月合其明,与四时合其序,与鬼神合其凶吉;先天而天弗违,后天而奉天时。"世界上的任何东西,轮到它该"美"的时候,它自然就"美"了,以至于万物似乎是打着节拍簇拥着来到这个世界的:"粪虫至秽,变为蝉而饮露于秋风;腐草无光,化为萤而耀采于夏日。故知洁常自污出,明每从暗生也。"(洪应明)面对如此富于"节律感"的世界与人生,跟上了变化的"节律",你的人生便如有神助:"知变化之道者,其知神之所为乎?"(孔子)变化的"节律"总是不断地为你释放"机会",这样的"机会"往往都是转瞬即逝的,一旦"时过境迁"了,"那人"也就不在"灯火阑珊处"了。培根曾经这样告诉我们什么是"机会":"幸运之机好比市场,稍一耽搁,价格就变。它又像那位西比拉的预言书,如果当能买时不及时买,那么等你发现了它的价值再想买时,书已找不见。所以古谚说得好,机会老人先给你送上它的头发,如果你一下没抓住,再抓就只能碰到它的秃头了。或者说它先给你一个可以抓的瓶颈,你没有及时抓住,再摸到的就是抓不住的圆瓶肚了。"可以说,是"时"("节律")决定了你到底能从这个世界得到什么:"一阴一阳之谓道。继之者善也,成之者性也。仁者见之谓之仁,知者见之谓之知……"

所以还是那句话:"劝君莫惜金缕衣,劝君惜取少年时。花开堪折直须折,莫待无花空折枝。"(杜秋娘)真乃得"时"之言也!

因"游"而得"逍遥"

如是我言:我在遍览先贤及今人的著作后发现,自从庄子推出"逍遥游"以标立生命顶级形态(亦即所谓的"至人")之后,几乎无人能将"逍遥游"究属何义讲到位,此实属可怪可骇之事!至于今人普遍以无拘无束、逍遥自在的人生来理解"逍遥游",则更属肤见。因为若生命顶级形态果真如此的话,那就太没有内涵、太没有分量了:但凡是个人都能做得到,还算什么生命顶级形态!为了能够有助于人们尽早企及生命顶级形态,我愿与大家一同分享我所理解的"逍遥游"。

"逍遥游"并非单义词,而是合义词,应读为"逍遥"、"游"。其中,"逍遥"是指生命达及顶级形态所呈现出的悠然安闲之貌,而"游"则是指生命臻于顶级形态所必须具备的生存方式。那么,庄子何以要执着地认为生命唯有通过"游"的方式才能达到"逍遥"呢?这是因为在庄子看来,每个个体生命都要面对这样一个在世悖论:他既属于这个世界,又不属于这个世界。说他属于这个世界是因为这个世界有他(尽管他来到这个世界并不取决于他),说他不属于这个世界是因为这个世界从来就没有为他而专门打造一个属于他的世界。所以人一来到这个世界,他所面对的现实就是:反正饭已经做好了,你不吃也得吃!不吃就准备饿死,吃又太委屈自己,怎么办呢?庄子的办法就是:我以吃的方式不吃,以不吃的方式吃。这如何可能?庄子发现,有一种生命存在方式叫"游",而"游"就为解决上述生命悖论提供了可能。具体做法就是:一方面,我要极度的虚柔(比如水),让那些足以置我于死地的外在暴力(对于生命而言,饭就是一种无形的外在暴力)无从措其爪牙,不仅如此,我还要竭力与它们化为一气,使这些外在暴力误将我当成"自己人",而我就这样虚与委蛇地在一个不属于我的世界里寻得了一线生机。这样做,道理很简单,因为只有当我还在世着,我才谈得上生命顶级形态。另一方面,仅仅活着肯定不足以证明生命的顶级形态,因为当我的生命与外在异己者化为一气之后，我就被虚化了，或者说真正的我也就不存在了，"我"既然都不存在了，再谈生命顶级形态还有意义吗？为此，庄子将生命一分为二，即"外"与"内"，或称"外我"与"内我"亦可。与异己者化为一气的是"外我"或"身我"，而"内我"或"心我"（真我或真人）是不能化的。比如，碰到好吃的东西我同样会吃，但也仅此而已，千万别将这个"好"留在心上，因为一旦将这个"好"留在心上，我的"心"（"心我"、"真我"）就被这个"好"绑架了，"我"就被化掉了，甚至不再是"我"了。这种既要与外物打交道又不能被外物带走的境界是需要花一番"切实功夫"才能做到的，故《菜根谭》曰："向三时饮食中谙练世味，浓不欣，淡不厌，方为切实功夫。"庄子将外我可化（可以带走）而内我不能化（不可以带走）称为"外化而内不化"或"顺人而不失己"。而更具体的表述则是："方且与世违，而心不屑与之俱。"意即我虽然整天与这个世界打交道，但我的心却始终依然故我，即始终保持"独与天地精神相往来"（庄子）的独往独来性。这就是"游"的生命存在方式，简单地说，这种存在方式不仅对食物，甚至对万物（包括"身"之为"物"）都一律采取不即不离、若即若离或亦即亦离的方式，因为唯有通过即物，我才能保全我的生命存在，进而才能谈得上"逍遥"的问题；同时，唯有通过离物，我才不至于被物所绑定，我才"逍遥"得起来。这就像人在水中游泳，离开了水，"游"当然也就无所凭借了，但若是被水绑定了，自然也就"游"不动了。"游"就是这样一种很奇特的运动方式。

　　"游"既然能让我（真我）已经能够在天地间惟"我"一人地独往独来，这样的我还不"逍遥"那才怪呢？

　　由此看来，不仅"游"是一项"切实功夫"，而且"逍遥"也是人生的一项艰巨任务。如果你不这么看问题，只是将"逍遥"当成是无拘无束、自由自在的生活，那么这个世界最终肯定会让你"拘束"起来、"不自在"起来。

"大美不美"

如是我言:草原上开满美丽的花,而这些在牛羊的眼里仅仅只是饲料。看到狗在嬉戏打闹,猪就想,这家伙怎么就没有个正形,整天把时间都浪费在这些没用的事情上;看到猪在一心一意找吃的,狗就想,这家伙怎么这种德性,除了吃的,就不知道还应该干点别的。一位广东人与一群老外正在看一只色彩斑斓的野鸡,老外们都为野鸡的美丽外表而赞叹不已,而广东人则说,这鸡要是拿来煲汤,味道肯定错不了。看来,这个世界从来就不存在所谓"正味"、"正色"这种东西。

"正味"与"正色",语出庄子,是庄子谈论有关美的问题的。在《庄子·齐物论》中,庄子指出,像毛嫱、丽姬这样的古代大美女,人看了当然都觉得美,但如果看者换成了动物,则不但不会觉得美,甚至还会将她们当成可怕的"怪物",看到了马上就要跑。与庄子的看法类似,伏尔泰也曾就美这个话题讲了这么一句并非笑话的笑话:公癞蛤蟆向全世界宣布,母癞蛤蟆最美!这便是说,客观对象本身并不能决定自己是否美以及怎么个美法,而是取决于观照主体的能美与被观照客体的所美之间能否达成某种神秘的"和谐","和谐"了就美了,否则就是不美。"琴声"只会对人产生"悠扬"之美,若换成牛,那就只能"对牛弹琴"了。为了强调这一点,所以马克思说:"对于非音乐的耳朵,再美的音乐都没有意义。"美既然发生在主客之间,故而主客之间任何一方一旦发生变化,相应的"美"也就要发生变化。所谓"此一时也,彼一时也"以及"物是人非",指的是主已变而客未变;所谓"流水落花春去也,换了人间",指的是客已变而主未变;所谓"时过境迁",指的是主客皆变。这些变都意味着主客之间原先达成的"和谐"关系要"重新洗牌",而人生正是在这种不断"洗牌"中经历着它的长度与宽度。

美生成的如上原则,导致人们在如下两点上的不安:其一,美生成于主客之间,主客双方任何一方一旦有变,原有的美也就不复存在了,从而导致美一直处于流变之中,美因此也就成为"过眼烟云",正所谓"无可奈何花落去,似曾相识燕归来"。而生命的真实感是由美来打造的,这样,美的虚幻也就直接导致了生命的虚幻。其二,作为能美的主体,人的生命总不免要局限于一定之方所,这便导致美也就有了很大的局限性,不仅别人感受到的美我未必能感受到,其他事物能感受到的美在我这里更是一个巨大的暗箱,生命的寻美之旅由此就成了生命的"画地为牢"之旅,其结果必然是,世界被不同的能美主体肢解得支离破碎,每个人都在自己的"美妙王国"里做着"国王梦",甚至还试图将自己的"私美"强加于天下,使之成为天下人的"公美",很多善意的"罪恶"就是在这种情况下发生的,庄子的寓言故事"鲁侯养鸟"讲述的便是这种善意的"罪恶"。

既然有不安,自然就要寻求解决之道。中西方国家由于文化背景以及精神气质存在差异,故而对上述两种不安的敏感程度也不尽相同。相对而言,中国人对第一种不安似乎不太敏感,因为他们是认可了生命的虚幻性质的,甚至把"人生如梦"当成了人生的常态,一定意义上,他们倒更希望生命真的像一场"大梦",无牵无挂地来,又无牵无挂地去,免得被某个永恒不败的"美"给"挂"住了无法脱身,落得个"死不瞑目"的结果。而西方人就不同了,他们无法忍受生命的虚幻感,总是想打造一个永恒不败的"美"来,以便让生命通过附着于它进而变得"确定"而"真实"起来。西方人心目中的"上帝"就是这样被打造出来的,因为"上帝"不仅是超越主客的,甚至还是超越时空的,故而它"至善至美"且"千秋永在"。至于西方人对所谓不变的"范式"、绝对的"理式"的不尽探索,显然也是基于同样的意图。既然"美"可以不变的"范式"或绝对的"理式"之类的方式存在,那它自然就是"放之四海而皆准"的了。有了这样的底气,西方人在将他们的价值观推向全世界的时候,自然就"理直气壮"多了。当今的西方人不正是这么干的吗?

中国人不在意生命的虚幻感,他们在意的倒是人们生活在有局限性的"美"中而将人生的格局"做小"了。因为有局限性的"美"只是"小美",循"小美"以进,只能做个"小人",唯有无限的"大美"方能成就"大人"的品格。那么,"大美"是什么呢?"大美"就是虚化掉有局限性的"小我"("一己之私")而代之以无局限性的"大我"(或即"天地")作为能美主体之后所获得的"美"。虚化掉"小我"就做到了道家所谓的"无己"、"无我",所获得的"大美"

就是"所在皆美",或称"万物皆有道"亦可。在"大我"或"天地"的眼中,何以"所在皆美"呢?这是因为,万物乃"天地"所生,有道是"癞头儿子自己的好",既然癞头者都是"好的"("美的"),那还有什么"不美"、"不好"呢?进言之,既然万物皆"美"了,那与之相对应的"丑"自然也就不存在了;反过来说,既然"丑"不存在了,与之相对应的"美"自然也就消失了,这便是道家所谓"大美不美"的道理:"天下皆知美之为美,斯恶矣;皆知善之为善,斯不善矣。"(老子)

　　一旦人活出了"天地"般的胸怀,这个世界还会有纷争吗?还会因孰是孰非、熟丑孰美打得不可开交吗?所以我说,儒家的胸怀固然是大的,而道家的胸怀显然更大。相比较而言,西方人的胸怀反而是似大而小了,他们将自己的价值观强加给别人,多少是有点"鲁侯养鸟"的味道。他们这样做,是否已经让自己摆脱了虚幻感,我不知道,我倒是知道他们已经给世界其他民族带来了"噩梦"。就这点而言,儒家也有不尽完美之处,因为孔子的"己所不欲,勿施于人"的言下之意其实就是"己所欲,可施予人",这无疑为善意的"罪恶"大开方便之门,中国古代的"家长制"作风不就是这一"罪恶"的现报?历史的过往,不能不让人思之再三!

有效生命

如是我言:"山中方一日,世上已千年",这是我们老祖宗留下来的一句很神秘的话。原本,我只是将此话归入古代神秘文化的范畴,并不认为它与我们的实际生活有什么联系,但是我错了。五十岁以后,我每每感到年轮的运转速度在加快,这使我猛然想起有这么一句俗话:"五十以后,人生就像过山车一样!"我们知道,时间的运行从来都是匀速的,本不存在快慢的问题,那么,人何以会有年轮运转速度加快的感觉呢?我想,要回答这个问题还得从生命有效时间说起。

我认为,感觉意义上的时间长短是以生命有效时间来衡量的。当我们还是孩童的时候,总觉得时间过得很慢,这是因为孩童的心灵很单纯,人在心灵单纯的时候,其身、心是合一的,人在身、心合一的时候是生命感受最真切、最生动的时候,而伴随着这种感受而经历的时间我们将其称为生命有效时间。由于孩童的生命总是处于这种感受中,故而他在单位时间内所获得的有效生命时间就长,相应地,日子似乎就过得很慢。但是,当我们一旦走出单纯的年代,尤其是到了五十岁以后,心中已积攒了太多的杂念,这些杂念足以绑架我们的心灵,从而导致身与心分了家,而生命也就由此处于事实上的"失心"状态,这样状态下的人将不可避免地丧失其所固有的真切感与生动感,导致人显得很"残酷",表现为这种人不仅对别人"狠",对自己甚至更"狠"。这种人总是显得"很忙",而又不知道"时间去哪儿了"。对于这样的人,他的生命的真量(有效生命或有效时间)其实非常有限,或者说,他的真生命是在作原地打滑式的"空转"。由于客观时间不能直接生成真正的有效时间,其结果就是导致时间似乎过得很快,一年一晃就过去了。

这样的结果虽然是红尘中的我们无法改变的,但有一种人可以改变,那就是远离红尘、重新找回孩童般单纯生活的人。相传,古代的"山人"就是这样的人。由于山人比俗人的有效时间要多得多,用来表述这一现象的文字岂不正是"山中方一日,世上已千年"?这就是说,如果人不能将心中的杂念排空的话,"短命"将是必然的,即便他活到七老八十也不能改变这一结果。故而,古代的山人并不是非要躲到深山老林中才叫山人,确切地说,他们只是寄情山水的人,他们的心就像山水那样的单纯而空灵。某种意义上,山人似乎都是"武林高手",因为他们能给时间"点穴",让时间一下子变得凝固。历史上,陶渊明就不失为这样一位"武林高手",因为他已将时间化为"采菊东篱下,悠然见南山"般的凝定。因此,不同于当代人的无时间感,陶渊明可以称得上是真正意义上的时间富翁,时间在他那里已经呈现为"山中无甲子,方外不知年"的无限绵延状,这样的时间形态岂是"千年"所能概括得了的?或许"瞬间即永恒"这样的表述庶己可以得之!时下,社会上流行这样一句一般人听不懂唯有智者才明白的话:"人过六十,就应该做减法了。"此话绝无消极、颓废之意,它实在是基于中国人对于生命存在内在时间的终极敏感!

　　因此,我们都有必要问问自己,我们到底是只活了一天重复了数十年,还是每天都活着。

因舍而得

如是我言:有道是"人是万物之灵",因为人是理性的动物,人有聪明才智。但人们往往不知道,人的聪明之弦只要稍加拨转,人就会从"万物之灵"一下子滑转为"万物之蠢"。人的贪婪就是典型的例子。善良的庄子为了不让人们堕入这种可怕的滑转,曾给人们编了这么一个寓言故事:有一只虫子生性贪婪,它的身体为了配合它的这种生性,于是在皮表长出很多黏液,这样,它爬过的地面的尘土都粘在它身上,最终,附着在它身上的尘土超过它体重数倍,它成了一个真正的"富翁(负翁)"。只是,从此以后它再也爬不动了,它饿死了!这应该就是所谓的"悟人道,正类春蚕,自缠缚"(辛弃疾)。当然,也有可贵的正向滑转。明代有位大财主,家财万贯,雇请了很多家丁替他守财,但还是不放心,因为他担心家丁与外贼里应外合,取了自己的钱财又取了自己的性命,于是他只好每晚亲自带人巡逻,半年下来,累得差点将自己的小命搭进去,这时他才幡然醒悟。当他将千金散尽之后,终于睡了一个他平生最踏实的觉。曾子为人们提供的确保聪明正价值的方法就是"省",故曰:"吾日三省吾身。"

天才最痛苦

如是我言:社会从总体上说就是一个巨大的"差错",作为一个认认真真地生活、一辈子追求"真理"的人,必然要承受由这一巨大的"差错"所带来的种种不幸。所以说:聪明人痛苦,天才最痛苦!

社会的这种"差错",或表现为"扭曲",或表现为"误置",或表现为"妄解",或表现为"似是而非"、"似非而是",等等,而这一切最终都会将社会搞成一个类似于"颠颠倒倒倒倒颠"的疯子,而生活于其中的人除非也将自己变成一个疯子,否则他就只能成为这个社会的"另类",进而成为一个被"边缘化"了的怪物,亦即庄子所谓的"畸人"。一旦成了这样的人,他也就只能在自我折磨中苟且偷生了。自我折磨是因为他无法理解社会为何如此这般的"颠倒"与"滑稽",苟且偷生是因为他依然还留恋人生,总是不甘心就这样"颠倒"地了此一生!

社会虽总是以"颠倒"的形式存在,但不同时期其"颠倒"的程度又有所不同,社会一旦变得极度"颠倒",那它俨然就成了一个"滑稽"的动物园:毒蛇、恶狼甚至老鼠端坐在"大位"上给凤凰、麒麟、夔龙们上"教育课",或前者喊着口令,让后者"一二一"地走正步,其情形犹如美国电影《狮子王》中得势的土狼让狮子家族都乖乖地唯命是从一样。这样一种"颠倒"的场景,在中国历史上总让人有种似曾相识的感觉,屈原的遭遇应该就是给我们提供这种感觉的重要来源之一,贾谊《吊屈原赋》说:

> 呜呼哀哉!逢时不祥。鸾凤伏窜兮,鸱枭翱翔。阘茸尊显兮,谗谀得志;贤圣逆曳兮,方正倒植。世谓随、夷为溷兮,谓跖、蹻为廉;莫邪为钝兮,铅刀为铦。吁嗟默默,生之无故兮;斡弃周鼎,宝康瓠兮。腾驾罢牛,骖蹇驴兮;骥垂两耳,服盐车兮。章甫荐履,渐不可久兮;嗟苦先生,独离此咎兮。

中国的晚明时代更是将这种"颠倒"演绎到了极致,而不幸生活在那个时代的"人间精灵"们也就只能在恶狼、老鼠的呵斥声中苟且偷生了。李贽、李开先、徐渭就是那个时代的"人间精灵",因此他们也就必然要承受那个极端"颠倒"时代所有的人间痛苦。只是与一般人有了痛苦之后只会哭不同,他们则往往要将痛苦化作"惊天大笑"。他们为什么要笑呢?他们要笑人世间的"颠倒"、"滑稽"与"丑陋",同时还要以笑来排解心头的"不平之气"。晚明出了一本人称千古奇书的《金瓶梅》,其作者化名为"兰陵笑笑生",后人推测,此人极可能就是上述三位中的某一位,理由很简单:若非经历人生大苦痛者不能为!比如主张"兰陵笑笑生"为李开先的人就从李开先的诗文中读出了他所经历的"颠倒"之苦:"人心不足蛇吞象,世态难平凤作鸡";"人情有似鹰追兔,世事浑如狼牧羊。"至于徐渭(一位影响中国绘画500年的"天才"),那就更典型了:不知是什么缘故,这位旷世奇才在科场上竟是屡试屡败,他的那些朋友、同学乃至他的子侄辈,才气、名声都不及他,却一个个得志场屋,荣华尽享,而他却潦倒一生,致使"其胸中又有一段不可磨灭之气,英雄失路,托足无门之悲,故其为诗,如嗔如笑,如水鸣峡,如种出土,如寡妇之夜哭,羁人之寒起"(袁宏道《徐文长传》)。甚至人们发现,晚明那些旷世奇才尤其是小说家,其诗文、其小说很多都因"不平之鸣"而作,比如周楫讲瞿佑写《剪灯新语》以及徐渭写《四声猿》时即说:"真个哭不得,笑不得,叫不得,跳不得,你道可怜也不可怜!所以只得逢场作戏,没紧没要,做部小说。……发抒生平之气,把胸中欲歌欲哭欲叫欲跳之意,尽数写将出来。满腹不平之气,郁郁无聊,借以消遣。"

每一个时代的"人间精灵",也就是那些"聪明人"、"天才",当他们生活在一个极度"颠倒"的社会里的时候,如果他们能让自己活得"混沌"一些,或许就可以少受一些"颠倒"之苦,只可惜他们天生就"混沌"不起来,原因很简单,因为他们都是"人间精灵",是难得的"聪明人"、"天才",叫他们如何"混沌"得了!所以我说:"聪明人痛苦,天才最痛苦",这是早就注定了的事。

不过,这样的结局想想也正常,因为我们的社会毕竟是"世俗社会",它原本就是为我们这些俗人"量身打造"的,那些超凡脱俗的"人间精灵"对这个社会的游戏规则注定就是不会玩也玩不转的,其情形颇有些"龙陷沙滩为虾戏"的味道。而且这样的事不仅会发生在中国,其他国家也未尝不如此。比如德国的尼采,他不就是被他那个社会"折磨"成一个疯子吗?所以事实正如勃兰兑斯在《尼采》一书中所指出的那样,面对一个文化庸人的社会,那些"资质超群的人"("人间精灵")注定就是要备受折磨的:"使尼采始终困惑不解的倒是这样一个问题:叔本华为什么能一直在德国生活下去。一位现代英国人说过:雪莱无论如何也无法在英国生活下去,因为这不可能存在着一个由雪莱们组成的种族。这样的人物从一开始就要受到摧残,成为忧郁症患者、残废和疯子。文化庸人们的社会使生活成了杰出人物的负担。这种事例在各国文献中俯拾皆是,并且还在被不断地创造出来。在这样的环境中,各种资质超群的人,只要他们还想生存下去,就或迟或早总得同文化市侩主义妥协,甚至对其俯首称臣。即便那些最强壮的人,在经历过同文化市侩主义的徒劳的、精疲力竭的斗争后,也难免要留下深深的刀伤和疤痕。"

当年孔子"西狩获麟",但他所获得的是一头已死的麒麟。麒麟是一个吉祥之物,它来到人间原本应该是一件喜庆的事,但它来得不是时候,它不该在乱世来到人间,因此死亡也就成了它必然的归宿。孔子虽为之伤心不已,但那又有什么用呢?

活得有性格

　　如是我言：人不仅需要拿得起，更需要放得下，因为只有拿得起、放得下，人才能活得有性格。陶渊明因为放得下，才有了被后世视为千古绝唱的"归去来辞"。晋人张季鹰，居官在外，时值秋风西下，例为家乡鲈鱼旺季，因弃官回家，吃那鲈鱼块去了。何等超脱人生！李白醉酒舟中，伸手去捞水中月，一个翻身，结束了一切。真是：诗也潇洒，死也潇洒！

　　一个人有一个人的性格，一个民族有一个民族的性格，在我看来，我们这个民族的性格就应该由像陶渊明、张季鹰、李白这些活出了至情至性的人来演绎。在这一点上，我并不看好那些在"正史"中经常"露脸"的所谓"推动历史发展的人"，以及那些总想着要立功、立言、立德的人。因为无论是"推动历史发展的人"，还是企图立功、立言、立德的人，他们都是为自身以外某个"神圣"目的而活着，这种活法的人，他们其实都是将自身绑在某个物件上，就像是一个挑着重担跳舞的人，他们还能舞出人生的曼妙节奏来吗？或者换句话说，他们还能展现一个不走样的"自己"吗？显然是不可能的。让一个连自身的"自己"都无法展示的人，指望他来展示一个民族的"自己"，这可能吗？

　　所以我说，那些只存留在"正史"夹缝里的东西，更应该特别珍视，因为这些东西往往更能展示一个民族的"真实"，也就是更能体现一个民族真正属于自己的"性格"。对比，我完全赞同尼采对"历史"的看法：历史留给后人的并非"大厦"，而是"大厦"的只砖片瓦！所以，"阿房宫"我们没有"记忆"了，留在我们"记忆"中的只有"秦砖汉瓦"了。

"游于艺"

如是我言:孔子曰:"志于道,据于德,依于仁,游于艺。"孔子说出"志于道,据于德,依于仁"的话,这应该不难理解,因为他一直都是以"道德仁义"来塑造理想人格的。至于他接下来何以会说出"游于艺"的话,就不免有些让人费解了:这不是叫人"玩物丧志"吗?因为按照人们的习惯认知,"德"乃是人的立身之本,而"艺"只不过是"雕虫小技",正如司马迁"德成为上,艺成为下"所强调的那样,二者乃是本与末、大与小、上与下的关系,根本就是不可同日而语的。既然如此,孔子为何还要将二者置于同样的高度进行强调呢?或许人们会给出这样的解释:"艺"是专指古代"六艺"或"六经"的,故孔子强调"游于艺"是要求人们"畅游"在各种技艺和知识的海洋中。在我看来,这虽不失为一种解释,但却未必能洞悉孔子的深意。确切的解读应该是,孔子是将"游于艺"当成了应对人生问题的最佳选择。唯有这样解读,方能将孔子整句话连成一气。孔子的语言每每呈现"平地起风雷"般的大开大合,庄谐无碍,就看我们有没有福分去读懂它。历来人们皆以"孔子圆,孟子方"来概括孔孟之异,固不谬也!

人生的一个基本事实就是,它永远都走不出"造化弄人"这样一个格局,换句话说,人的"命"虽然是一个定数,而"运"却总是那么的"泼染无方",无时无刻不在"捉弄人",让人"哭笑不得"。不信请看罗伯特·路威在《文明与野蛮》一书中所做的表述:"人生是一个大谜。你竭智尽力去打猎,空着两手回来;那个懒骨头饮桶阿三却满载而归。同你一起打仗的伙伴一个个打死了,你却逃出一条命。老张可以算得身强力壮,大前天忽然呜呼哀哉。老李真有他的,为什么每回藏钩归他赢?"这样的咄咄怪事我们每个人都有可能遇到:一群同学当中,那个当初最不被看好的家伙如今却混得"人模狗样"的;我小心谨慎地守法经营,如今破产了,而那个不法之徒却越做越大,现在风光无限;贫穷者慷慨,富贵者反而吝啬;一个小时候收到父母百般疼爱的子女未必就是孝子,而那个屡遭父母虐待的子女却成了难得的大孝子;"有情人终成眷属",不过是对"有情人难成眷属"的变相掩盖而已……你不想则已,想起这些就不免觉得人生好滑稽!甚至,你会感到自己的人生冥冥中似乎有一个主宰者在那里不停地用各种方式"逗你玩",致使你的人生成了一个类似于"艺态化"了的东西,一个供人把玩的"玩意儿",或者一场"游戏",只要你还活着,就得一直把"游戏"玩下去。

面对这样一个"戏如人生"的"艺态化"了的人生格局,"玩"已然是无法避免的了,接下来就看你怎么"玩"了。不会"玩"的人就会将人生"玩"得里外不是人",会"玩"的人则会将已经"做成了局"的人生"玩"得风生水起、如有神助,而那个躲在背后的"逗你玩"的"造化"反而变得"其鬼不神"了。之所以有人会将自己"玩"得"里外不是人",就是因为他不懂得将"玩"置于"游"的界面,也就是说,"玩"是要"游"起来才能"玩"得好的,或许正是在这一意义上才有了所谓"游玩"一说的。

庄子可以说是历史上最懂得"游"着"玩"的好处的人,为了帮助人们理解这一点,他给我们讲了下面这则故事。有一回,庄子带着几个弟子行走在深山中,看见伐木者站在一棵大树下就是不肯砍它,一问才知道,这树虽大,但其材质不好,砍了也没用,庄子听了之后深有感慨地说:"还是没用('不材')好啊,没用才让这棵树活这么久!"走出深山之后,庄子借宿在他的一个朋友家,朋友要杀只大雁招待庄子一行,朋友的小孩就问他的父亲:"家里有两只大雁,聪明的那头会叫,呆头呆脑的那头不会叫,到底杀哪一头?"父亲吩咐:"就把那头呆头呆脑的杀了。"第二天,弟子便问庄子:"山中的大树因为'不材'而长寿,家中的大雁因为'不材'而短命,请问先生,你到底希望自己是'材'还是'不材'呢?"面对这"里外不是人"的两难境地,庄子笑了,他笑的不是弟子,而是那竟然如此"弄人"的"造化"。既然"里外不是人",那有没有第三条路可走呢? 庄子的回答是:有! 这第三条路就是:在"材"与"不材"之间有一条依稀可见的"缝隙",不过,这条"缝隙"走着过是过不了的,得用"游",因为"走"的方式太"实"太"硬",而"游"就显得"虚"且"柔"得多了。进言之,这条"缝隙"既在"材"与"不材"之间,又不在"材"与"不材"之间,它或许既是"材"又不是"材",既是"不材"又不是"不材",确切地说,它应该就是"造化"亦即"万物之祖"本身。因此,真正的"游"就是与"造化"("万物之祖")同其波澜("虚与委蛇"),随"造化"("万物之祖")而"游于无何有之乡":"周(庄子)将处于材与不材之间。材与不材之间,似之而非也,故未免乎累。若夫乘道德而浮游则不然,无誉无訾,一龙一蛇,与时俱化,而无专为。一上一下,以和为量,浮游乎万物之祖。"庄子通过"庖丁解牛"的故事,具体讲述了有关"游"或"浮游"的问题。在故事中,庄子将人生比喻成像牛的筋络那样"艺态化"了的格局(对于庖人而言,牛如果长得筋络齐整不那么"逗他玩"那该多好啊,但事实是,牛就长得筋络错杂,就像给他做好了局似的,有意要"逗他玩")。面对"牛"的"挑逗",普通的庖人肯定会"玩不转",甚至丑态百出。而已达"游于艺"之境的庖丁就不同了,他的"刀"就能"游"于错综复杂的"技经肯綮"与"大骨"之间那条极其微妙的"缝隙"之中,这条"缝隙"尽管小到几乎看不到,容不下普通人的"刀",但对庖丁而言,这条"缝隙"已经足够大了,原因就在于他与普通人用"刀"方式不同,普通人是用"割"与"折"这种"实"而"硬"的方式,而庖丁则是用"游"这种"虚"而"柔"的方式,因为"虚"而"柔",刀刃也就显得"无厚"了,以至于再小的"缝隙"对于"无厚"而言都将变得"恢恢然"起来:"彼节者有间而刀刃者无厚,以无厚入有间,恢恢乎其于游刃必有余地矣!"这样,庖丁就将解牛这一"人生难题"变成了与"造化"虚与委蛇的"大艺人生":"手之所触,肩之所倚,足之所履,膝之所踦,砉然向然,奏刀騞然,莫不中音,合于桑林之舞,乃中经首之会。"牛长成"艺态化"的身体结构我们改变不了,但我们可以用"游于艺"的高超艺术来解构它。"造化"通过"牛"设一个"局"来"逗我玩",我就来玩一把,而且还能玩得"游刃必有余地",这样的人生岂不快哉!

与庄子一样,孔子所面对的同样是这样一个"艺态化"了的人生格局。首先,他每每要面对那些他对之爱意有加却实在是有"命"无"运"之人,最典型的莫过于颜渊了,这是一个让孔子打心眼里喜爱的弟子,以至于很少赞美弟子的孔子对颜渊却从不吝惜赞美之辞:"贤哉,回也!一箪食,一瓢饮,在陋巷。人不堪其忧,回也不改其乐。贤哉,回也!"但就是这样的弟子,竟然先他而去,让孔子大呼:"天丧予!天丧予!"孔子刚说过"故大德者必得其位,必得其禄,必得其名,必得其寿"的话,结果他最"有德"的弟子就这样"无位"、"无禄"、"无名"、"无寿"地一命呜呼了,"造化"这回真的是把"玩笑"开大了!其次,孔子所看到的人间世界总是充满了理性与视角上的错位,所谓

"为仁不富,为富不仁"如此,所谓"素隐行怪,后世有称焉"以及"不有祝鮀之佞,而有宋朝之美,难乎免于今之世矣",尽皆如此!复次,"天"与"性命"都是关注人生修养问题的孔子最想说的东西,但他又不能说,说了就可能败坏"天"与"性命"所蕴含的"真消息",使人生丧失"境域"的滋养,从而遇到了与道家想说"道"又不能说时相似的困境。面对这样的人生构态,到底是"造化弄人"还是"命运不济",谁也说不清,"游于艺"自然就成了寻找人生突破的一剂良方,很显然,孔子就是这么做的。具体做法就是:面对一个既要说又不能说的事情的时候,就"游着说"。《论语》里提到这么一件事情,鲁昭公竟然干出娶同姓女子为妻这种乱伦之事来,这让惯于"为尊者讳"的孔子左右为难,恰好碰到有意为难孔子的陈司败追问鲁昭公是否"知礼",孔子以"知礼"作答,结果被陈司败在背后数落了一通,孔子得知之后便说:我真是幸运啦,有了过错就有人给指出来!孔子就这样将一个"弄人"的人生格局给巧妙地化解了。换成一个"认死理"的人,那可就永远都走不出这个"死局"了。所以孔子告诫人们,为人处世务必要做到"无可无不可"地"游"起来,"意"、"必"、"固"、"我"就是"滞"就是"涩",乃是人生之大忌!在《庄子》一书中,孔子、庄子还联手表演了一出"游戏人间"的好戏:

  田开之曰"鲁有单豹者,岩居而水饮,不与民共利,行年七十而犹有婴儿之色,不幸遇饿虎,饿虎杀而食之。有张毅者,高门县薄,无不走也,行年四十而有内热之病以死。豹养其内而虎食其外,毅养其外而病攻其内。此二子者,皆不鞭其后者也"。仲尼曰:"无入而藏,无出而阳,柴立其中央"。(《庄子·达生》)

向"内"向"外"都不行,是"入"也"入"不得,"出"也"出"不得,"藏"也"藏"不得,"阳"也"阳"不得,那不就只能"柴立其中央"了。"中央"者,"中道"也,亦即亦离也,不即不离也,似即还离也。

既然我们的人生注定是一个"艺态化"了的格局,我们只能活得"游"一些,但这个"游"既不是"游手好闲"的"游",更不是"游滑"("油滑")的"游",而是"游乐"的"游","游刃有余"的"游",此"游"与彼"游"虽仅一步之遥,却有天壤之别。这种既要"游"又不能"游"的至高境界就是儒家所谓的"中庸"之境,它看起来极易而实际上极难,正所谓"中庸之为德,其至矣乎"!所以我说,虽然说起来不好听,但一个心照不宣的事实就是,你如果不能以"游戏人间"的心态面对你的人生"迷局"甚至"死局",别说有所作为了,甚至你能否活下去都是一个问题,因为你极可能会"在一棵树上吊死"。如果连活都活不下去了,还谈"志于道,据于德,依于仁",那还有意义吗?

"家"在何处

如是我言：很早以前，庄子就曾说过人类实际上是处于"终生役役而不知所归"的境况中，这种情况更成为现今人们内心空虚、精神迷茫的主要根源。在理性主义高扬的今天，人们整天被种种"身外之物"牵扯着，不知自己到底要干些什么，也不知最终要去向何方。总是念叨着："咱们回家吧！"但"家"又在哪里呢？有首歌曲这样唱到："就这样飘荡多少天，就这样孤独多少年；终点又变成起点，到现在才发现，哦……"人找"家"找得好苦！但是我要说，"家"其实是不用向外找的，向外找的"家"永远都不是你真正的"家"，寄托不了你至深的灵魂。那么，"家"在哪里呢？其实，"家"整天都尾随着你，只是你总是不肯认"家"，尽干些"反认他乡作故乡"的事。有空的时候，看看你的手、看看你的脚，仿佛有所悟的时候，你就成功地将你至深的灵魂带回家了，你的灵魂的躯体就能很舒服地蠕动在你"家乡"的泥土中了。相传，曾子临终前，急呼其弟子，招呼他们："启予足，启予手！"曾子多担心自己死后找不到"家"呀！

"心若在,梦就在"

如是我言:相传,阴沉木要在水中沤上千年、万年方能得到。人在活着的时候往往不被人所重,而当他被"天道"的"大冶"熔化为"无"之后,他的人格反而变得高贵起来;他生前的过失人们已经不愿再提,他生前曾经有过的美誉却被无限放大。唯有历尽劫难、在世人口水的淹没中长成的人方能臻于帝王之尊,故老子曰:"受国之垢,是谓社稷主。受国不祥,是为天下王。"又说:"人之所恶,唯孤、寡、不谷,而王公以为称。故物或损之而益,或益之而损。"有道是文王困而后演周易,孔子厄而后有《春秋》,左丘失明而后有《左传》,屈原遭贬而后有《离骚》,司马迁受宫刑而后有《史记》,蒲松龄屡试不第而后有《聊斋》,等等,历史似乎一直都在告诉人们:天地这个"大冶"只有在将人(物)折磨够了之后才肯加倍补偿他(它),正所谓"天地氤氲,万物化醇",即"醇"只有经历了"氤氲"的蒸熏之后方能得到,套用今人的一句名言就是:"不经风雨,哪得见彩虹!"因此,对于我们每个人来说,懂得这个道理很重要,因为它将有助于我们用正确的心态面对我们人生中的那些"大冶"与"氤氲",并视它们为将我们最终打造为精金的不可缺少的条件,故孟子曰:"天将降大任于斯人也,必先苦其心志,劳其筋骨,饿其体肤,空乏其身,行拂乱其所为,所以动心忍性,曾益其所不能……然后知生于忧患,死于安乐也。"同样的道理,叔本华则是这样表述的:"天才的内在痛苦是不朽之作的源泉……痛苦和失败是很需要的,这正像一艘船需要压舱的重量一般,没有它,船就成了风的玩具,很易颠覆。痛苦是天才灵感的源泉。假如在生活中都能遂心之所欲,过得舒舒泰泰的,莎士比亚、歌德的诗剧何由产生?柏拉图还会有哲学思想、康德还会有纯粹理性批判吗"?当然,要想成为精金,相应的内在"质地"也是不可缺的,阴沉木之所以能成为阴沉木与其内在木质结构的特殊性分不开,而人之所以能成为"大人"与他有一颗特殊的"心"分不开,或者说,只要有这颗特殊的"心"在,则一切皆有可能,许多生命

我本清静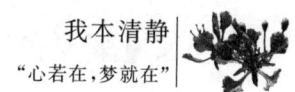
"心若在,梦就在"

奇迹都是在逆境中被创造出来的。不是有这么一首歌吗:"心若在,梦就在,人世间还有真爱;看今朝,人生豪迈,是不是可以从头再来!"从这种意义上讲,人人都是值得敬畏的,原因就在于,人人都潜在地拥有这颗"心"。

我们拿什么证明自己值得一活

　　如是我言:我们拿什么证明自己值得一活,或者说,生命存在的意义和价值究竟如何认定?可以说,这是一个大得不能再大且难得不能再难的问题了。虽然不太有人像我这样钻牛角尖,非要用这么难的问题为难自己,但是我要说,其实我们每个人都回避不了这个问题,就像我们不愿谈论死亡却无法回避死亡一样。那么,我们到底用什么证明我们值得一活呢?假如我用吃喝玩乐之类的话题来敷衍俗见,你一定马上就能意识到:"你有点像是逗我玩!"对此,我要申明,我既无心逗你玩,更不会那么说,因为我如果那么说了,等于也是在替动物们寻找它们值得一活的理由,进而,我无形中就把人降格为动物了。但问题是,很多人都知道吃喝玩乐是个伪命题,却很少有人知道被国人奉为生命价值之源的所谓"传宗接代"、"三不朽"等等同样也是伪命题。就拿被国人奉为"不孝有三,无后为大"的"传宗接代"来说吧,假如你认为人活着的最大意义就是能够孕育出鲜活的下一代的话,那你实质上就是将你的人生价值转移给下一代来完成了(中国的下一代何以活得那么累,从这里可以找到部分原因),那下一代又转移给谁呢?当然是下下一代,如此转移下去,"子子孙孙,无穷匮也",这就意味着,你的人生价值就只能在路上,永远找不到一个最终的落脚点。所以说,"传宗目的论"解决不了人生意义的问题。至于以"三不朽"来概括人生意义,也存在同样的问题,不同的只是将人生意义的转移对象从"后人"变成"他人"而已,或者说,只是将"传宗目的论"变成"社会目的论"而已。此外,当尼采将人视为"人通往超人的桥梁"的时候,他也就犯了"超人目的论"的错误。这样说来,人是否就找不到值得一活的理由了呢?我的态度是,恰恰相反,人太值得一活了,只是我们必须转换观念,也就是必须将价值实现目标由外在转向内在,即你的人生价值只能由你并在你身上获得终极的定格。当一抹斜阳掠过天际,你心中为之一动,这一动或许就在你生命中铸就成不灭的永恒,没有任何东西可以替代它，这个时候，你还认为你不值得一活吗？当然不会！其实，我们的生命总是会碰到与此类似的"神降临的那一刻"，或者换一种说法，即便"那一刻"永远没有降临，但因为我们相信"神"或"神圣时刻"的存在，是"希望"与"可能性"支起了生命的意义之网，最终使我们即便在临终之前都觉得活得值，因为我们的生命从不缺少"希望"。而且，正是由这种"希望"与"可能性"所构成的生命才保证了我们能够感到生活每时每刻都是新的，生活每时每刻都是"新的"恰好说明生命每时每刻都是"活的"，而"活的"正是活得值的最好证明，因为只有这样的人才懂得每一次醒来都是一次重生！由此可见，"新"对于生命存在的意义绝对不一般，故曰："苟日新，日日新，又日新。"又曰："周虽旧邦，其命维新。"甚至可以说，正是"希望"与"可能性"带动着生命的价值之轮不断向前，从而以此实现了"君子以自强不息"的。假如你说过："人活的就是一个心态。"那我敢说，你已经部分地悟到了生命的真谛了。

得失之间

如是我言：人生在世，不必过于为所得、所失担忧，因为人有一失必有一得，甚至失本身就是一种得。当我们童年的时候，要体能没体能，要脑子没脑子，结果许多想干的事都只能想想而已，但上天却以父母百般的宠爱、万般的呵护以及自己天真无邪的快乐补偿了我们；长大成人之后，父母离开了我们，让我们独自面对这个孤独的世界，同时年轻人的冲动与莽撞又让我们尝尽了"成事不足，败事有余"的苦涩，而上天又以年轻人所特有的梦想以及"吃嘛嘛香"的身体补偿了我们；中老年以后，身体日衰，行动变得迟缓，面貌也退去了年轻时的光鲜，而上天却以成熟的心志补偿了我们；甚至，即便我们死了，世界对我们已经变成彻底的"无"了，上天也没忘记给我们一个最终的补偿：我们解脱了！

我们被谁欺负了

如是我言：2014年7月，我去省委党校学习，座谈会上，有位高校老师说了这么一句话：中国人不是富了也强了吗，我怎么老觉得中国人都长着一幅"被欺负"的脸？话音刚落，就有不少人马上表示认同。接下来，便有人就这个话题问我，想让我谈谈造成这一现象的原因，我当场敷衍了几句，虽然想尽可能说出个子丑寅卯来，但事发突然，我终究未能将我想说的说出来。

不知从什么时候开始，中国人就变得极其的"脑热"，什么东西非争第一不可，不懂得"平平淡淡才是真"，非要让自己做到最××不可，什么东西都要排排名、分个座次。伴随着这种"脑热"，于是就冒出了大量让人看着眼红的东西，诸如首席××、××带头人、××跨世纪人才、××成功人士、××明星、××大师、××学者，等等，好一个甚嚣尘上的社会大景观！其炫人耳目的程度简直已经到了使整个社会都为之人心惶惶。可以说，每个人都想在这个社会混个什么名堂不可，否则，他就感到死无葬身之地似的。然而，这个社会能够提供的名堂毕竟有限，即便像某些政府部门、行业协会那样，丧心病狂地配上几十位副市长、副会长，那也还是有限的，"僧多粥少"的结果就只能使大量怀揣混点名堂的人必然要陷入挫败感（被抛弃、被欺负感）中。即便他混出了什么名堂，必然还有更大名堂的人在他上面，他也同样会有挫败感。更进一步，那些混出最大名堂的人，退休了怎么办，死了怎么办，对于这些人而言，死或许会让他们品尝到人生最大的挫败感！就这层意义而言，不是有谁要"欺负"他，是他的"脑热"必然将他置于"被欺负"这种炼狱般的悲惨境地。古人早就知道"脑热"对生命所必然构成的戕害，所以一再提醒人们千万不要陷入"脑热"病之中，终致"国将不国"、"人将不人"。所以，与当代人总是要争什么"头"、什么"首"不同，《周易》给我们撂下这么一句话："群龙无首，吉。""群龙无首"为什么还会"吉"呢？原因就在于，有"首出庶物"之才、之德者却能做到无"首出庶物"之盛气凌人与不可一世，能让人感受到似春天般的温暖,这样的人、这样的社群能不"吉"吗?相反,作"脑热"状、盛气凌人状之人、之国,自古以来,无有不败的。正是基于这一点,故老子主张"无为而无不为","无为"在这里可理解为无盛气凌人之心,无盛气凌人之心者既无心去"欺负"别人,也不会被别人所"欺负",因为他根本就不知道"欺负"两个字怎么写,所以他总能心想事成,即"无不为"。请问,当今中国有几人真正懂得"无为而无不为"的道理!

  另一个欺负中国人的东西或许更隐蔽,往往让人难以觉察,甚至有种被欺负了还不知道被谁欺负的感觉,这个东西不是别的,就是当下中国人无限膨胀的欲望。有人说,欲望是引领社会进步的火车头,这话固然不错,但我们不要忘记,任何一件东西,当我们在它那里得到好处时,必然要付出代价,只是这代价不要太大,否则它就有可能成为我们难以承受的生命之重。当代中国人的欲望指数已经到了爆棚的地步,中国已经成了实实在在的"欲望之都",也就是贾平凹笔下的那个人欲横流、无耻之极的"废都"。在这样的环境下,人们但凡吃一点小亏都会产生强烈的挫败感(被"欺负"感),以至于导致哪怕是一点蝇头小利也不惜以死相搏,欲望彻底地绑架了人们的肉体。每一次的欲望满足都会勾起更大的欲望,而且这一过程将永远没有终点,直到他投入死亡的怀抱。在这一过程中,他一直都要承受因欲望得不到满足而产生的挫败感,这里的道理正如孟子所说的那样,对于一个有着无穷欲望的人来说,即便让他"妻帝之二女"也解决不了他的贪色之欲,即便让他"贵为天子,富有天下"也解决不了他的贪得之欲,"不能解决"就意味着他的生命永远摆脱不了挫败感,他的超强欲望决定了他必然是满脸的"被欺负"相。当然,若是你为满足自己的欲望而痛下恶手,那么你的不曾完全泯灭的良知更会永久性地开启"欺负"你的模式,让你魂魄难安!当前,中国人都在大骂美国靠复活日本军国主义来推动亚太再平衡,就不知道反省自己靠推动欲望大搞GDP建设同样可怕。大慈大悲的佛应该是看到了挣扎在欲焰中的众生好可怜,所以他说:"你放下吧!"不过,佛又说:"如果你实在放不下,那就背着吧!"因为不让你背个够,就算你放下了也会重新背上,或者说,你的已经变了形的脸也是不可能真正变回来的。对于这里面的道理,还是《菜根谭》说得好:"淡泊之守,须从浓艳场中试来;镇定之操,还向纷纭境上堪过。不然操持未定,应用未圆,恐一临机登坛,而上品禅师又成一下品俗士矣。"

是"绝对理念"在唱

如是我言:广播里童声齐唱:"请把我的歌带回你的家,请把你的微笑下……"多么美妙的歌曲!从小到大直到现在,每次当我听到这首歌,我全身的每一个细胞似乎都被某种莫名的美妙所充满,让我难以自已。或许你会说,既然你这么喜欢这首歌,你是不是有点想追个星、合个影什么的?对此,我要告诉你,如果你这样想的话,那你就全然不懂我了。我要说的是,我不仅绝无此意,相反,我倒觉得对人的心灵产生如此巨大穿透力的歌曲,绝对不是人所能写得出、唱得出的。那么,这首歌到底是谁写、谁唱呢?我搜尽枯肠之后,想到了黑格尔,想起了他的"绝对理念"(或称"绝对精神"亦可)。对了,就是"绝对理念",这首歌非"绝对理念"不能写、不能唱,而我们所知道的词曲家、歌唱者只不过是"绝对理念"借了他们的"尸"还了自己的"魂"而已,"绝对理念"才是我真正要去"追星"、"合影"的对象。这就好像说某人长得美,但这事他(她)自己是干不了的,而是那个先于他(她)的"干"而"干"的"先天基因""干"的,他(她)只能做个被动承受者而已,甚至他(她)想不美都不行(在一个兵荒马乱的年代,或许真的就有某个女孩这么想过,但是她做不到)。同样的道理,美妙的歌曲表面上看似乎是依据某个词曲作家的"理念"创作出来的,其实不然,它的真正创作者乃是高于某个具体"理念"的"绝对理念",而通常所说的词曲家反倒更像是个被动承受者。既然如此,我去追词曲家干什么?

"请把我的歌带回你的家,请把你的微笑留下"究竟是在何种意义上再现了"绝对理念"的呢?这里,我们要关注的大概有以下两点:其一,"绝对理念"总是以体现终极之善为最高目标的,而上述歌曲所体现的恰恰是这一点:我没有什么值钱的东西送给您(言下之意反倒是:我送给您的这个东西或许是世界上最值钱的),只有一首发自我肺腑的心曲送给您,如果我的歌感动了您,请不要吝惜您的微笑(言下之意应该是:您的这个东西您可能认为它不值钱,但在我眼里,它就是世界上最值钱的东西),让人间的至善与美好在你我之间往来无间。我想,假如人类社会最终能进入一个无往而非善的所谓"理想国"的话,那么这首歌曲所体现出来的精神必定是这一国度赖以筑基所不可或缺的精神基础。其二,自有历史记载以来,人类基本都是在自相残杀中一步一步走到今天,可以说,是"杀气腾腾"主宰了整个历史画面,故毛主席在通读二十四史后曾以如下的诗句来概括他所看到的历史:"人生难得开口笑,上疆场,彼此弯弓月,流遍了,郊原血!"这样说来,难道历史真的只剩下"哭"、"笑"就没有指望了吗?表面上看的确如此,但我们同时要知道的是,人类曾经的历史不过是历史的表象而已,其背后的"绝对理念"才是历史的真相,因此我们有理由对以"笑"为主格调的历史愿景充满信心!

一个是"张口便唱"的"我的歌",一个是"开口便笑"的"你的微笑";一个是"不值一",一个是"一文不值"。如此人们就感到不解了:两种什么都"不值"的东西合在一起怎么会营造出"终极"价值来呢?我能理解人们的不解,但同时也为人们的不解而感到悲哀,我们的"算计型人格"不知让我们"算"丢了多少有价值的东西,人间生态之所以如此凶险,就是因为我们从未意识到这样的"算计"有什么问题!

因此我要说,真正被歌曲感动的不是作为肉体凡胎的"我",而是作为"绝对理念"的"我",我们每个人都将因为这个"绝对理念"的垂爱而成为真正的"我"。假如你认为这个"绝对理念"不过就是"上帝"的另一种说法的话,我愿意举双手赞成。最后,我想再补充一句:这个世界除了存在"绝对理念"("上帝")之外,还有可能存在别的吗?

找回真实的自己

如是我言：1991年我博士毕业之后就留在厦大历史系工作，系领导分配给我的第一件事就是与当时的系教学秘书去参加电脑培训，目的是学会电脑之后好教系里其他老师使用刚买回来的两台电脑。学了两个礼拜之后，我不但电脑没学会，反而"恨"上了电脑，确切地说，是在初步地了解了电脑之后对它可能导致的后果产生了莫名的担忧。这之后，电脑几乎成了我敬而远之的"敌人"，即便在今天，我还坚持认为我对电脑的这种态度也并非全然没有道理，因为面对林林总总、炫人耳目的网络世界，我对庄子当年的担忧感同身受："道不欲杂。杂则多，多则扰，扰则尤，尤则不救。"这样，一件怪事终于发生了：当全系老师都会使用电脑的时候，而第一个学电脑的我反而成了全系唯一不会用电脑的人，这种状况一直持续了很多年。

随着手机的日益电脑化，我又将先前对电脑的敌视转移到了手机上。所以在日常生活中，除非万不得已，我的手机都是处于关机状态，而且手机对于我来说，就只有一个功能，即通话功能。然而，"敌人"归"敌人"，我们都知道还有另外一个道理，那就是：两害相权取其轻。如果套用当代国际关系中的一个常见现象做比喻的话，那就是：当更可怕的敌人出现时，或许先前的敌人可以考虑与之结为"盟友"。身处当代中国学术圈，其肤浅的学术认知、粗劣的治学手段、浮躁的学术心态，尤其是渐趋泯灭的学术良知，无不足以窒息人的性灵，其可怕程度较之八股文或有过之。它的集中表现就是：从老师那里学会了一种被称之为"学术论文"的基本架构，再向里面浇注连自己都不知道是什么成分的"混凝土"之后，一切就ok了。这样的"学术"活动，只能使学术远离它的可亲、可爱乃至可感、可体的本性，变成了一个纯粹异己的东西，这个东西既不能"成己"，也不能"成人"，更不能"成天地"，它最大的作用就是不断地替自己"挣工分"。所以，我所发的那些论文，所发刊物级别较高的，事后我反而很少去看，看了总有些让人倒胃口，对自己更像是一种"折磨",至于它有没有"折磨"到别人,那我就不知道了(这些以满足"高级别"的外在标准所打造出来的"学问",本质上皆属孔子所担心的"为人之学",而"为人之学"将注定与几乎所有人都没有亲和力)。当然,我希望别人最好也不要去看它们,因为我发表它们,更多只是为了"挣工分",并非有意要"折磨"别人。倒是那些发表在连学校都不承认工作量的杂志上的文章,我却经常看,甚至有时会看到流连忘返的地步,因为与发表在那些"权威"期刊上的文章相比,这类文章往往更能允许"我"尽情地"放肆",而不必担心被某个外在的标准将"我"切割得支离破碎。这种差异就是可亲、可感与不可亲、不可感的差异,进而也就是"为己之学"与"为人之学"的差异。我长期生活在这个不可亲、不可感的"学术圈"里,总想着给自己找一个能呼吸"新鲜空气"的地方!好在经朋友一再鼓动,我重新评估了我先前的"敌人",觉得它的可怕程度远逊于当代中国的学术氛围,于是我开始用上了微信。初试之后我便发现,我已经在"学术"之外找到了较之"学术"要活络得多的生命空间,只有在这里,我才得以敞开心扉地"口吐真言",我不求别人都认同这些"真言",但愿无愧于己心即可,其性质基本等同于自说自话或自娱自乐。不同的只是,过去是写在心上,现在是写在微信上,我在微信上为我的心筑起了一个可以让我尽情"放肆"的"家"。

  我很庆幸,我终于为我的心灵打造了一个属于自己的"江山",此"江山"不敢奢谈"多娇",只要真实可人就好。因为只要真实可人,生命中就不乏"小确幸"。

活在生命的"小"中

如是我言：老子有一段很经典的话，后世广为传诵："小国寡民。使有什伯之器而不用；使民重死而不远徙；虽有舟舆，无所用之；虽有甲兵，无所陈之。使民复结绳而用之。甘其食，美其服，安其居，乐其俗，临国相望，鸡犬之声相闻，民至老死不相往来。"对于老子的这段话，我们的"进步"历史学家们往往将其视为老子思想落后性的有力证明，因为根据他们的理解，老子这是在开历史倒车，他要让人类退回到荒蛮古远的蒙昧时代，是彻头彻尾的反动哲学。但是我认为，这样理解老子，不仅要让老子蒙受不白之冤，更是人为地屏蔽了能够引领人类趋近生命真相的智慧之光。

日常生活中，我们经常可以听到人们这样说："我终于回到温暖的家了"、"我终于感受到家的温暖了。"以至于"家"几乎成了"温暖"的代名词。我们都知道，"家"是相对于"社会"而言的，既然家能给人提供温暖的感受，与之形成对待的社会自然也就成了"寒冷"的代名词。那么，社会为什么总让人感到"寒冷"呢？这与社会所代表的"大"与"多"密切相关，因为"大"与"多"就必然意味有无数规导性的眼神在盯着你，让你不得自在；这些眼神总是在盯着你做事是否得体、做人是否有瑕疵、说话是否有出入……，进而你做事、做人、说话的每一个细小失误都有可能被无限放大，从而给你带来灾难性后果。比如，你有可能因此而失去最好的朋友、失去工作，甚至还有可能被人当场扇耳光、吐口水，让你追悔莫及，或者落下一辈子心病。而且，随着这种"大"与"多"不断加码，留给你犯错或失误的余地就越来越小，从而对你神经的考验也就越来越大，让你不能有片刻的懈怠。让人不能有丝毫差错地活着，这实在是太"冷"了，也实在是太无情、太无趣了。正是因为"大"社会让每个人都活在这种冷飕飕的逼凌态势中，于是也就有了西方人"他人就是地狱"(萨特)这个极为残酷的说法。

与"大"社会相比，"小"家就完全不同了，因为在这里，每个人都可以旁若无人地活,而不必时刻有被颠覆之虞,即便出点差错或家庭不睦,比如夫妻间有点磕碰,小孩冒犯大人,或大人动手打了小孩,这都不是事,一般都不会有灾难性后果。所以人在"家"里(活在他生命的"小"中)才方便于"放肆"地活,而且人只有这样活才能活出真正的自己,而不是像在"大"社会中那样整天都戴着假面具,活得像傀儡。像傀儡一样地活,是人性异化的典型标志!由此我们注意到,越是平民,越是社会招呼面小的人,其面部表情越自然,越有肉质感,越有"活气";相反,越是社会招呼面大的人,其面部表情越"呆滞"、越"残酷"(人在冬天的时候,脸都显得很"残酷"),越有雕塑感,也就是越会呈现出无机性的扭曲感(僵尸感)。总而言之,"家"是你可以尽情"放肆"的地方,依此类推,"圈子"越小的地方可供你放肆的指数就越高,单身独处的时候,你的可"放肆"指数最高,简直可以让你活到"无可无不可"(孔子)的地步。古代山人应该就是为了追求高"放肆"指数从而躲进深山老林里去的,而老子强调人要活在"小国"中自然也是基于同样的原因。

  当然,老子这里只是作了一般性的谈论,具体问题仍需具体分析。比如对于那些"大气象"的人,由于他们内在"火力"很旺,他们在高度逼凌态势下同样能做到从容不迫、气定神闲,甚至还能从中找到其乐无穷的感觉。这就像庄子笔下的庖丁,即便是面对"解牛"这样的巨大"工程",他不仅能从容应对,甚至还能从中找到诗般的惬意,让自己在"合乎桑林之舞,乃中经首之会"中"恢恢乎其于游刃必有余地矣"地书写人生。然而,这样的人毕竟是少数,甚至是极少数。因为是极少数,是例外,故而对于芸芸众生而言,老子的言论仍将永久性地闪烁真理的光辉。这样说来,你还像以前那样一味地贪"大"求"多"吗?

"气"学散步

如是我言:傍晚五至六点,例为我的散步时间。散步虽为人生小事,但我们也可以把它"做成大事",也就是可以把它做成比活动活动筋骨要大得多的事。而要做到这一点,我认为掌握以下五要很关键,即:一、身要松,二、心要空,三、行要中,四、神要通,五、气要充。下面,我就来谈谈我对这五要的一些具体体会。

一、身要松。强调的是散步时一定要"轻装上阵",尤其是穿戴一定要尽可能地从"简"从"宽"。其中,"简"是指着装要简,切忌过于隆重、严肃;"宽"是指着装穿戴要稍宽稍大("魏晋风度"的"风"就是通过宽衣大袖营造出来的),其中尤其是鞋,起码要较平时上班所穿之鞋大一码。同时,随身携带的东西要尽可能地少,最好是除了一把钥匙什么都不要带。

二、心要空。散步时务必要将心"掏空",心里要尽量少装事。"轻装上阵"不仅是针对"身"而言的,更是针对"心"而言的。因为心中一旦装着事,你的脚步肯定就沉重,带着沉重的脚步散步,那还不如待在家里。为了在散步时做到"心空",在你出门之前,千万别忘了把手机掏出来搁在家里,别让它打搅你。

三、行要中。这里的"行"当然是指行走,而"中"却非"中规中矩"之"中",而是强调在行走中要保持心对脚乃至全身的跟进,让自己的每一步都既能踏在地上更能踏在心上,要尽可能地克制自己的"心不在焉"或心在此而行在彼,从而做到"全身是心,全心是身"。"中"的另一层含义就是注意让自己的感官在"开"与"合"之间取其"中",即既不要让你的感官系统拒绝沿途的美景、趣事,又要屏蔽掉周遭的嘈杂与纷扰,也就是做到所谓的"身在纷扰中,心在纷扰外"。

四、神要通。"神"指精神或境界,"通"则是指通于"道"。生命顶级形态乃是"道"生命形态,而散步便是入"道"的极好方法。走出户外,这本身就是在感受无处不在的"道气",也就是更能感受到风云变幻的宇宙苍穹的无限底蕴,正所谓"道通天地有形外,思入风云变态中"(周敦颐)。户外的"天大地亦大"(这里的"天大地亦大"并非只有登临喜马拉雅山或玉龙雪山之类的才能有的感受,只要"心"大,即便是脚下的一方地、头顶的一片天同样也能有此感受,因为"心大天地就大"),天光云影无不闪烁着"道气"的光芒,努力去感受它,也许你就与"道"合为一体了。

五、气要充。中国古代人生修养的重要手段就是"养气",这一点,儒、道、禅三家概莫能外。走出户外,仰望苍穹,你的"心"大了,"气"也就"充"了,你的生命也就不再局限于每天的柴米油盐以及养家糊口之"小"了,取而代之的乃是"行走于天地之间"的大气魄。对于我们每一个生命个体而言,这样的大气魄才能担当得起一个"人"字(古汉字"天"即作人形)。这种大气魄,在儒家,它就是"富贵不能淫,贫贱不能移,威武不能屈"以及"其为气也,至大至刚,以直养而无害,则塞于天地之间"。在道家,它就是"天子不得臣,诸侯不得友"以及"行修于内者,无位而不作"。在禅宗,它就是"独坐大雄峰"以及"天上地下,唯我独尊"!

所以我说,散步真好! 以前,宗白华老先生曾有"美学散步"之说,而我则更愿意推出"气"学散步。

"天才"很"天真"

如是我言：尽管有"自找"的成分，但一个不争的事实是："天才"每每都与痛苦结缘。基于"天才"式的痛苦，庄子穷困潦倒了，嵇康成刀下之鬼了，阮籍疯了，李贽自杀了，徐渭下狱了，金圣叹被杀头了，叔本华抑郁了，尼采疯了……。人们不禁要问："天才"何以总与痛苦结缘呢？我的回答是：因为"天才"太"天真"了！即是说，"天才"之所以拥有像"天"一样深广的才气，是因为他的"天真"；之所以每每与痛苦结缘，同样也是因为他的"天真"。

"天才"很"天真"，这话听起来总有些让人不可思议，但却是事实。庄子是中国历史乃至世界文明史上少有的"天才"，而他的"天真"也被近代大文豪闻一多一眼就看出来了："他那婴儿哭着要捉月亮似的天真，那神秘的怅惘，圣睿的憧憬，无边际的企慕，无涯岸的艳羡，便使他成为最真实的诗人。""天真"的庄子，似乎总看不出他拥有一个同时代的人都难望其项背的辩才，仅凭这一种才干就足以游说于诸侯之门，出将入相不敢说，锦衣玉食应该不成问题，可结果是：他经常饿肚子，"槁项黄馘"地游荡在人世间，潦倒一生！每每想起这些，都不免让后人心酸。"竹林七贤"之一的阮籍，也是魏晋那个英才辈出年代产生的"天才"。据说，阮籍常常独自架了一辆车在野外毫无目标地漫游，而每逢穷途末路，便痛哭一场，掉头而归。可见，作为一个"天才"，阮籍真是"天真"得可以！李贽是晚明的一位奇才，也是中国历史上一位难得的天才，在袁中道的笔下，李贽竟然那么"天真"："其为文不阡不陌，攄其胸中之独见，精光凛凛，不可迫视。诗不多作，大有神境。亦喜作书，每研墨伸楮，则解衣大叫，作兔起鹘落之状。其得意者亦甚可爱，瘦劲险绝，铁腕万均，骨棱棱纸上。一日恶头痒，倦于梳栉，遂去其发，独存鬓须。"（袁中道《李温陵传》）晚明还有一位文学"天才"，他就是受林语堂倍加推崇的金圣叹，此人的"天真"更是到了"无可无不可"之境："盖圣叹无我。与人相与，则辄如其人：如遇酒人，则曼卿轰饮；遇诗人，则摩诘沉吟；遇剑客，则猿公舞跃;遇棋客,则鸠摩布算;遇道士,则鹤气横天;遇释子,则莲花绕座;遇辩士,则珠玉生风;遇静人,则木讷终日;遇老人,则为之婆娑;遇孩赤,则啼笑宛如也。"(徐增《才子必读书叙》)好一个"天真烂漫"的"老顽童"!

  "天才"们极"天真"地行走在人世间,而人世间从不会因为这些"天才"的"天真"而修改"游戏规则",人世间只将他们当成"成年人"来对待,这样做无异于让这些永远"未成年"的"天才"与"成年人"一起抢饭吃,这些永远"未成年"的"天才"们不饿死就已经是万幸了。每一个时代的"天才"都有严重的社会不适应症,他们往往因过于"天真",因此总是读不懂社会;而社会看到这些"已成年"的"未成年人"总干些"小孩子"的事,因此也读不懂他们。比如,他们有着与"小孩子"类似的喜怒哀乐,像"小孩子"一样的敏感和易于情绪化,而他们的"不近人情"更是有甚于"小孩子":楚威王派遣两位大夫聘庄子为相,庄子对来人发了一大通议论之后,便将他们打发走了;大年初一,学生、同事与领导前来给钱锺书拜年,钱锺书隔着门缝对来人说了声"我很忙",随即便将门关上了。读不懂就要抛弃,于是"天才"便与社会在相互抛弃的过程中渐形渐远:"天才"把社会看成是一个硕大无比的牢笼,而社会则将"天才"视为异常变态的疯子。结果是,社会永远看不透"天才",而"天才"也永远看不透社会,一场"天才"与社会之间的"冷战"便拉开序幕了。可最终,社会还是那个社会,而"天才"已经不是那个"天才"了,"天才"在与社会"冷战"中必将成为最后倒霉的那一个。

  "天才"的"天真"是他们秉性使然,否则,他们也就做不成"天才"了。历史上几乎所有的"天才"都有一个共同的特征,那就是他们始终保持着以"孩童"般眼光看待一切的天性,"天真"、"好奇"、"执着"而又充满"感性",表现为他们对什么东西都感到新鲜,每天看这个世界都好像是第一次看到。当别人看到圣人或"权威"的言论便不加思索地接受时,"天才"却总是"不识趣"地打量再三,一旦看出破绽来,他就不管什么圣人或"权威",只管一个劲地吆喝起来,让四座皆惊,其情形犹如看破了"皇帝的新衣"的那位小孩。当"成年人"都普遍失语的时候,只有小孩的"天真"方能戳穿天大的谎言!一代又一代的"天才"就是这样不断地既让人类"难堪"又让人类"进步"。"难堪"是人类马上就能感受到的,而要感受到"进步"则往往以"时间的长河"来计算。这就是为什么"天才"总是在他生活的年代要被人视为"另类",只有在他死后甚至死后很久才被人们尊为"文化伟人"的缘故了。布鲁诺主张"太阳中心说",结果被教会烧死了,很多年过去以后,布鲁诺这个名字成了"真理"或"坚持真理"的伟大符号。当年,李贽因"妖言惑众"被逮捕入狱,而今天,他俨然已成为人们心目中代表他那个时代精神的一面旗帜。历来的"天才"总是像小孩子一样,别人跟他说某某东西多么伟大、多么神圣,他一律听不懂,他唯一能听懂的就是自己那颗像明珠一样洁亮的"心":"我有一颗明珠,久被尘劳关锁。而今尘尽光生,照破山河万朵。"有了这颗足以"照破青山"的"明珠",他怎么还能钟情于那些无聊的"世俗课题"(李泽厚)呢?

当然,"天才"的痛苦也有"自找"的成分,这主要是指他的"内在苦闷",亦即他还要与他精神领域中的众多"敌人"作殊死的"决战"。这类痛苦我们这些"俗人"乃至整个社会都帮不了他,因为那只有"天才"才能"享受"的"痛苦",同时也只有他的"自力"方能帮他摆脱的"痛苦",倘若旁人能帮得了他,他也就不是什么"天才"了。然而,对于来自社会所施加的痛苦("外在苦闷"),社会多少是能帮得上忙的,具体体现在:社会要力求达到对自身的自觉,以便能在"社会理性"的高度达到对"天才"的包容。因为只有当社会包容了"天才",让这个下凡到人世间的"人间精灵"不至于一落地就夭折或一辈子都生活在人们异样的眼光中,这个社会才算是取得了长足的进步,而"天才"们也才不会再像他们的前辈们那些痛苦不堪了。

是一文不值还是无价之宝

如是我言：假如我说，一件东西是无价之宝而另一件东西一文不值的时候，这在一般情况下是不会引发你的神经的警觉的。但是如果我说，同一件东西既可以说一文不值又可以说是无价之宝时，你的神经系统或许就立即警觉起来了，因为这已经刺激到了你理性思维的习惯认知：这可能吗？那么，到底什么东西这么奇怪，既是一文不值又是无价之宝？这个东西不是别的，它就是"道"。首先，"道"肯定是卖不出价钱来的，因为这个世界从未有人靠卖"道"来养家糊口的，"道"是个无形之物，任何计量单位在它这里都是无效的，既然无法计量，连怎么卖都成问题，还奢谈什么卖钱？而且更重要的，"道"所在皆是，一个所在皆是的东西你还能卖给谁？但另一方能，"道"又是个无价之宝，要说清这个问题，就得从"道"是什么东西讲起。

道家是专门谈"道"的，老子、庄子都是最善于谈"道"的人，但老子的"道"有点近似于我们现在所说的"世界规律"或"宇宙本原"什么的，带有很强的形而上色彩，因此他所说的"道"多少有点"外道"，不怎么切身，似乎与生命总是有点"隔"。"道"只有到了庄子那里，它的全部要妙才被完整地"说"了出来。要知道庄子所说的"道"究竟是指什么，这还要从人类生命存在的特殊性说起。"道"是一个问题，而且是只有人类才会有的问题，确实地说，是人类走出蒙昧时代之后才有的问题。这样说并非是指其他存在物都可以脱离"道"而存在，恰恰相反，正是由于其他存在物尚处于与"道"浑然一体的状态，所以"道"在它们那里从来都不是一个问题，这就像鱼游于水中，鱼从来就没把水当成是一个问题，只有当鱼与水之间的一体性关系被打破之后，亦即只有当鱼失去水的时候，水才成为鱼的一个问题，因为它必须问这个问题，否则它必然会因干涸而毙命。其他存在物因为与"道"尚处于浑然一体的状态，它们自然是而且也不必去追问"道"的问题，但人就不同了，

我本清静
是一文不值还是无价之宝

人类走出蒙昧时代所付出的最大代价就是与"道"的一体性关系的丧失。人类既然"失道",他们就必然会遭遇到像鱼脱离水之后那样干涸的局面。"道"既然是这么一个东西,那么"道"是什么的问题自然也就存在于我们人类与其他存在物相比究竟失掉了什么的问题的追问中了。那么,我们人类自从走出蒙昧时代之后究竟失掉了什么呢?回答是:失掉了在其他存在物那里还保存完好的与外在世界的一体性关系。正是这种关系失掉了,人和他的世界也就两分了,他先前的"不勉而中,不思而得"(《大学》)的能力没有了,现在已经变成了"勉"而"中"、"思"而"得"了。既然"勉"也能"中"、"思"也能"得",这是不是说明"失道"对于人类来说就无所谓了呢?显然不是,因为此"中"非彼"中"、此"得"非彼"得","不勉而中"、"不思而得"者乃是先天的原象,"勉"而"中"、"思"而"得"者乃是后天的构象,二者不可同日而语。先天的原象是人切身可体的,而后天的构象则是与人隔膜得厉害。这就是说,"失道"以后的人类就像鱼失去了水那样,已经远离了它的切身可体的世界,正在某个干涸的所在玩命地"扑腾"。所以从表面上看,生活在文明时代的人类,他们通过文明的手段想得点东西、想知道点东西较之以前方便多了,但问题在于,他们之所得、所知已经不是原本意义上的东西,这些东西已经不再像先前那么切身了。这就像生活在科技高度发达时代的我们,通过科技的手段,我们想得到某个吃的、用的都比以前方便多了,但可悲的是,我们吃的、用的都已经不是原来那个"味",找不到手工时代的"感觉"了。这也就导致我们陷入这样一个怪圈:有保障时代的人们一方面是什么都不缺,而另一方面却是什么都缺(我们不仅缺土猪肉、土蔬菜的美味,也缺手工制品的温馨以及传统人际关系的纯朴,……)。更为严重的是,由于在"失道"的情况下人类已经不同程度地丧失了切身可体的能力,导致他们实际上已经处于无"己"可推的道德失根状态,在这种状态下,即便你的道德之举再周全,那也只能像处于干涸中的鱼一样,已经搁浅在通往梦中故园的道路上:梦依旧而故园已遥不可及!或者说,"失道"的人类已经不可能再企及"圣人之道"了:"诚者不勉而中,不思而得,从容中道,圣人也。"有鉴于此,故庄子给我们推出了这么一段"道言":"泉涸,鱼相与处于陆,相呴以湿,相濡以沫,不如相忘于江湖。……故曰:'鱼相忘于江湖,人相忘于道术。'"文中的"不如"清楚地表明了庄子的态度:与"得道"之境("鱼相忘于江湖,人相忘于道术")相比,任何人为的刻意作为("相呴以湿,相濡以沫")都只能是"水中月,镜中花"了,看起来很动人,而实际效果已经微乎其微了。

"道"既然是这样一种东西,你说说,别人给你再多钱,你舍得卖吗?

"天籁"谁吹

如是我言:"天籁"一词,当今在各种场合出现的频率很高,以至于日本的一家轿车企业也来凑热闹,竟然将其旗下的一款轿车取名为"天籁"。轿车取名"天籁",难道是该款轿车的喇叭鸣叫起来好听得像"天籁"一样?简直莫名其妙!通常,人们一直都将"天籁"理解为"大自然的声音",而一切像大自然声音那样美妙的声音统统都叫"天籁",各种汉语词典也都是这么说的。然而,这些都不是"天籁"一词的首推者庄子的本意。那么,庄子的本意是什么呢?我想,通过搞清这个问题,对于我们这些身处嘈杂与喧嚣中的当代人而言,或许是不无裨益的。

在《齐物论》一文的开篇,庄子就急切地向人们推出了三种"籁",即"人籁"、"地籁"与"天籁",不过很显然,核心当然还是"天籁"。其中,"人籁"是指人通过吹奏带有孔窍的乐器(如笛子)所发出的声音,"地籁"则是指在风力的作用下大地上各种孔窍所发出来的声音。这两种声音都有一个共同点,即它们都是在外力的作用下发音,且它们到底发什么音,也要由风或气流的大小缓急来决定,可以说,它们都是完全跟着风或气流的情绪走,跟着风或气流一道作喜怒哀乐之鸣。相形之下,"天籁"就完全不同了,表现为它已将外在环境因素(如风或气流等)视为无物,即已经完全屏蔽了外在环境因素对它的影响,俨然是"任凭风吹浪打"、"我自岿然不动"了。外在环境的嘈杂与喧嚣那是外在环境的事,是它们自身的内在因素(内在本性)所决定的,它们喜者自喜、怒者自怒、哀者自哀、乐者自乐,是它们自己在"折腾",跟"我"没有任何关系:"人情听莺啼则喜,闻蛙鸣则厌,见花则思培之,遇草则欲去之,俱是以形气用事。"(洪应明)既然如此,"我"又何必自作多情地跟随它们一道作喜怒哀乐之鸣呢?故庄子是这样来表述他心目中的"天籁"的:

夫吹万不同,而使其自己也。咸其自取,怒者其谁邪?

按:"吹万"当即"万吹"的倒文,这里指各种各样的声响或各种各样的喧嚣与嘈杂;"使其自己"可释为"是它们各自的天性导致它们发出各种不同的声响";"咸其自取"可释为"既然是它们各自的本性导致它们发出各种不同的声响";"怒"当即"喜怒"或"喜怒哀乐"的省语,故"怒者其谁"意即"又有谁肯跟它们一道作喜怒哀乐之鸣呢"。通解整句话,大意应该就是:

尽管外在环境充满了喧嚣与嘈杂,但那也都是万物在自鸣其天而已,是它们自己在自娱自乐,跟我没什么关系。既然跟我没什么关系,我又何必自作多情地跟它们一起作喜怒哀乐之鸣呢?

稍作转换并套用庄子之语言之当即:

尽管"人籁"、"地籁"皆以作喜怒哀乐之鸣为能事,然"怒者自怒,吾不知其怒,喜者自喜,吾不知其喜",因为不知,故吾"心"如"止水","喜怒哀乐不入于胸中",吾亦因之而进入"覆却万方陈乎前而不得入其舍"之境界。

既然"人籁"是人吹的,"地籁"是风吹的,那么"天籁"又是谁吹的呢?回答是,"天籁"并不是谁吹出来的,因为没有谁能吹得动它,谁吹它都没有用,或者说,谁吹它,它都是"不动心"的。如果非要说"天籁"是由谁吹出来的话,那么这个吹者应该就是那个因"得道"而变得凝定的"心",正是由于"心"的凝定,才得以化嘈杂与喧嚣于无形。所以说"大音希声"、"大象无形","天籁"就是那个"无声"之"大音"、"无形"之"大象"。生命一旦进入这样的境界,这个世界的混浊就将被一扫而空,转而变成沁人心脾的清澈。

我本清静
面对人生的"败笔",你准备好了吗

面对人生的"败笔",你准备好了吗

如是我言:人只有一生一世,这是个大问题,或者说,这对每一个人来说都是一个巨大的考验。打个比方,假如某人交代我写一幅字,同时又不限制我的用纸量,那就好办了,我写得不满意就换一张,直到满意为止;但是如果他告诉我:"由于条件有限,只有一张纸,写坏了就无法再换了。"我一听这话,肯定就有点头大了,别说我这样的水准,即便是大书法家,也难保不出意外。现成的例子就是当年毛主席为安徽大学题写校名,一共写了四张,最后从中选了一张最满意的为止。

然而,这种换过再来的好事却不能简单地移植到"书写"人生上,因为人只有一生一世,既无法换过,也无法再来,人只有一次机会来完成自己的人生答卷。人生的这一基本构成态势对每一个人来说都是严峻的挑战,即一方面,人在其生命历程中不可能不出现意想不到的"败笔",而另一方面,出了"败笔"又不可能重新来过。这一态势是否意味着人生从根本上说就不可能交出满意的答卷呢?当然不是的,因为生命的美妙之处往往就存在于人可以就着人生的"败笔"来完成至美的人生画卷,所谓"大艺"人生正是从这里得到体现的。《错误与人生》一书就提到了这么一位"大艺"者:"世界著名的小提琴家欧里夫在巴黎演出时,忽然断了一根琴弦。但欧里夫依然镇定自若,用剩下的三根琴弦继续演奏到结束。评论者说:'这就是人生,使他能若无其事地用三根弦演奏完毕。'"

王羲之就是因为一幅"兰亭集序"而被世人公认为"书圣"的,同时,"兰亭集序"也因此被奉为"天下第一行书"的。看过这幅作品的人应该都知道,作品中不止一处有"败笔",这些"败笔"都被王羲之涂上了黑黑的墨丁("污点")。值此,假如有人说,这幅作品之所以被后世追捧,就是因为有这些墨丁的存在,那肯定不妥;但反过来说,假如作品一个墨丁都没有其艺术价值一定更高,同样也不对。正确的说法应该是:墨丁已经被整幅作品的"大化"

所涵化，成为其至善至妙整体的有机组成部分，甚至已经成了王羲之书法人生的特有标志。也正是因为这一点，所以后世临摹"兰亭集序"者，几乎没有一个人狂妄到企图通过省去其中的墨丁以求超越王羲之的，总是想尽可能原封不动地保留这些墨丁来感受"书圣"的"书魂"。人生都是不可复制的，这才是构成生命"大美"的灵魂。

晋人殷浩说："我与我周旋久，宁作我。"此话成为千古佳谈，固不虚也！美可以复制，而残缺美不可复制；圆可以复制，而天下找不到两片完全相同的树叶。庄子之所以被公认为中国古代第一位同时也是顶级的残缺美营造大师，就是因为他曾经写过一篇叫"德充符"的文字（按："德充"有"道德充满"之义，"符"有"标志"之义，故"德充符"有"道德充满者之标志"之义）。那么，庄子所谓的"道德充满"之人到底是什么样子的呢？请看："王骀，兀者也，……申徒嘉，兀者也，……卫有恶人焉，曰哀骀它……""兀者"、"恶人"，要么是残废，要么是坏人，尤其是"支离疏"，已经残废到"支离破碎"的程度，而恰恰就是这些人，当代文学大德闻一多先生对他们的结论是："文中的支离疏，画中的达摩"都是"清丑入图画，视之如古铜古玉"似的人物，"都代表了中国古代艺术极高古、极纯粹的境界"。当然，对于庄子文中的这群"小丑"，另一种人的说法则是：庄子的残缺美不过是病态美，是一种变态。对于这种人，我要说的是：你可能要检讨一下是否有"以小人之心度君子之腹"之嫌了。

所以我要说，我们应该勇敢地做我们自己，即便我们的人生不止一处"伤疤"、不止一个"败笔"，而最终，这些"伤疤"和"败笔"都将被我们生命中的"大美"所涵化，直至成为我们生命的特有标志而被"大化"带入永恒。

大齐大平

如是我言:物固有不齐,即以不齐待之,此谓以不齐齐;以不齐齐,是为大齐。物固有不平,即以不平待之,此谓以不平平;以不平平,是为大平。大齐大平,万物咸宁。所谓"道言",即此之谓也!

也许有人会说:"什么齐又不齐不齐又齐、平又不平不平又平,这哪是什么'道言',简直就是滑稽者的绕口令,文字游戏而已!"如果你这么看问题,我认为你就应该看看老子是怎么讲他的"道言"了:"是以,圣人后其身而身先,外其身而身存。以其无私,故能成其私"、"曲则全,枉则直,洼则盈,敝则新,少则得,多则惑"、"衣养万物而不为主,常无欲,可名于小;万物归焉而不为主,可名为大。以其终不自大,故能成其大"、"上德不德,是以有德。下德不失德,是以无德"、"知不知上,不知知病。夫惟病病,是以不病。圣人不病,以其病病,是以不病。"很显然,老子的"道言""绕"得更利害!"道言"为什么总那么"绕"呢?回答是:因为这个世界原本就挺"绕",故而用以表述这个世界真相的"道言"自然也就不可能不"绕"。其实,"绕"而又"绕"不仅是这个世界的真相,更是这个世界的"大象",那句"大象无形"的话听起来还不够"绕"吗?可以说,这个世界既因阴阳杂错而得其繁富。(王夫之:"万物日生,以不同类相禅而富。")亦因阴阳杂陈而得其"节奏"之美,更因阴阳流转而得其"至神之道"("一阴一阳之谓道"、"阴阳不测之谓神")。

既然是"世界",它总是会有阴有阳、有高有低、有长有短,但这不要紧,"短弯长不弯"(短"绕"长不"绕")。孔子曰:"巍巍乎,唯天为大!""天"或"道"之所以能成其"大",就是因为它能"大而化之",也就是它总能就着万物之"杂多"("不齐")而将其"大化"为"万物一府"(庄子)。从而成就"曲成万物而不遗"(《易·系辞上》)的宏大"伟业"。所谓"大齐大平","得道"者所"得"的不正是"天"的这个"大"吗?

找到自己的"位子"

如是我言:凡物皆有自己的"位子",在自己的"位子"上,它就能才华尽显、无所不能,正所谓"鹰击长空,鱼翔浅底,万类霜天竞自由"。俗语所谓"强龙斗不过地头蛇"、"虎落平阳被犬欺"、"龙陷沙滩为虾戏"强调的是这一点,所谓"橘生淮南则为橘,橘生淮北则为枳"强调的也是这一点。老鼠再没有家,它也不会跑到蛇洞里去呼呼大睡。流动在身体中的血液是维持我们生命不可缺少的物质,但它一旦流到体外,比如流到我们的衣服上,那就成了连"巧妇"都难以处理的污渍,顽固得不行。在农村中潇洒倜傥、挥洒自如的"乡贤",进了城之后就成了"老冒","乡巴佬"的影子怎么掩饰都掩饰不掉。有句名言,叫"人往高处走,水往低处流",水肯定是要往低处流的,但人怎么往高处走却很有讲究,如果那高处不是你的"位子",你走进去了就等于把自己给害了。所以在中国古代,不同时代的人几乎都要重复这样一句话:"小人"占据了他不该占据的"高位",一开始他是"上天"了,但最终他肯定要"入地":"德薄而位尊,知小而谋大,力小而任重,鲜不及矣。"(《系辞下传》)反观今天的张曙光之流,足见此语不虚。昨天当张曙光得知自己被判死缓之后,说自己追悔莫及。正所谓"人之将终,其言亦善"!我虽然弄不明白为什么人非要到临终前才知道"口吐真言",但我敢肯定张曙光这回说的一定是"真言",因为讲了一辈子假话的他,不把那最后一句真话讲出来,他是死不瞑目的,只可惜这话讲得太晚了。我们很多人,在"没到那一天"之前,是无论如何也想不到这一点的,是"人往高处走"的偏执迷乱了他们的心智。所以,人都有自己的"位子",千万不要做不"安分守己"的事。但我这样说,并不是说人一辈子都不能"挪窝",只能"一棵树上吊死",而是必须"挪窝",这样人生才会有新气象,社会才有新面貌。但问题是,你在"挪窝"之前一定要做好"功课",包括能力上的、精神上的,甚至包括人格上的,如果你什么"功课"都不做,只知道不择手段地"人往高处走",那你的可悲、可笑的命运便就此开始了:孙猴子坐江山——又脚舞六手的!(这是我家乡的土话)这里我便想到了一件事,时下很多人都爱出国旅游,这些人,大多只做了"钱"的"功课",其他"功课"几乎一样都不做,结果人丢大了:那一副暴发户的嘴脸不算,在飞机上打架、随地小便、乱扔垃圾、大声喧哗等等,无不让人为之侧目,丢了自己的脸,也丢了国人的脸,中华民族号称"礼仪之邦",这礼仪"去那儿了"!所以我说,练好"内功"再出门不迟。我自知"内功"没练好,所以就乖乖地待在家里,什么地方都不去。

　　按照古人对"位"的理解:"位者,谓其所宜立也"。什么位子自己可以"立",什么位子自己不宜"立",这要由你的"内在品格"来决定,是多大的萝卜填多大的坑,"内在品格"改变了,你所"宜立"的位子相应地也就改变了。反过来说,如果你的"内在品格"没有变,你就猴急般地"挪窝",于己于人都不是什么好事。一个人个子不高,所以打篮球时一般只能打后卫,等个子长高了再试着打前锋甚至中锋什么的,这都是可以的,但如果他没长个,却非要打前锋甚至中锋不可,那就只能坑己又坑人了。孔子将一个人的位子说成是由"天命"决定的,此说虽然有些过,但他强调要根据一个人的"内在品格"来确定人的归属,还是有道理的。由于"位子"对每个人来说实在是太重要了,所以一定要找到自己的"位子"。因为同一个"位子"可以成全他,却未必能成全你,这就要求我们每走一步,都要脚踏实地,都要三思而后行。古人很重视这一点,因此才有"如临深渊"、"如履薄冰"一类的警示,这种警示对当代人同样有效。

　　所以我说,要么你改变自己,要么老老实实地待在原地,假如你什么都不做只知道一味地"上蹿下跳",跳没了的是你的有限人生,跳乱了的是整个社会秩序。

"大人"少吗

如是我言：自古以来，有一件事情一直让人们难以释怀，那就是作为大美与至善象征的上天，由它所打造的世界，为什么"大人"比天上的星星还要稀少，而"小人"反而比地上的游尘还要多？甚至这种"人何寥落鬼何多"的现象不仅人世间是如此，整个自然界也莫不如此，这的确是一个无法解释的"旷古难题"。

面对上述难题，即便像明初大贤刘基（即刘伯温，笔名郁离子）也被问得"落荒而逃"："盗子问于郁离子曰：'天道好善而恶恶，然乎？'曰：'然。'曰：'然则天下之生，善者宜多而恶者宜少矣。今天下之飞者，鸟鸢多而凤凰少，岂凤凰恶而鸟鸢善乎？天下之走者，豺狼多而麒麟少，岂麒麟恶而豺狼善乎？天下之植者，荆棘多而稻粱少，岂稻粱恶而荆棘善乎？天下之火食而竖立者，奸宄多而仁义少，岂仁义恶而奸宄善乎？将人之所谓恶者，天以为善乎？人之所谓善者，天以为恶乎？抑天不能制物之命，而听从其自善恶乎？将善者可欺恶者可畏，而天亦有所吐茹乎？自古至今，乱日常多，而治日常少，君子与小人争，则小人之胜常多，而君子之胜常少。何天道之好善恶恶而若是戾乎？'郁离子不对"。何止是郁离子（刘基）无言以对，即便是西方大哲柏拉图其实也回答不了这个问题，因为他也回答不了好人为什么没有好报、坏人为什么没有恶报的问题。不过，柏拉图毕竟是大哲，所以他不甘心像刘基那样地"落荒而逃"，而是努力给世人一个说法，为此他推出了所谓的"理想国"：人世间因为是错乱的、虚幻的世界，所以好人没好报、坏人没恶报；"理想国"因为是井然有序的、真实的世界，所以必然是好人总得善报、坏人终获恶报。说法虽然有了，但这一说法始终让人觉得有点虚幻不实，因为"桃花源"即便再美妙，但那里面毕竟是耕不了"田"的！

"大人"为什么寥若晨星？在我看来，这与其说是一个"数字学"的问题，倒不如说是"气象学"的问题。在"数字学"上谈"大人"，的确可以用寥若晨星来形容,但在"气象学"上谈"大人",则不仅不能说少,反而应该用"充塞于天地之间"来形容了。这就需要我们看看"大人"到底是什么样的人了。孔子有一句话,可视为是对"大人"形象的绝妙描述:"岁寒,然后知松柏之后雕(凋)也!"大寒已至,万物尽凋,唯有松柏屹立不倒,不肯低下它那高贵的头颅,这种"高贵"可比之于"气",是天地间的一股"正气",此气"充塞于天地之间"。既然已经"充塞于天地之间"了,当然也就不存在"多"和"少"的问题了。"大人"就是这样一种看起来极"少"实质上却极"多"的人。正如所谓"玉在山而草木润,珠生渊而岸不枯"说的那样,这个世界只要有这样的"大人"在世着,那就永远充满了生机与希望,这样的人在数字上不求太多,就像孔子谈到"夔"这种传说中的灵物时所说的那样:"夔一足矣!"这种"大人"或者在世着,或者作为永恒不灭的灵魂为人们所景仰着,他们从来就没有真正从我们心灵中消失过,这就是为什么每次当我们读到庄子笔下的"大人"(曾子)时,每次都那么的激情满怀了:

  曾子居卫,缊袍无表,颜色肿哙,手足胼胝,三日不举火,十年不制衣。正冠而缨绝,捉襟而肘见,纳屦而踵决。曳縰而歌《商颂》,声满天地,若出金石。天子不得臣,诸侯不得友。故养志者忘形,养形者忘利,致道者忘心矣。

  好一个"声满天地,若出金石"!这如金石般铿锵之"声"从古到今一直都在人世间回响着,如幽灵般永存不散。每一次当我读到这段文字,眼前都会浮现那个背靠天地、矗立苍穹的"大人"。

  这样说来,你还认为"大人"少吗?不常见吗?

"想"出来的相貌

如是我言:如果我说,我们的面貌和长相很大程度是我们"想"出来的,你肯定不信,但是不要紧,等我列举几个例子,或许你的态度会有所改变。《厦门晚报》2004年4月15日转载一篇名为"相处久了'人模狗样'"的文章,其中有这么一段话:"有些狗确实与主人具有非常明显的相似的地方,比如一张照片上是一个看起来傻呵呵的家伙,头发乱蓬蓬地微笑着,而一条金毛猎犬也带着傻呵呵的笑容,大家一眼就能看出他们是'一家子'。"《自然与人》1988年第一期登载了一篇题为"为什么恋人的面貌变得相似起来"的文章,文中列举了许多例子,最后得出的结论是:一对没有血缘关系、相貌表情都不同的青年男女,一旦谈起恋爱,时间一长,他们的样子就变得相似了,这应该就是人们所说的"夫妻相"。另外,我们还注意到,医学及生理学研究结果已表明,人的意志力(意念的作用力)可以对人的生理现象施加某种意想不到的影响,最典型的例子就是,意念往往能修复或弥补人的某些生理缺陷,而有的缺陷甚至连现代医学都是无能为力的,医学上一般将这种现象称之为身体的"补偿功能"。变性人现象就是身体"补偿功能"的最好例证:一个小子被当成姑娘养了,尤其是他本人也想变成姑娘时,他很可能就"弄假成真"了。此外,所谓"职业气质"的话题,也同样能说明问题:杀猪的、当兵的、教书的、当官的,等等,人们几乎一看便知。总之,那些相貌"长"到一起去的人,很多时候是因为他们"想"到一起去了。

当然,我所说的"想"并不局限于"想要什么"的"想",但凡人的情绪、心态、思维定式、神经类型等精神现象都是我所说的"想"。所以,"想"就像是支撑我们外在面貌的内在支架,一旦我们不"想"了,尤其是当我们死了,这个支架也就不存在了,相应地,我们的相貌就"瘪"回去了,也就是又重新回归于我们生物性的"本相"了,禅宗所谓的找回人的"本来面目",这个"本来面目"应该就是我所说的"本相"。西方大哲康德的如下说法为我的这一结

我本清静
"想"出来的相貌

论给予了有力的支持:"神态甚至于是不由自主地与内心活动相伴随的,它由于经常的重复会逐渐成为固定的面容。但这面容在死的时候就消失了,所以正如拉法特所发现的,在活着时显得一个恶棍的可怕的面孔,在死时(反而)似乎高贵了。因为这时由于一切肌肉的放松,仿佛只剩下了无邪而宁静的表情。所以也会有这种事:一个在年轻时代保持不受诱惑的人,在以后的年岁里尽管身体完全健康,却由于荒淫无耻而具有了另一幅面孔,而这并不能归结到他的自然禀赋上去。"

了解了这一现象之后,我们不妨说一句:我的相貌我做主。知道了这一点,你还敢随便乱"想"吗?

万物皆有"背面"

如是我言：公园里，一群游客正在看孔雀开屏，对于孔雀近乎惊艳的美，人群中不时有人发出惊叹之声。有位游客出于好奇，转到孔雀背面想一看究竟，结果他看到了完全不同的一幕：美不见了，取而代之的是脏与丑。其实这位游客本可以不用转到背面就能知道事情的真相的，其中的道理很简单：任何事物，如果它想赢得"正面"，而又不肯以承受"背面"为代价，那定然是要遭"天谴"的，因为上天历来都是通过将代价原则施予万物来达成世界公平的。这就是天意，或古人所说的"天命"。这天意或"天命"就是通过以下的方式将其公平原则体现在每一个人身上：你可以爬得很高，但你同时也要承受"高处不胜寒"的滋味；你可以享受富贵生活，但你也要承受死后带不走富贵的痛苦；你既有"昨怜破袄寒"之类的自怜，也会有"今嫌紫袍长"之类的烦忧；善于花钱的人却赚不到钱，赚得到钱的人却不善于花钱；美女如云的帝王往往难得一子嗣，而不名一文的村夫却能子孙满堂……，如此而已。

万物皆有其"背面"，这是我们必须面对的一个基本事实。至圣先师孔子极为重视"天命"，因此他也是中国古代对人的"背面"最为敏感的人。让孔子忧心忡忡的是，人们对于"天命"似乎都表现得极其的无知，甚至还在有意无意地回避"天命"，只知道一味地沉湎于其"正面"的沾沾自喜中，对自己的"背面"往往都采取要么让其从自己的脑海迅速滑过，要么用自己的"正面"加以掩饰的态度。孔子有一弟子叫子路，此人生性勇敢、耿直，是一个宁可站着死也不愿跪着生的人。孔子就亲眼见过这么一件事：衣着褴褛的子路立于锦衣玉食的诸侯当中丝毫没有自馁之色，反而高举着头颅，气度不凡，像一棵寒风中不屈的劲松！这件事让孔子看在眼里，感动在心里。有一次，当子路不在场的时候，孔子当着其他弟子的面说了这么一句话："假如有一天，我在社会上实在混不下去需要泛舟海上的时候，能同我一道前往的人一定是子路。"子路得知此事之后，便去孔子处打听老师是否真的说过这样的话,孔子看到子路一脸的得意洋洋之后就后悔起来,因为他的话让原本就难以"自抑"的子路的"小人嘴脸"越发暴露无遗。子路生性勇敢、耿直,为人也光明磊落、敢作敢为,为了心目中的"正义"可以"舍得一身剐",这些都是上天赐给他的"正面",光鲜无比!然而作为这光鲜无比的"背面",他又经常显得那么的让人难以接受:他固执、鲁莽、轻死、做事不留后路、目中无人……,这些几乎都是他光鲜无比"正面"的必然"负产品"。因为深爱着子路,为他的"背面"担心,孔子曾不惜撂下这么一句重话:你这样下去,最终将"不得其死"!(不幸的是,孔子竟然一语成谶,子路后来真的就死在卫国的乱刀之下。本来,子路"武功高强",是不那么容易被杀死的,只是打斗的时候自己的帽子被打歪了,他不能让象征"正义"的帽子歪了,正当他用手扶正帽子时,他的头与帽子被人一同砍掉了,尸体被挂在城墙上"暴尸三日",后人为之唏嘘不已)为了挽救子路,孔子可谓穷尽了他所有的"招数",他不仅为此撂下过重话,而且一有机会就"循循善诱",这些都能从《论语》中看得到。其中最为后世所知的一句话当是:

> 子曰:"由(子路的字),诲女知之乎!知之为知之,不知为不知,是知也。"

意思是说:子路啊,我教你那么多,你听懂没有!你尽管有你的"知"("正面"),但同时也有你的"不知"("背面"),你要是能同时知道你那足以骄人的"正面"又能知道你那令人担忧的"背面",那你就做到"知天命"了(按:后人普遍以"不懂不要装懂"来理解孔子此语,与孔子本意不合)。"天命"之所以要以这种方式被知,实在是"上天"没有选择的选择,因为它不但要以这种方式体现"天道"公平,还要以此来将每个人的命运同时交由每个人自己来掌控,即"天控"之外还有"人控","上天"一举而同时成全了"天"与"人"的伟大。看来,子路不仅没有领会孔子之意,也没有领会"天意",最终成了刀下之鬼。相比较而言,"知天命"的孔子就很好地解决了其"正面"与"背面"的难题,即孔子向世人亮出的既非"正面"亦非"背面",而是非正非背的侧面或"中面",此"中"就是孔子一再强调的"过犹不及"或"不偏不倚"之"中",孔子曾多次感叹要让世人都能领会"中"实在是太难了:"白刃可蹈也,中庸不可能也。"但是他似乎很庆幸自己做到了"中":

> 人或问孔子曰:"颜回何如人也?"曰:"仁人也,丘弗如也。""子贡何

如人也?"曰:"辩人也,丘弗如也。""子路何如人也?"曰:"勇人也,丘弗如也。"宾曰:"三人皆贤夫子,而为夫子役,何也?"夫子曰:"丘能仁且忍,辩且讷,勇且怯,以三子之能易丘一道,丘弗为也。"孔子知所施之也。

"上天"竟然如此的"难为人",你做好准备了吗?

世界只对什么样的人袒露真相

如是我言：有一首歌，很多人觉得莫名其妙，而我倒觉得写得不错："星星还是那个星星，月亮还是那个月亮；山也还是那个山哟，水也还是那个水；爹是爹来，娘是娘，……"这首歌好就好在，只要顺着这首歌的自然语式我们就可以补上这么两句："世界还是那个世界，而每个人眼中的世界竟是那么的不同！"是的，每个人所看到的世界都是不同的，而每个人又宣称自己所看到的世界是最真实的。从这里是否可以得出每个人都不同程度地存在"自大病"呢？我认为不妥。这就像盲人摸象，虽然每个人只摸到象的某个部位，但他们毕竟都是依据他们亲手所摸而得出的结论，所以他们的宣称绝无"自大"的问题。但没有"自大"的问题并不等于没问题：他们都存在"以偏概全"的问题。同样的道理，人类也是通过"摸"世界而认知世界的，这里尽管有"盲"与"不盲"之别，但人类用以认知世界的"摸"与"盲人摸象"本质上并无不同，皆属于"以偏概全"。

以"摸"的方式认知世界，这是西方文明的一贯传统，而这种传统正如我上文所说的那样，本质上是达不到对世界大全（世界终极真相亦即西方人所谓的"实在"或"物自体"）的认知的。既然"摸"行不通，那"不摸"又怎么样呢？我注意到，中国文化正是沿着"不摸"的路子来认知世界终极真相的，所谓"无为而无不为"以及"知乃不知焉，不知乃知焉"都是对这一路子的经典表述。

那么，人到底什么时候最"无为"、最"不知"呢？回答应该是：鸿蒙未开时、蒙童未化时、愚夫愚妇之人以及睡寐未醒之人，等等。就此，我注意到了庄子的一句话，由于人们历来对于上述路子未能引起足够重视，致使这句话被误读了数千年。按《庄子·齐物论》：

> 其寐也魂交，其觉也形开。

对于这句话，传统的解读是："魂交"，心神烦乱；"形开"，四体不安。因此整句话的意思就是：（鉴于人生已处于魂不守舍的状态），故而他们无论是处于睡寐中还是醒来后，都显得焦躁不安、心神不定。而正确的解读应该是："魂交"，乃"魂魄交"的省语，此"交"非"交战"之"交"，实乃"交合"之"交"，"魂魄"亦即"身心"，故"魂魄交"意即"身心合一"；"形开"乃"神形开"的省语，"神形"当即"身心"，故"神形开"与"身心分家"或"魂不守舍"当即同义。故全句的大意应该是：人在睡境中，由于"心知"已经停止活动，这样，"心"也就落定了，并与他的"身"重新恢复了固有的"合一"状态，这个时候的人，他的"神"是全的，人格是完整的，进而能与自己最深的灵魂打交道，而世界也只对这样的人呈现其全部的真实性、完整性与生动性，亦即世界终极真相只对这样的人开放；而一个睡醒之人，由于他的"心知"活动已全面开启，故而他的"身"和"心"是分了家的，是"神不守舍"的，这样的人，他的"神"是不全的，人格是分裂的，对于这样的人，世界总是呈现出它的极度的混乱与纷扰，人在这个时候是不可能获得有关世界真知的任何信息的。这就是说，人唯有在睡境的"恍惚"之中方能感知世界的"大象"与"大物"，故老子曰："无物之象，谓之惚恍。"又说："道之为物，惟恍惟惚。惚兮恍兮，其中有象；恍兮惚兮，其中有物；窈兮冥兮，其中有精，其精甚真，其中有信。""真"与"信"指的都是世界真相。对此，佛教也有相同的看法，按《宝镜三昧》："夜半正明，天晓不觉。"即是说，人在夜半睡境之中，世界的真相才向他敞明，而天晓睡醒之后，世界的真相对他便不再袒露。同样的意思，《菜根谭》则是这样表述的："从五更枕席上参堪心体，气未动，情未萌，才见本来面目。"此外，纪晓岚在《阅微草堂笔记》中也给我们留下了这么一段文字，与上述说法正相呼应：

　　爱堂先生言，闻有老学究夜行，忽遇其亡友。学究素刚直，亦不怖畏，问："君何往？"曰："吾为冥吏，至南村有所勾摄，适同路耳。"因并行，至一破屋，鬼曰："此文士庐也。"问："何以知之？"曰："凡人白昼营营，性灵汩没。惟睡时一念不生，元神朗澈，胸中所读之书，字字皆吐光芒，自百窍而出，其状飘渺缤纷，烂如锦绣……"

"算计型人格"构成了当代人格的典型特征，这便使得世界的真相与我们渐行渐远了。因此我说，为了让世界尽可能多地向我们袒露真相，我们是否可以活得"恍惚"一些、"无为"一些。因为只有这样，才不至于将我们真实的生命都耽搁在无穷无尽的"忙乱"与"算计"之中。

有感于动物自亮"软肋"

如是我言：电视里有一个很多人都爱看的栏目，叫"动物世界"，这个栏目经常向人们展示这样一个场景：某野生食肉动物，看着它的同伴（很可能是它的竞争对手）"不顺眼"，于是便对其亮出獠牙，而对方不仅没有"以牙还牙"，反而主动亮出自己的"软肋"（如颈部、腹部等一击即能毙命的要害部位）给对手，结果对手不但没有"乘人之危"，反而变得"和颜悦色"起来，之后便"和睦相处"了。每次看到这一幕，总是被感动得想说点什么，但说实在的，要真正把这感动我的东西说清楚，实非易事。

也许老子的一句话能帮助我理理头绪："人之生也柔弱，其死也坚强。万物草木之生也柔脆，其死也枯槁。故坚强者死之徒，柔弱者生之徒。"面对气势汹汹的攻击者，作为被攻击的一方亮出的不是尖利的牙齿，反而是足以置自己于死地的"软肋"，可以说这已经不是一般的"柔弱"，而是"柔弱"到家了，但也正是这种"柔弱"为他赢得了仅靠"坚强"所得不到的东西：你好我也好的"和睦相处"。"柔弱"者以自己的"柔弱"为自己也为他人带来了"生机"，而"坚强"者为什么必然会将自己置于死地呢？不错，面对一个比自己弱小的对手，"坚强"者的胜算的确很大，它甚至可以做到置对手于死地而自己却活得得意非凡，但这之后又怎么办呢？之后的结局肯定是：等它年老体弱之时，它的那些同样信奉"坚强"之道的身强体壮的后来者必然会"以其人之道，反制其人之身"。因此说，"坚强"不仅是杀人的利器，也是杀己的尖刀。孟子早就看出了这一点，所以他说："吾今而后知杀人亲之重也。杀人之父，人亦杀其父。杀人之兄，人亦杀其兄。然则非自杀之也，一间耳。"

由于"死磕"的恶念占据了我们僵化的心灵，致使我们这个世界越来越险象环生、危机四伏了。什么时候人们不再一碰到事情就以"死磕"相逼，那么我们这个世界就有救了，进而，人才真正变成"理性"的动物，即才真正是个"人"了。为了警示世人"死磕"的可怕，强调"柔弱"的好处，庄子曾经给我们举了这样一个例子、说了这样一个道理:"夫醉者之坠车,虽疾不死。骨节与人同,而犯害与人异,其神全也。乘亦不知也,坠亦不知也,死生惊惧不入乎其胸中,是故遻物而不慑。"意思是说:人由于醉酒了,丧失了意识,处于"不知"的状态,故而他从车上摔下来之后,由于不知道如何和地面"死磕",所以没有死。真相难道不是这样吗?前些年,一名英国飞行员从数千米高空跳伞,因为伞打不开,吓晕了,结果人从上千米高空落下竟然没死,人们在惊诧之余,最后得出的结论是:好在他吓晕过去了!要是他没吓晕过去,作死亡前的"挣扎"(与地面"死磕"),早就"粉身碎骨"了。此外,你知道汽车的轮胎为什么要做成"柔弱"的吗?最早制造轮胎的人原本是想将轮胎做得坚硬无比,以便在与地面的"死磕"中保持"压倒性优势",结果他失败了,因为再坚硬的轮胎,其坚硬度终归是有限的,而地面却是无穷的,以"有限"敌"无穷",胜负可谓不言而自明。相反,"柔弱"的轮胎因为"吸收"了地面的反作用力,包容了"敌人",于是就和"敌人"相融无碍("和睦相处")了。

也正因为如此,所以在道家思想中,"柔弱"几乎成了"道"的代名词。婴儿是"柔弱"的,其生命力也是最佳的,故老子曰:"能婴儿乎!"意即:只要你做到了像婴儿那样的"柔弱",你差不多就知道"道"是何物了;水是"柔弱"的,故曰"上善若水。水善利万物而不争,处众人之所恶,故几于道"。不过,世界上的事情总是那么的"差之毫厘"就要"失之千里"。"柔弱"是可贵的品格,而"懦弱"毕竟还是让人担忧的;"柔弱"可以为人类带来健康与和睦,而"阴柔"总是要包藏祸心的,甚至"阴柔"往往比"坚强"更可怕、更凶险。吴越之争中,处于弱势一方的越国,为了达到打败吴国的目的,在吴国面前示尽了"弱",从而麻痹了吴国,最终将吴国打败了,后世传为佳话。但是要是依我说,这样的示"弱"虽然出于不得已,但这是"阴柔",用多了,绝非人类之福,因为这将使"柔弱"不再动人。因此我说,越国虽然赢了,复仇成功了,但它给人类精神留下了一笔巨大的负资产,为此后的中国历史埋下了凶险的种子。鲁迅先生说诸葛亮"近乎妖",实在是高人之论!

无论是佛教、伊斯兰教、基督教还是儒家或道家,它们都曾经为人类留下了可贵的精神种子(每一个具有世界影响力的宗教或学术几乎都拥有一颗"至柔之心"),只可惜这些种子并没有真正在人类心灵中生根发芽,因为这些种子并没有真正将人类带出顽狠与愚昧,转而进入光明与理性。环顾

我本清静
有感于动物自亮"软肋"

当今世界,人人都在玩弄"阴柔"之术,各国都在大亮"獠牙"(大秀"肌肉"),甚至宣称自己可以将地球毁灭多少次(我就纳闷,要是你把地球毁掉了,你自己又藏身何处呢),难道非要等到"血流漂杵"而自己却一点便宜都捞不到之后,才懂得放下身段去亲吻"大道"的光芒吗?如果人类只能在杀戮与短暂的安宁之间作无穷轮回的话,那么人类实在就是"苦海无边"且"回头"也找不着"岸"了。因为即便找着了"岸",而在"岸"的某个阴暗角落,"苦难"早就带着淫笑在那儿等着我们了。

"意态由来画不成"

如是我言：在小说中，看到旧时某些妓院竟然有妓女名叫"林黛玉"的，心里老觉得不是滋味；这也太糟贱人了吧，这都哪儿跟哪儿啊！我是个"红迷"，甚至是一个像贾宝玉那样钟情于"林妹妹"的"红迷"，看到"林妹妹"受此奇耻大辱，心里自然备受"折磨"！但是，人家就"折磨"你了，你又能怎么样，你有什么理由说林黛玉就一定不像妓女？而且这话你还千万不要去问老鸨子，你要是问了她，她立马就能让你即便全身是嘴也难以应对："是个女的就能挣钱，老娘让自己的'女儿'叫一个好挣钱的名字又怎么了？你就别狗拿耗子多管闲事了。"好的，这一骂倒是能让人清醒很多：除了可见的诸如职业、地位、名分等外在因素外，很多内在的东西你真的很难说清林黛玉与妓女之间到底有何区别。林黛玉擅长琴棋书画，妓女不也擅长琴棋书画？林黛玉长得美丽动人，难道就不许妓女长得美丽动人甚至更加的美丽动人吗？……也许最后你坚持说，林黛玉与妓女之间毕竟在气质以及神情、意态上存在差异嘛！那么好，你就来具体说说林黛玉有那些妓女一定不具备的气质、神情与意态，而且更重要的，你说说这些气质、神情、意态为什么做妓女的就一定不能有。人生在世的最大难题之一就是像"秀才遇到兵"那样，让你有口难辩，有冤无处诉，心里受到了多大的"委屈"只有自己知道，而知道了也无计可施。昭君出嫁塞外，汉帝后悔不置，杀了作画人毛延寿，怪他当初没能把画画得像其本人那么可爱。但说实在的，这事不能全怪毛延寿，他也有难言之隐，因为他作画也只能画出人的表象特征，又怎能画出人的气质、神情与意态呢？所以后人（王安石）为诗曰："意态由来画不成，当年枉杀毛延寿。"好像是在一则笔记小说里读到的事情：晚清时期，有两位老"红迷"在酒酣耳热之后围绕着究竟林黛玉和薛宝钗谁更可爱而争执起来，一位说林黛玉可爱而薛宝钗可恶，另一位正好相反，因二人互不相让，最终竟"饱以老拳"。读完之后我就想，假如这位厌恶林黛玉的人恰好就是林黛玉和薛宝

我本清静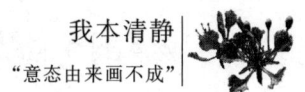
"意态由来画不成"

钗二人共同的父亲,当这位父亲因家境不济非要出卖一个女儿给妓院,那被出卖的一定是林黛玉。或许这也可以成为答案!

如果你说这世界的根本就是一团大浑沌,这话我信!

做到"合理合法"就够了吗

如是我言：为人处事，治国理家，都要讲究合理合法。但如果你认为只要这样就够了，那就有问题了。比如"法"，它总是有缝隙、有疏漏的，亦即总是有"法"所不及的盲区，今人所谓"法网恢恢，疏而不漏"是对古语作了篡改的，因为老子只说过"天网恢恢，疏而不失"的话。请注意，老子说"疏而不失"指的是"天网"而不是"法网"，"天网"是可以"疏而不漏（失）"的，因为"天网"就是"天道"，"法"是人立的，它无论如何也做不到"百密而无一疏"。"理"的情况要好一些，但也有缝隙，即也有"理所未至"的时候。唯有"心"才真正可以称得上是"心体广大，无所不包"的。所以，世界上的是与非可以逃得过"法眼"，也逃得过"理眼"，就是逃不过"心眼"。因为"心"是一颗"灵明"，光芒夺目，可以照亮地狱的天门，让一切妖魔鬼怪都无所遁形。

时下很多人都爱买"体彩"，报纸上经常登载某人一夜暴富，一下子赚了数亿，引得很多人不惜血本去买各种"体彩"，都怀有"这一辈子就靠它了"的赌徒心态。故而，玩"体彩"的人无论就其心态还是玩法都与赌博没有什么不同，其危害性或许比一般的赌博还要大。君不见电视里令人胆寒的一幕幕：一个魅影兮兮的家伙正在夜间撬人家铁门，或夜间尾随一名少女，或夜晚拿手电筒在人家小车里照来照去，或者干脆就拦路抢劫。就是这个魅影，一旦被警察置于光天化日之下后，很多都是因为玩"体彩"玩大了，债主逼上门了，活不下去了，只能铤而走险了。值此，你说"体彩"合法，我没有意见，因为那是国家认可的，但如果你说"体彩"合理，我无论如何都接受不了。照此类推，当今的中国，类似于此的披着合法外衣而不合理的事情实在是太多了。所以我说，你千万不要认为自己做了一件合法的事就万事大吉了，就问心无愧了。

那么，如何看待"合理"的事情呢？有天下午，我到海边去兜风，发现海边立了一块巨大的风景石，此石超凡脱俗，让我流连忘返，等我转到石头后面,猛然看到了一行用红油漆写得极其丑陋的几个大字:"×××到此一游。"亏得他还是个人,做下如此无耻的事,竟然还敢把自己的大名留在上面!看了这一幕,别提我心里有多堵。眼看游兴没了,只好回家。到家之后,心里还觉得堵,就随手拿了一张报纸看看,没想到,旧堵未消又添新堵:那个在大报小报上经常讲讲话旁边还没忘记附一张小照片的家伙又上报了。两次添堵使我冥冥中觉得它们之间似乎有几分相似,我稍稍整理了一下思路,头绪也就有了:都是令人讨厌的虚荣心所造成的视角垃圾让我添堵的!不同的只是,前者是以见不得人的"不合理"、"不合法"的方式做的,后者是以见得了人的"合理"、"合法"的方式做的,事情就是那么个事情,只是一个被打上"不合理"的符号、一个被打上"合理"的符号而已,其背后那个见不得"光"的心态并无不同。然而,后一种丑陋能逃得过"法眼"、"理眼",它能逃得过"心眼"吗?我看很难。除非他真的没有这种心态,或者有了自己却不肯将其置于自己"心眼"下曝光,不肯接受"心眼"(良知)的审视,否则,他就很难做到一点"心虚"的感觉都没有。当然,我们每个人都有虚荣心,只是这虚荣心不要丑陋到"地球人都知道"就是自己装着不知道才好。

所以人一定要保护好自己的"心眼",随时接受"心眼"的审视,不要只做到"合理合法"就心安理得了。保护好了"心眼"就是保护好了"仁","理得"而"仁"有所未安者决不能谓之"心安理得"。而要让"心"保持它的"能审"、"能视"状态,必要的"保洁"工作是一定要做的,否则这颗"灵明"将因为藏纳了太多的污垢就"不明"了。正是在这一意义上,所以我说儒家真好,孔子真好,曾子真好,因为他老人家提醒我们要时常做到"自省",而"自省"其实就是要给"心"做"保洁"工作。故曰:"吾日三省吾身。"(曾子)

总之,将人格底线调低到"合理合法"这个层面,尤其当这个"法"又不怎么合理、"理"又缺乏足够真理性的时候,那迟早是要出问题的。更糟糕的是,当这样的问题出现的时候,一般又很难有根治它的办法,因为它是那么的"合理合法","理"治不了它,"法"也治不了它,唯一能治的只有当事人自己了,确切地说,就是他的"心",他的"心"亦即他的"良知"成了他本人乃至整个社会最后的希望。这也就让我们知道了,当一个时代的人们普遍都处于"丧心"状况的时候,问题是多么的严重!王阳明之所以要倡导"心学",就是因为"丧心"已经成为他那个时代的一个大问题。当然,王阳明也深知解决这个问题的难度,因为他以前据以治人的利器"法"与"理"都不管用了,他要治的那些人都穿上了"理"与"法"的铠甲,已经"刀枪不入"了,这才有了王阳明的那句"破山中贼易,破心中贼难"的名言。

很显然,我们这个时代碰到了王阳明那个时代同样的难题,这真是"谁谓古今殊,异代可同调"(谢灵运)。这话换一种说法应该就是:人虽非昔时人,而问题依旧是昔时的问题。可慨也夫!

要活出我们的"节奏"

如是我言:世界上最神奇的东西莫过于"节奏"了,"节奏"一上一下拨动着世界的琴弦。"节奏"无形而有象,它既残忍无比,能杀人于无形("节奏"这个无形之物成为"杀人"利器的现象可谓无处不在:统兵将帅通过变阵变招可以让敌人死伤无数,NBA球星通过变向变速可以将对手晃倒一片,等等。因此,无论是打仗还是打球,谁打出了"节奏",谁就能置对方于"死地");又能生物不测,给世界带来生机无限。以言其小,则小至"不盈一握";以言其大,则大到能囊括天地而有余。在中国古代,人们将世界的繁富归结为"阴阳"二气间的无穷变奏,对此,我举双手赞成;在科技文明高度发达的今天,人们又将世界的基本格局说成是"0—1"两大基始间的节奏流转,对此,我更没有异议。因此说,真正主宰世界的不是上帝,就是这个无形而有象的神奇"节奏",正是它通过万物生生死死的无穷变奏掌控了世界的天平,从而让世界不仅井然有序而且又充满了灵动之美。

人作为万物之一物,他无时无刻不要面对这个神奇的"节奏",踩准了"节奏"的波频,你就"成功了",乃至你就可以继续活着,否则你就是"失败者",甚至有可能将要为此付出生命的代价。历史要由它来书写,生命的最终定位也要由它来认定。蒋介石要是在抗战结束之后就立即死去,那他或许就成了"民族英雄",但他没有死,非要拖到三十年以后,结果成了"民族罪人"。人不仅要应时而生,也要应时而死;不仅要应时而有所为,也要应时而有所不为,所以应时就是"节奏"原则对生命的最高要求。孟子列举了古代圣人的几种类型,最高一种类型就是孔子式的类型,此类型孟子称其为"圣之时也"。所谓"圣之时",就是你的生命"节奏"都要踩在恰当的时间节点上,或动或静,或言或止,或坐或卧,……凡事无不恰到好处。在一个恰当的时间点上你即便把别人骂得狗血喷头,人家也会说你好;在一个不恰当的时间点上,你即便极尽你的阿谀奉承,人家也会骂你贱。古代君子就是最讲究

"动静以时"的人,故曰:"时行则行,时止则止;动静不失其时。"(《易传》)又说:"君子之道,或出或处,或语或默。"(《易传》)这些人之所以能成为"万民之望",无非就是他们能在"进退存亡而不失其正"中得其"时中"(《易传》)而已。

　　万物皆因"节奏"而锁住了它们的是与非。美女就是因为身材的"合节性"以及面部器官的"合位性"而成为美女的,相应地,丑女就是因为身材与面部器官的"节奏"紊乱而成为丑女的。所以说,世界上不存在"节奏"之外的美与丑,"合节"的就是美,"不合节"的就是丑,广而言之,是"节奏"决定了人的命运。因此你对万物的认定,不能像盲人摸象那样,在没有"曲尽"大象整体之前,千万不要断言大象如何如何,因为是"节奏"串起了大象的每一个部位而使大象是其所是的。同样的道理,你不要只听了歌唱者的第一个音符就断言歌曲的好坏,更重要的还要看他接下来如何驾驭他的悠扬与婉转;你也不要只看了作书者的第一笔就妄言书法作品的好坏,更重要的还要看他接下来如何演绎他的错落与曲折,一切都要视其如何构建一个完整的"节奏链"而定。悠扬与婉转"中音"者就是好歌,错落与曲折"有致"者就是好字,所谓"短弯长不弯"所强调的就是这一点。孤立的物质属性只是万物的"质料",是"节奏"给万物赋形才使其成为我们所见到的样子。也正因为如此,故而音乐家只需改动一个音符,就能使音乐"变奏",进而使整首乐曲倒向另一种风格。一位蹩脚的雕刻学徒工眼看着就要糟蹋一件精美玉石,他的师傅接过他手中的玉石只需改动一根线条,作品就成为艺术精品。亚马孙平原上一只蝴蝶的一个微小的振翅,它所引发的结果就可能是大西洋飓风或亚特兰大大地震。地球上任何一个不起眼的小点,都有可能成为撬动地球的支点,如此等等。难道只有上帝能拨动世界的"琴弦"? 不,我们每个人都能。

　　人都需要向外宣泄点什么(或称"自我实现"亦可),而他向外宣泄的无非就是他的"内生命节奏":人们用潇洒流利的诗文来抒释其生命节奏的圆润与流畅,用掷地有声的篇章来传达其内心深处的正直与伟岸,用硬朗方正的书法来展示其内在精神的魄力与勇毅……。人又需要向外索取点什么(或称"自我保存"亦可),而他向外索取的正是用来扶培其"内生命节奏"所需要的"营养品"。由于每个人的"内生命节奏"都不尽相同,故其所索取的

"营养品"也不完全一样,从而导致:一些人可能会将林黛玉视为自己的"梦中情人"(焦大无论如何都是看不上林黛玉的,因为他们之间永远都对不上"节奏"),而另一些人则可能会将自己变成薛宝钗的"铁杆粉丝"。这奇怪吗?

"节奏"最神奇的地方还在于它能形成神秘的"感应"现象,古人宣称他们可以通过"望气"来知晓天下,其所利用的就是这种"感应"现象,而其中的"气"所喻指的岂不正是"节奏",所谓"气一上一下"云云,实乃就此而发。不仅人与万物是连着"气"的,人与人也是连着"气"的,进而,人对人的"知"以及人对世界的"知"根本上都属于"气知",或者说,非"气"不可能得"真知"。别人的一个眼神就有可能将他的全部信息"感应"给你,亦即你可以通过他的眼神而了解他的精神全体,故孟子曾有这样的话:"存乎人者,莫良于眸子。眸子不能掩其恶。胸中正,则眸子瞭焉;胸中不正,则眸子眊焉。听其言也,观其眸子,人焉廋哉?"孔子甚至从一个婴儿的眼神中窥破了天机:"孔子至郭门外,遇婴儿,其视精,其心正,其行端。孔子曰:'趣驱之,趣驱之,韶乐将作。'"(刘向《说苑》)而这里所谓的"眼神",无非就是眼光中所蕴含的神奇"节奏"。因此可以说,如果将这个世界所有的杂质全部淘尽的话,那也就只剩下由"感"与"应"所演绎的无穷"节奏"了,故明道先生曰:"天地之间,只有一个感与应而已,更有甚事?"

既然是"节奏"缔造了我们,包括我们的性体、能力倾向、神经类型、感应方式等等,故而,只要活出我们的"节奏",我们自然就赢定了。而我们所赢得的,不仅包括我们一生中所遭遇到的各种挑战,也包括与我们的生命"节奏"一同被赋予我们的各种各样的美妙与神奇,正所谓"一阴一阳之谓道"、"阴阳不测之谓神"!

"平常心即道"

　　如是我言：一位世外高人看到孔子整天栖栖遑遑地带着一帮弟子四处游说，试图有所作为，便断言他们最终肯定一事无成，原因就是"滔滔者天下皆是也"！意思是说，在这样一个乱哄哄的时代，你就省省吧，你整天那么忙活有什么用，到头来不是让已经乱哄哄的天下变得更乱吗？

　　当下的中国人，可以说遇到了几乎与孔子那个时代相同的问题，"滔滔"之物乱得让人直心慌，仿佛是一棚大烟火，很多人还没有等到把自己的"形状"活出来，就被这棚大烟火熏得面目全非甚至已经窒息身亡了。所以自古以来，人们一直都在想得到一种"宝贝"或"灵丹"，以便能在"滔滔"之物汹涌澎湃时自己不会被卷走或被吞没，其情形就像《西游记》中的孙悟空，当他吞下一粒"定风丹"之后，铁扇公主无论怎么扇他都能纹丝不动。人世间真的有这种"宝贝"吗？回答是：的确有。问题是你想得到它并成功地将自己"定"住却很难。古代的修禅者，他们通过不断地修行，其目的正是要得到这个"宝贝"，只是真正得到的却不多。究其原因就是很多人找错了方向，他们很多人都习惯于往外找，结果是找遍了千山万水，却依旧两手空空，什么都没找到。眼看着一辈子的忙活就要落空，正当他心灰意冷地准备放弃，回家（回到生命原点）之后却在不经意间找到了，原因是让他寻觅已久的"宝贝"不在别处，它就内在于我们生命之中："尽日寻春不见春，芒鞋踏破岭头云。归来偶把梅花嗅，春在枝头已十分。"

　　那么，这个能定住我们的"宝贝"为什么不在"身外"而在我们"身内"呢？因为"不是风动"，也"不是幡动"，而是我们的"心"在动，所以这个"宝贝"必定要从"身内"去找。正因为如此，"修道"之人修的总是"心"，而且实际上，人所能真正拥有的也就只有这颗"心"，其他一切包括我们的"身"都不完全归我们所有，因为"身"作为一种肉体组织，它有自身的运行规则，并不真正在意"我们"的痛苦甚至死活。但"心"就不同了，它和"我们"是最"贴心"的，

我本清静｜
"平常心即道"

以至于"我们"所遭遇到的所有苦难只有它是最"心知肚明"的，因此，"心"最同情"我们"的遭遇，进而为了拯救"我们"而不惜"以身相许"，即不惜放弃自己来成全"我们"。为了达到拯救"我们"的目的，"心"清除了它的所有躁动，做到了无论在什么时候都"不动心"，以避免将"我们"带进那个已然沸腾的"热闹场"而使"我们"万劫不复。

不过，"不动心"当然好，但这个"不动心"也有可能将我们的生命变成一具"活僵尸"，人活成"活僵尸"同样是人生的巨大不幸！为此，禅宗对"修道"的目标作了一些修正，即将原先的"不动心"修正为"平常心"，故有所谓"平常心即道"之说。因此，每个人都有必要活出他的"平常心"，活出属于生命自身的"健全常识"，唯其如此，方能使我们享有"处处得逢渠"、"日日是好日"的快意人生。

"我是谁"

　　如是我言:世上很多事,你不问,一点问题都没有,你一问,可能就问出个大问题来了,所以"能问"对于每个人而言,都不是个小事,这应该就是孔子何以要说"大哉问"的缘故了。比如有这么一个问题,平常人们一般很少问,甚至觉得不值得一问,问了就有被视为傻瓜的嫌疑。这个问题就是"我是谁?",或者可以换一种问法,"我是凭什么而是我的"、"我在这个世界上到底拥有什么他人不可能拥有的东西"或"我是怎么认定我是我而不是他人的"等等。如果这个问题你一开始还觉得比"小儿科"还"小儿科"的话,那么只要你稍稍追问下去,你可能就发现你已经将自己陷入尴尬之境了。比如你可以尝试着这样作答:"我是×××的儿子。"那别人必定又要问:"那×××又是谁呢?"按照你的思路,你的回答极可能是:"是×××爸爸的儿子。"虽然道理上可以这样一直追问下去,但问题是,这样下去我们的最终答案岂不一直都在被追问的过程当中,结果永远都出不来。当然,你也可以换一个角度作答:"我就是某年某月某日某时某刻站在某个地方的那个人(因为同一时间同一地点只站了我一个人)。"这当然可以是一种回答,但问题是,你只回答了某个特定时间段的"我是谁",却没有回答可以涵盖所有时间段的"我是谁",所以如果你以这种方式回答"我是谁"的问题,你就必须无休止地一直回答下去,直到你所站的那个地方已经站了不止你一个人,你的回答也就因此丧失了唯一性,逼得你不得不放弃这个方式为止。由此看来,这同样不是个好办法。你甚至还可以尝试更多的方法,但结果往往都难如人意。比如现在人们经常用指纹、DNA来锁定人的唯一性,但我们知道,无论是指纹还是DNA,仍然还存在亿万分之一的雷同可能性,很显然,这也不是一个绝对保险的办法。

　　那么,我真的就没有办法证明我只能是我而不是他人了吗?我的独一无二性真的就无从认定了吗?或者说,我真的就只能拿一张"纸做的"身份证而不可能拿到我的"真正的"身份证了吗？当然不是。这里，我想提供一个另外的视角，看看这个视角能否解决"我是谁"的问题。

如果我说我们每一个人都拥有一个他人永远都无法拥有的"世界"，你或许不肯相信，但事实就是如此，由不得你不信。我们一般都知道人与动物之间在感觉、认知、理解等方面都存在不可逾越的鸿沟，却不知道人与人之间在这些方面也同样存在不可逾越的鸿沟。人之为人、动物之为动物，往往就是因为上述巨大鸿沟的存在而被识别出来的，既然如此，人与人之间自然也可以以同样的方式被识别出来。在日常生活中，我们经常会发现有这么一种现象，某人某天突然被某件事物所感动，比如他路过一个他曾经到过的一个地方，这地方曾经发生过一件让他终生难忘的事，当他再次看到这个地方时，尽管已经时过境迁，但当年那一幕幕又重新涌上心头。他或许是出于真诚，想与他的一位好友共同分享他的这一特殊感受，他的好友听完他的"娓娓道来"之后，便深有感触地说："唉，你还别说，真是那么回事！"这个时候，如果他以为他的好友真的就与他产生百分之百"共鸣"的话，那他可能就"天真"得可以了。实际上，不管他用多么准确的语言来描述他的感受，而他的好友哪怕只产生一半的"共鸣"也就不错了。比如我每次回到故乡，走在故乡的道路上，都会有某些难以言表的感受，因为知道难以言表，最终也就只能用"此时无声胜有声"加以"冷"处理了，真有一种"哑巴吃黄连，有苦说不出"的感觉，或者只能仰望上苍，感叹一句"只有星星知道我的心"了，甚至连这也都是奢望。不是有那么一句话吗，叫"山月不知心底事"，所谓"不知"只是别人"不知"，自己又何尝"不知"呢！这一现象决不局限于某一两件事情上，而是广泛存在于所有事情上，这恰如古代一位高僧所说的那样："少年一段风流事，只许佳人独自知。"某人所说的"风流事"到底有多"风流"，到底有多么让他刻骨铭心，又是怎样让他刻骨铭心的，除了他自己，别人很难一清二楚。此外，一个人所拥有的只有他自己才拥有的感受，有的他还能意识到，有的他已经意识不到了；有的他还能回忆得起来，有的已经回忆不起来了；有的多少还能说得出来，有的已经全然说不出来了。可以说，我们心中被我们"冷"处理掉的东西实在是太多了，所有这些东西最终都自构为一个完整的"意义世界"，一个只对他"孤明历历"而对其他一切人都只能是"暗箱"的"世界"，他将拥有而且不得不拥有这个"世界"，一个只有他才能进入其至深奥堂的"世界"。这个"世界"对他来说,其总体色调在不同时期、不同感受状态下,尽管有或浓或淡、或深或浅的差别,但其基本格局一般都是恒定的,这个恒定不仅确保了他的"世界"的恒定,同时也确保了他作为这个"世界"唯一拥有者的恒定。这也就意味着,我们每个人都将因为拥有这样一个恒定且独一无二的"世界"而是我们自己的。因为以这样的"世界"作为我的那个"真正"身份证上的代码,是再也没有人能"冒充"我的。

所以我说,你大可不必为"茫茫人海,无处觅知音"而伤心苦恼,相反,你应该为你拥有这个世界上唯独你才能拥有的"世界"而感到满足甚至自豪,因为正是由于有了这个"世界",你才是一个真正有"我"的人,一个有着他人都听不懂唯有你自己最明白的"有故事"的人。

我本清静
官场"阴阳人"

官场"阴阳人"

如是我言：中国的官场，好一个丑态百出的人间闹剧！真可谓"人做鬼，鬼做人，不知道是鬼还是人"。一个前几天在大会小会上还将自己打扮成反腐英雄的地方要员，今天就被查出是巨贪；一个口口声声要求部下做到洁身自好的"官场楷模"，转眼间就爆出有一堆情人和一串"二奶"。这样的"热闹场"，让我们这些不是看客的看客如何消受得起！

面对如此"人模鬼样"的官场，愤怒与谩骂自然是少不了的，但"冷"思考却显得尤为重要。其实，中国的官场只不过是现实版社会的一角，整个社会如此，官场只会变本加厉，指望它是一个例外，不现实。官场何以会成为社会问题的变本加厉版呢？道理很简单，这就像赌场，没钱的只能"小打小闹"，有钱的自然就要"大打出手"了。官僚们一般都手握当代中国两大最"紧俏商品"，即权与钱，在约束力失效的情况下（这么多年来，这种力量一直都处于失效状态），这帮官场赌徒把赌局"玩"得风生水起，乃势所必然。既然是"玩"，当然就要"玩"得越漂亮越好，于是乎这些赌徒一个个都将自己变成了可以通吃的"阴阳人"，都"玩"起了"一阴一阳之为道"的高级"魔术"，直让人看得眼花缭乱。这也就使得我们经常会有这样一种感觉：当某一新官履职，报上总要发一个消息，旁边总要附一个"大头贴"，看着这一本正经的"大头贴"，总是要忍不住多端详几眼，不仅要看他的面相，还要看他的眼神，看着看着，似乎这"大头贴"也在给我们"变魔术"了，它一会儿慈眉善目，一会儿凶神恶煞，一会儿正直清廉，一会儿污秽不堪，让我们看得都有些神经错乱了。

官场赌徒们这么"玩"，难道他们真的就那么"心安理得"、"体泰神怡"吗？都是父母生的，我想肯定不会。既然不会，那他岂不是脑子"灌水"，还要"玩"这种让人心跳的"魔术"？这就是问题的关键了。其实，他们的脑子没有"灌水"，他们聪明得很，否则他们就不可能爬得那么高了，真正被"灌水"的是他那可怜的灵魂（当今的中国,到处充斥着灵魂的哀鸣）。灵魂一旦被"灌水",真正的灵魂也就死了、没了。人为什么会没了灵魂呢？确切地说,不是没了,而是被某个"非灵魂"的东西给绑架了。而绑架他灵魂的,不是某个外在的力量,就是内在于他生命中的那个已然呈狂暴状的欲望以及那个已然蓬头垢面的"心"。这些绑架他灵魂的东西,在外力没有替他"松绑"（我指的是司法机关对其绳之以法）之前,他自己往往是意识不到的。而在这之前,他就像吸毒者一样,只觉得毒品能让他飘飘欲仙,哪有工夫管它有没有毒。即便意识到了,他自己也是不太可能替自己松绑的,因为毕竟"重赏之下必有勇夫",官场赌徒们之所以纷纷做这个不惜赴死的"勇夫",实在是"重赏"（欲念的巨大诱惑）在前,这"勇夫"他是做定了。所以,让一个官场赌徒"金盆洗手"就像让一个吸毒者戒毒一样,难度极大。这便是说,要让中国官场少出几个赌徒,必要的前期工作一定要做,否则一旦染上赌瘾,想戒,那谈何容易！而且这些人真的要好好帮帮他们,往大里说,是国家的命运掌握在他们手里,往小里说,没有人忍心看着他们"死无葬身之地",原因很简单：他们跟我们一样也都是父母养的！

　　既然道理已明,如何防范官场赌徒,办法自然也就有了。这办法绝不只是把他们召集起来开几次会、办几次学习班那么简单,而是要从源头抓起。具体可分为短期目标与长期目标"两手抓"。短期目标就是通过多种手段为官场爆棚的欲望降温,让他们享受烈日灼烤之后的清凉。长期目标就是将整个社会欲望指数调低,这样做,即便要牺牲一些 GDP 也在所不惜。如果整个民族不拿出这样的决心和勇气,只是一味地靠"高压",靠加大"打击力度",想止住这"塌方式腐败",都将被证明是"治标不治本"的。因为当欲望之火比火山的威力还要巨大时,光靠"打压"肯定是不行的,唯一的办法就是从内部去消解它,让欲望的燃烧体"软着陆",让它将能量块"自毁",而这注定是一个长期的过程,我们将拭目以待。

御寒"小棉袄"

如是我言：生活世界真像是一团"大混沌"，总是有种"剪不断，理还乱"的感觉。生活在这样的"大混沌"中，如果你没有办法让你"透透气"，真有可能被"憋死"。不过还好，毕竟我们是人，有理智，有性灵。

现代人的生存方式，简直就是一种专门制造垃圾的方式，你既想活着又不制造垃圾那太难了。所以，活着总让人有一种罪感，且活得越奢侈罪感就越重。为了尽可能减轻自己的罪感，我除了买东西不用或少用塑料袋之外，还养成了东西用过之后将废品保留下来的习惯，这既可以换两个小钱补贴家用，也可以废物利用少污染环境。平时，废品一般都是让回收废品者上门来收，后来觉得这仍然很麻烦，加之看到物业保洁员工作辛苦工资又低，于是废品都送他了。此后我发现，这位原本从不跟我打招呼的保洁员每次见到我总是笑脸相迎，且脸上还透露出淡淡的感激之情，倒有点欠了我什么东西似的。为了打消他的这种"亏欠"心态，我就让他帮我做点事，事不大，就是让他在打扫楼道时将我的一张已经用坏了的椅子带下楼去。本以为举手之劳，应该问题不大，而且他当时也满口答应。但之后，这张椅子一直就搁在原处，他看过一百遍也跟没看到一样。这让我心里很不是滋味：废品那么沉，你不嫌重，椅子并不重，你就搬不动了，这人怎么这样，不近情理！

后来在一次散步中，我猛然觉得心头有一丝"真理"光芒一闪而过，我努力捕捉它，最终抓住了它，并将它整理成这么一句话：人但凡心里发堵、有火要发的时候，他十之八九已陷入佛教所谓的"边见"之中了。当代的中国，到处充斥着不公平，社会一定程度上已变得有些畸形，这种畸形就像一只已经畸形了的小椅子，人一坐上去就吱吱作响，"呻吟声"不断。当今中国社会的一个典型现象就是，有很多人拿着与他们的付出不相匹配的收入，社会的"正常"运转某种程度上就是建立在他们与贫困、艰难挣扎中来维持的。这些人当中，有不堪忍受者起而反抗社会、报复社会的，有不肯与社会合作的，

南平的那位下岗医生手刃六名小学生时,嘴中不停地高喊:"这社会太不公平了。"喊声在中国大地上回响,撼人心魄!当时我就想,中国比你活得不幸的人多的是,人家不是活得好好的,也没见得他们一定要杀人,怎么就你"忍"不住呢?后来我又想,人世间的许多事情光靠"忍"是"忍"不住的,需要特殊的机缘。有一天我突然发现,对于那些已经被社会"亏待了"的人,他们继续且健康地活下去的一个重要机缘就在于他们活得有点"混沌",做人有点"不怎么讲究",甚至做事还有点"不近情理"。这些看起来让人难以接受的东西,或许正是他们在这个"寒冷的社会"中不至于被冻死的抗寒小棉袄,正所谓"没心没肺,活着不累"嘛!所以我们应该感谢上天,在这个"寒冷的季节",赏给他们这么一件足以存活下去的"小棉袄",否则,我们就又多了一层牵挂了。

所以我说,凡事多想想,再想想,一旦你突破了"边见",你也就突破了生活世界的"大混沌"。想到这里,你还"憋气"吗?

美在不"言"中

如是我言:"人活一张脸,树活一张皮",这是一个尽人皆知的道理。但如果我说,"美"也需要"一张脸"、"一张皮",恐怕未必人人都懂了。

有道是:"人靠衣装,马靠鞍装。"人与马之所以能从先前的"不美"变成"美",靠的就是"衣"和"鞍",从而这"衣"这"鞍"就构成了"美之脸"、"美之皮"。如果有人不满足于此,非要揭了"衣"卸了"鞍"、"打破砂锅问到底"不可,那他也就亲手将"美"给扼杀了。中国有句古话叫"欲盖弥彰",此话最深刻的解读版本应该是:加以"掩盖"之后,它那最生动的东西反而益发彰显。当代德国大哲海德格尔正是在这一意义上强调了"遮蔽"与"揭蔽"之间的内在联系的(试想想,假如没有"遮蔽","揭蔽"势必也就"无的放矢"了;而"揭蔽"一旦"无的放矢",那又如何通过"揭蔽"而获得美呢?)。自古以来,中国人就懂得这个道理,所以,大户人家都要把自己的女儿养在"深闺"中,只有这样养,父母才不无自豪地说:"我家的大闺女。"养在"深闺"中,做到了"大门不迈,二门不出"甚至"笑不露齿"的女子,那才叫"美",否则,整天"抛头露面"的,和"假小子"差不多,那就要"小心找不到婆家"了。"佳人"总是要"在水一方"的,若缺了"一方"之"水"的淡淡"阻隔",是营造不出"佳人"的极致之美的。由此看来,王母娘娘的"狠心"也未必就是全然的"不近人情",因为正是她用"天河""阻隔"了牛郎和织女,才使得"牛郎织女"的爱情故事总能散发出迷人的"凄美"——或许"凄美"才是美的极致。可以说,"牛郎织女"神话就是"距离产生美"这一当代美学话题的神话版。龙的神奇就在于它的"见首不见尾",或者说,它总是给我们一种"云里雾中"的印象,不然的话,一旦"云罢雾霁,而龙蛇与螾蚁同矣"(韩非)。有人说,山之"美"就"美"在云雾,说得太对了。山如果没有云雾,通体的一览无余,虽不能说不"美",但毕竟不是"美"的极致,因为缺少了"藏"与"盖"乃至"阻隔"就不可能有"大美"。

传统中国人是最懂得"美"的本质的,所以他们所供奉的人文始祖名叫

"伏羲"("伏羲"又叫"包羲","羲"同"曦",有"光明"之义,"伏"、"包"有"藏"、"盖"之义,所以"伏羲"就是"光明不显"的意思),他们的生命也呈现出含蓄、内向、不事张扬等特征。比如,中国人一般不喜欢把话说得太白、太死,甚至还标榜"大言不言"、"大音希声",人与人之间的交流总是要带点"弦外之音",话说得太白、太死,就会影响到理解的生动性和完美性,就会影响到"心心相印"以及"此时无声胜有声"这样的理解之至。所以,中国人的语言总是那么的含蓄,尽管这不是每个人都能做到,但它的确就是中国人所追求的最美妙的语言,这叫作"言有尽而意无穷",说得更文气一点就是:"羚羊挂角,无迹可求。"这种"犹抱琵琶半遮面"似的表达方式,决不局限于中国语言,它几乎是中国传统文学艺术的共同追求。

美之所以要在"藏"与"盖"中才得以充分彰显,是因为"美"不"美"并非全是"外物"的事,它更是我们的"心事"。即是说,正是通过"藏"与"盖"对"心"进行了"挑逗","心"才会"兴"起来,"心"一"兴","美"也就诞生了。所以古代的诗歌最能打动人的就是这个"兴"了,整本《诗经》如果没有"兴",那是不可想象的,因为与"兴"比较起来,"比"与"赋"就逊色多了。当然,"藏"与"盖"也不是简单地"藏"起来就好、"盖"起来就行的,而是要"藏"得自然、"盖"得美妙,所谓"似有还无"、"欲行还止"、"宜瞋宜喜"者是也。相反,如果一味地故弄玄虚,那就"弄巧成拙"了,这样做不仅不"美",而是比"丑"还要"丑"的东西了。

近几十年来,很难说从什么时候开始,我们这个民族不仅把"脸"丢尽了,也把"皮"剥光了,从而真正的"美"在中国也就像凤凰一样难找了。如果非要指出这个开风气之先的人是谁的话,或许20世纪著名影星刘××(恕我就不直接说出她的名字)就要进入我们的视野了。原本,在国内文体娱乐圈,一旦有人出名了、成功了,当被追问其成功原因时,一般的回答往往都是:"是领导的关怀,同事的信任、群众的支持,才使我走到今天的,至于我个人,简直微不足道……"这样的回答,低调谦逊中蕴藏着无限的人性之"美",真有一种"俏也不争春,只把春来报,待到山花烂漫时,她在丛中笑"的"大美"气象。但刘××一出口,此气象便被击得"灰飞烟灭"了。她大概是说了以下的话:什么领导的关怀、同事的信任、群众的支持,都是胡扯,我有今天,全是我一人奋斗的结果……。她或许是讲了一个大实话,只可惜太"实"了,一点"遮掩"都没有,结果"美"也就没了。刘××的这一番话,就是被后人冠以"老娘天下第一"的那番话,对世道民风的影响极大,而后世的所谓芙蓉姐姐、凤姐、小月月等等不过就是这位"老娘"的加强版而已。风气所至,致使中国遍地"王婆",自我吆喝声此起彼伏,而那个可怜的"美"呢?"美"已经羞答答地躲到一个我们看不见的地方去了,最终使我们的生命只能在一个失"美"的世界里干耗着,再也品尝不到"美"的甘泉了。这应该就是孔子何以要说"一言可以兴邦,一言可以丧邦"的话了。可悲的是,在这样的环境中,我们每个人几乎都被绑架到了屠杀"美"的战车上,自己却浑然不觉。人们扒"衣"的扒"衣",剥"皮"的剥"皮",忙得不亦乐乎,"美"露出了"血肉",露出了"瓢子",将其置于阳光下暴晒,直至干瘪枯死。我们这样干,不是屠杀"大美"的刽子手是什么?

由此我想到了中国的学术界。按理说,学术界应该是一个仅次于宗教界的清净之所,即它应该拥有较之其他行业要大得多的内在定力,不事张扬、甘受寂寞理当成为学者们的基本性格。然而,"流风"所至,那些往常坐在书斋里的"书呆子"们也耐不住寂寞了,纷纷醉心于"抛头露脸"之事,上报的上报,上镜的上镜,甚至抢了明星演员的风头,就连"学术明星"这种不伦不类的称呼都出来了。由于扭曲了"美"的真谛,所以一时的"风流"换来的终将是世人的抛弃——这几年全国最讨厌明星排行榜,那几位"学术明星"都排在"最显眼"的位置。正所谓"亢龙有悔",没想到,"现报"这么快就来了。看到这一结局,我就想:你说你一个做学问的,不老老实实地待在书房里做学问,非要将自己拿出来让别人当皮球拍,一会儿将你拍得很高,一会儿又将你重重地砸在地板上,何苦呢!也许有人说,他们之所以这么干,是因为"有利可图"啊!图利,这我理解但不提倡:理解是因为,生在今天的中国,"虽说金钱不是万能的,但没有钱是万万不能的";不提倡是因为,学者们如果都像他们那样忙于人前人后赚钱,中国的学术圈就更加浮躁了。但问题是,他们图利之外,更多的可能还是图名,而在这个世界上,有些名可以图,有些名是不能图的,图了人生就不"美"了:"幽独始有美人,淡泊乃见豪杰。热闹人毕竟俗气"!(傅山)我历来不喜欢"热闹人",因为"外场"过于"热闹"的人,其"内场"就难免"浅薄",毕竟"凡外重者内拙"嘛(庄子)!

古人说得好,"天地有大美而不言,四时有明法而不议,万物有成理而不说"、"天何言哉？四时行焉,百物生焉,天何言哉"(孔子)？气势汹汹且将自己打扮成"无物不知,无事不晓"的当代中国人实在是"说"得太多了、"露"得太多了,以至于将"美"的泉眼都"折腾"干涸了。由此,我不禁要问,我们这样做,是"真知"、"真晓"吗？

"非主题性"生存模式

如是我言：当代人总说自己活得不幸福，我认为其中原因之一就是我们总是习惯于把人生的目标搞得太明确。我这样说，并不是说我们的人生不应该有目标，但目标太明确了，必然会让人损失很多的乐趣。人生如果缺少了乐趣的滋润，想活得幸福，谈何容易！

生命的一大人所共知的铁律就是：当生命一经诞生，就开始了通往死亡的旅途，此旅途或因个体的不同，或长或短，或宽或窄，但最终的目标（目的地）对每个人来说，都将是确切无疑的。这便是说，如果某人开启的人生模式是"直奔主题"或"直达目标"模式，他为自己开启的其实就是一种"找死"模式。说某人是在"找死"，这多少有些骂人的成分，但世界上的事情就是这样：不将事情真相的极端情形呈现出来，是不足以产生足够的警醒与震慑效果。这就好比对于一个恣意妄为的人，一句"不见棺材不掉泪"就是对他最好的警醒，因为只有当他清楚地意识到自己的行为就是在给自己准备棺材时，他或许就真正认识到了自己该做什么、不该做什么了。其实，现实生活中到处可见"直奔主题"或"直达目标"的人或事了，但能认识到这种人生模式不可取的人却并不多。比如看电影，如果你是个"直奔主题"或"直达目标"的人，这就意味着你可能只对电影的"主题"或"结局"感兴趣，这样的话，你就大可不必上电影院了，只要拿一本书，那上面有关"主题"或"结局"的种种高论，其精彩程度决不会逊色于你所要看的电影，假如你真的这么想、这么做了，那么电影所能带给人的快乐你就再也享受不到了。又比如，假如你是一个登山爱好者，你心目中有一座很神圣的山，不登上去就将成为你的终生遗憾，有这种想法原本是无可厚非的，但问题是，如果你的登山过程开启的是"直奔主题"或"直达目标"模式，你最终能否登上那座山却未必能肯定，但有一个结果倒是可以肯定的：由于你的心灵已经被你的登山模式锁定了，以至于登山过程中那些最美妙的细节，比如沿途潺潺的流水、各种奇花异草以及其他众多足以让人赏心悦目的一幕幕,都将被你这个"心不在焉"的心灵统统给屏蔽掉。对此,你或许为自己辩解说:"这次我只想登山,下次有机会再来慢慢欣赏沿途的一切。"看来,你的"直奔主题"行为模式是永远都改不了了。我们说,人生苦短,很多事情根本就没有下一次,即便有下一次,但像你这样将人生切割为若干"主题"的活法必将置你的人生永远都在"奔"中度过,你将永远不可能获得完整、自然、从容的人生。这样的人生,你可以为你这一辈子完成了一大堆"主题"或"目标"而自豪,但你却很难说你已经活出了人生的快意与真正的乐趣。

所以,人生要重在"过程值",同时还要尽可能淡化"目标值"。因为"目标值"只能构成生命的"点价值",却构不成生命的"线价值"乃至"面价值",生命一旦丧失其整体的感受与全面的体验,就不可能达到它的终极完美。古人中有不少是懂得生命的这一至深秘密的,所以他们的活法能为我们提供很好的启示。这其中,陶渊明就是我们最需要提及的人,请看他的《五柳先生传》:"先生不知何许人也,亦不详其姓字。宅边有五柳树,因以为号焉。闲静少言,不慕荣利。好读书,不求甚解。每有会意,则欣然忘食。……常著文章自娱,颇示己志。忘怀得失,以此自终……"好一个"好读书,不求甚解"!正是由于陶渊明是带着一颗无"主题"、无"目标"的心态去读书的,所以他才能把书读得比谁都到位,最终成为中国历史上一位顶级的大文豪。而当下我们很多"学人",读任何书都是那么的"目标"清晰、"主题"鲜明,结果呢,书读得很累不算,一个文豪也出不来。难道我们就不应该为我们这种既无成又不幸的活法多反省一下吗?

所以我说,人不可以将生命的"主题"与"非主题"分得那么清楚,急功近利是人生的大忌,我们应该大胆地捡起曾经被我们视为洪水猛兽的"非主题性"的生活,还我们生命以原本的完整。

"理性"的困境

如是我言：哲学史上，不仅有所谓的芝诺悖论，还有康托悖论、罗素悖论，等等。在我看来，人类所发现的这些悖论其实都是造物主对人类所开的一个玩笑，是专门用来嘲笑人类自以为是的所谓"理性"的，或者说，造物主要通过这些悖论告诉人类这样的话：即便是我玩剩下的，你们也玩不了！我想，终归有一天，患有"理性癖"的人类会将自己置于一个莫名其妙的境地之中，即将自己置于一个要什么没什么、怕什么反而来什么的怪圈之中。人类认识到悖论的存在，一方面说明人类还是有点自知之明的，也就是还能认识到人类理性的有限性与宇宙整体的无限性的；另一方面也说明人类多少已经意识到了造物主的警告：不要再自作聪明了！中国古人似乎早就有此警觉，所谓"清水无大鱼"、"知乃不知"、"弥近理而大乱真"等等，都是基于这一警觉所做的朴素表达。

美好生活的"分量"

如是我言：人们唱着《生活是多么美好》生活着。但是，我们还是不要以为现实的生活世界永远都像歌中所唱那样飘逸与美妙为好。在这样一个充满着"意志"的世界，到处是矛盾与不协，阴阳不定，祸福无常。当我看到当年的张海迪曾经拖着沉重的病体，面带微笑地唱着《生活是多么美好》这首歌的时候，其中的体味或许只有张海迪一人知道。大概所有过来人都知道，这个世界虽说不是从来都尽失人意，但也绝不可能尽如人意。我这样说，并不等于说生活就不美好了，而只是说，美好生活总是要附带一定的"分量"的。如果你认识不到这一点，你所谓的"美好生活"终归有一天会变成"水中月，镜中花"的。因为毕竟，历来的"高台"都是以"深潭"为基的。

"活在当下"

如是我言：人生观一旦有了误区，往往就会以很隐蔽的方式决定着人生的命运，比如，重视人生的"目标值"而忽视"过程值"的观念就属于这样的误区。持这种人生观的人一般都认为，人生的"目标值"才是"实"，才是人生的"目的"，而"过程值"只不过是达到"目标值"的手段，它本身没有价值，是一个"虚"的东西，人活一辈子，如果没有获得让自己心满意足的"目标值"，那就等于白活了。

有这么一幅漫画，似乎专门就是针对上述误区而发的：一个人跌倒了，爬起来之后又跌倒了，这时他开始后悔自己当初干吗要爬起来，因为如果知道第二次还会跌倒，那还不如第一次就干脆不起来了。这当然是一则"莫须有"的笑话，但隐藏在其背后的思维惯性却未必也是"莫须有"的。有这么一则故事，说有位老先生看到天上下雪了，仿佛若有所思，便当即赋诗一首（权当是诗吧）：

　　老天下雪不下雨，下到地上变成雨；早知雪要变成雨，不如当初就下雨。

老先生的"诗"乍一看合情合理，既然最终都是那么回事，干吗还要多此一举呢？但他的"诗"却有一个致命的问题：要是话能那么说的话，那么万事万物的存在也都是多此一举的了，因为所有的事物最终都是要"死"的，既然如此，这个世界空无一物不是更好吗？若果真如此，你老先生还能站在这儿吗？还能有嘴来"吟诗"吗？果然，"诗"中的问题被站在一旁的弟子看出来了，弟子随即"和诗"一首：

　　先生吃饭不吃屎，吃到肚里变成屎；早知饭要变成屎，不如当初就吃屎。

一句"不如"严判了"目标值"与"过程值"之间的"虚实"关系，倘若不是弟子的"和诗",人们往往很难发现这种价值判断所隐藏着的认知误区,仿佛人活着就是为了得到一个什么"结果"而活着似的,人生的意义与价值只有等到这个"结果"出来之后方能"盖棺定论"一样。然而,当人们发现自己终生为之奋斗的"结果"原本只是一堆"大便"的时候,也许就要猛醒了:自己这一辈子活得太不值当了,完全被这个无关紧要的"结果"给愚弄了。这可以说是一个相当普遍的人生悲剧,对此,悲剧哲学大师叔本华给后世留下了这么一段精辟的言论:"人生的景象,就好比是一幅粗制滥造的镶嵌砖上的图画,近看不能产生任何效果,远看才能欣赏出它的美妙之处。因此,欲获得你所迫切的东西,也不过是发现它的虚无而已。虽然我们常常期望在美好的事物中度过,同时又每每感到悔恨,希望过去的能复还。我们把现在看作是一时的忍耐,且仅仅把它作为达到我们目的的途径。为此,就多数人而言,如在弥留之际回顾过去,就会发现他们始终是暂时而生,这样他们就会惊诧地发现,他们所漠视的没有享受过就滑脱过去的东西,正是他们的一生中所希望得到的东西,又有谁不能说,其一生被希望所愚弄,直至扑入死亡的怀抱呢"?

为了截断人们过于迷恋"目标值"这样的人生妄念,佛教为人们开出了"活在当下"的教言。所谓"活在当下",就是要求人们抓住生命中每一个瞬间点,一旦抓住了,人生也就圆满了,就没有遗憾了。或者说,人一旦能"活在当下",他的生命也就变得"步步为营"了,进而,他也就时时刻刻都有"家"了。所以,如果说人生还有什么"目标值"的话,那这个"目标值"就内在于每一个瞬间点中,不存在独立于瞬间点以外的"目标值"。比如种花,其实"过程值"比"目标值"要大得多,即使说,你所获得的享受从你种花的那一刻就开始了,之后就是花的嫩芽破土而出、花的迷人的绿叶、花从生到凋谢的全过程,等等,如果你不懂得这一点,只等着花开了之后再好好享受花的美妙,那么,比这要多得多的美妙就被你给漏掉了。《世说新语》记载了这么一则故事,所强调的正是这一话题:"王子猷居山阴。夜大雪。眠觉,开室,命酌酒。四望皎然,因起彷徨,咏左思《招隐诗》,忽忆戴安道(东晋隐士)。时戴在剡,即便夜乘小船就之。经宿方至,造门不前而返。人问其故。王曰:'吾本乘兴而行,兴尽而返,何必见戴?'"见戴安道为的就是"尽兴",既然目的已经达到,见不见戴安道也就不重要了。

我本清静
"活在当下"

所以，还是伯恩斯坦说得好："最终的目的是微不足道的，奋斗就是一切！"就此而言，那种将瞬间点（"过程值"）视为达到"目标值"手段的人，实际上就是一个拿虚幻的幸福来冒充真实幸福的人。

不要"笑得太早了"

如是我言：研究表明，人是自然界唯一一种会笑的动物，而其他一切动物虽然也会因情绪的变化而变换"脸色"，但它们就是不会笑。可以说，会笑是人类有别于其他一切动物的基本特征之一。假如有一天，你发现有动物对你"笑脸相迎"了，我想你不但轻松不起来，反而会一下子警觉起来：这家伙是不是成精了。的确，除非它成精了，否则它是绝对不会笑的。

万物中唯独人类会笑，这的确是一件令人类欣慰的事，但如果人类就此而自鸣得意，那我就要担心了：我们还是"不要笑得太早了"！因为既然会笑，那也就离哭不远了，之所以这么说，是因为笑与哭原本就是一对孪生兄弟，你但凡见到了一个，那就与见到另一个不远了。要把这个问题讲清楚，那首先就得把为什么只有人类会笑这个问题讲清楚。我们知道，笑是基于快乐而具有的一种身体反应，当然，这里所说的笑是指正常反应的笑，而非其他种种诸如变态的笑、怪笑等等，后者其实已经不属于笑的范畴，而是其他表情的变相的乃至变态的反应。不过，这仍然需要解释，否则还是会引起误解的，因为人们完全可以反驳：动物不是也有快乐吗，那它们怎么就不会笑呢？的确，动物也有动物的快乐，但它们的快乐尚不足以推动它们产生笑这样的高级身体反应。而人类就不同了，人类不仅具有动物式的快乐体验，而且还具有一般动物不可能具有的快乐体验，那就是因"思想"的推动而具有的快乐体验（这里的"思想"指的是人脑的一项基本机能，而非思想家们的"专利"）。动物的快乐由于没有"思想"的推动，所以显得很"肤浅"，因此它们的快乐只停留于生命的表层结构，亦即仅局限于"身"，而不可能完全达到"心"。与动物不同的是，人类可以仅凭"思想"的推动就能产生包括快乐在内的多种身体反应，比如恐惧感，动物只有在"身临其境"时才会产生，而人类就不必，人类可以"想起来就后怕"。依此类推，人类既会因"想起昔日的好时光"而笑容满面，也会因"担心今后的日子怎么过"而愁容不展，等等，所有这些在动物那里都是不可能发生的。之所以如此,原因只有一个,那就是动物不会"思想",因为不会"思想",所以它们的身体反应只能停留在"心"之外。而我们又知道,人类的"微笑肌"乃是"心"的产物,是对"心"的模拟,动物的快乐既然达不到"心",也就是不可能被"思想化",自然也就不会产生基于对快乐之"心"的模拟的"微笑肌"了。没有"微笑肌",即便再快乐,那也是"笑"不出来的。

因为能够"思想",所以人类"笑"了起来,同样也是"思想"的缘故,人类营造快乐的手段比动物也就丰富多了,阿Q不就是仅凭"思想"就享受到了"做人的尊严"了吗?不仅如此,会思想的人类所能享受的快乐也较动物要"深刻"得多、"绵长"得多,因为"思想"似乎是一个可以储存快乐的池子,不仅深不见底,而且使用起来还可以"细水长流"、"随叫随到"。可以说,由于"思想"的缘故,人类已经可以将他们的快乐推向极致,因为对于快乐而言,"思想"不仅可以充当它的"放大器",还可以充当它的"深化器"、"延长器"等。但问题是,"思想"既然能成为推动快乐的"放大器"、"深化器"、"延长器",那它一定也会成为人类其他情绪的"放大器"、"深化器"、"延长器"。这就让我们不得不谈到人类的痛苦了,动物由于没有"思想",所以它们的痛苦也就不会被"人为地"放大、深化、延长,痛苦在它们身上往往都是"过而不留"的,即动物不会在"思想"的推动下拿以前的痛苦或虚构的痛苦来折磨自己,真正做到了"今朝有酒今朝醉,明日愁来明日愁"般的率真与简单。而有"思想"的人类就不同了,他的痛苦不仅有当场遭遇的痛苦,还有经"思想"的推动而产生的痛苦,从这一意义上讲,人类天生就是"受二茬苦,遭二茬罪"的命。而且还由于"思想"是连着"心"的,因此人类的痛苦往往都是"刻骨铭心"的,绝非动物式的"肤浅"痛苦可比。由于人类的痛苦较之一般动物要深得多,故而不会发生在动物身上的那些事在人类身上统统都发生了,比如自杀、自虐、抑郁症、失眠、噩梦、幻觉以及对死亡的恐惧、对未来的担忧、对过往的悔恨等等,都是人类无法摆脱的痛苦,之所以无法摆脱,就是因为我们无法摆脱"思想"。这应该就是思想家为什么要说"苦是人生的底色"以及佛祖为什么要说"人生皆苦"的缘故之一了。

所以我说,我们不要为自己是人类而得意非凡,因为在我们得意非凡的时候,痛苦的幽灵就在我们身边游荡着,并以极其诡秘的眼神窥视着我们,随时准备着将我们拢入它的怀抱。人要尽可能活得简单一点，单纯一点，当然这也只能尽可能减轻我们的"原罪"，而不可能从根本上改变我们的命运，因为我们终究是会"思想"的存在物。

说"痛快"

如是我言:著名主持人白岩松写过一本名为《痛并快乐着》的书,我虽然没有从书中看到我想要看的东西,但他的这个书名倒是能够让人眼前一亮。"痛"与"快"原本是相互对立的东西,是一对矛盾,它们之间怎么能形成有机的结合,进而构成所谓"痛快"的呢?事实上,它们的确可以,这就像我们平常所说的"舍得","舍"既然可以变成"得","痛"为何就不能变成"快"?不过,"舍得"也好,"痛快"也罢,重要的还要看我们所"舍"所"痛"的东西究竟是什么,我们又是如何去"舍"去"痛"的。答案不同,所造就的人生气象也就不同。

当代中国,一个典型的社会景观就是人们敢于"痛快"地活,甚至可以把什么叫作"痛快"演绎到极致。但问题是,他们演绎"痛快"的方式却每每让人忧心忡忡。几位朋友在一起喝酒,因为要敬别人酒,别人不肯赏脸,就一刀把别人捅死了。这人不仅"舍"得了朋友的命,也"舍"得了自己的命,而且也赢得了瞬间的"快意人生",的确也可以算得上是替自己"痛快"地活了一把。然而,这样的"痛快"除了让人战栗就是让人唏嘘,所以"痛快"是"痛快"了,但它所引发的连锁反应必将成为难以承受的生命之重:你的家人"痛苦"了,死者的家人"痛苦"了,整个社会"惊呆"了,而你自己也茫然了,悔不当初了。有一位刘德华的歌迷叫杨××,此人为了能见上刘德华一面,举家到了香港,眼看着见刘无望,杨父竟然"舍得一身剐",跳海自杀,最后在舆论的压力下,刘才勉强与杨见了一面,并合了一张史上最尴尬也最无耻的影,这事让我现在心里还留有阴影:每次看到有学生叫"××"的,我都很不舒服!算起来,杨家也算是"痛快"地活了一场,但这样的"痛快"几乎颠倒了我们对于"荣辱"的习惯认知,让我们感觉这个社会好无奈、好污秽!一位生有两个孩子的母亲,外出吸毒去了,将两个小孩反锁在家中,数日之后,两个小孩都饿死了,这位母亲倒是活得足够"痛快"(她扔下她的亲生骨肉,心里想必也是"痛"的,可怕的是,这个"痛"进一步强化了毒品的"毒",进而使她从毒品中找到了更大的"痛快"),但是只要人们一想到两个在死亡中挣扎的小孩,就感到揪心的痛:这位母亲是"痛快"了,但她却让整个社会"心痛"了!当然,提到"痛快",我们就不能不再说说我们的官场,因为这是当代中国人演绎"痛快"最火的地方之一。随着中国官场更多的内幕被曝光,这个本来就很热闹的舞台更加热闹了:一个个提着脑袋、拿一生荣誉作赌注的"官人"们,都成了将"痛快"演绎得淋漓尽致的"艺人"!我们说,"得"有时的确需要"舍","快"有时也的确需要"痛",但如此地拿道德、良知甚至人性来"舍"来"痛"的人,他们能赢得的不过也就是赌徒式的"痛快"、残暴者的"满足"、落魄者的"得感",它们是当代中国道德沦丧、戾气弥漫的必然产物。

其实,"痛快"原本是可以做成真"痛快",甚至可以做得很诗意的。比如历史上就有某富翁鉴于财产过多累及人生,于是散尽钱财,变得一身轻松,让自己好好地"痛快"了一把,此事被后世传为美谈。人们之所以乐于将此事传为美谈,是因为此人"舍"的是自己的"浮财",是"身外之物",而赢得的却是"身内之物",是人生的真"享受"。而且更重要的,在一个普遍过得了"鬼门关"过不了"财门关"的社会中,他却拥有过得了"财门关"的大智大勇,这样的"痛快","享受"的是自己,"清凉"的是整个社会,它不配传为美谈,什么配传为美谈?不过,这样的"痛快"虽然可贵,但我们却不能对它抱有过多的期许,因为能够做到大智大勇者毕竟是少数。倒是诗意性的"痛快"更适合我们寻常人,因为它只需要我们用一点"小聪明"即可,何乐而不为呢?这里,我想向各位推荐由小说家金圣叹用"小聪明"所捣鼓出来的那些"痛快":

其一,饭后无事,翻倒敝箧。则见新旧逋欠文契不下数十百通,其人或存或亡,总之无有还理。背人取火拉杂烧净,仰望高天,萧然无云。不亦快哉!

其二,存得三四癞疮于私处,时呼热汤开门澡之。不亦快哉!

其三,身非圣人,安能无过。夜来不觉私作一事,早起怦怦,实不自安。忽然想到佛家有布萨之法,不自覆藏,便成忏悔,因明对生熟众客,快然自陈其失。不亦快哉!

其四,看人风筝断,不亦快哉!

当然，只要我们是有心人，类似的"不亦快哉"还多的是，何愁人生"不痛快"！但是我要说的是，尽管追求"痛快"乃是我们人类的天性，但这个"痛快"千万不要"带毒"，以至于不仅毁了自己也毁了他人。

你得个什么就享福了

如是我言:几乎每个人都曾这样念叨过,一旦我得到了××,我就如何如何了。这样的念叨可以有多种版本,最常见的版本如:一旦我把儿子拉扯大了,考上大学了,我就享福了。但实际情况是,等儿子真的考上大学了,他不但没享福,更大的考验已经在等着他了,比如如何帮儿子成一个家之类的,于是他不得不将原先的版本进行如下的修改:等儿子找到工作了,成家了,我就享福了。但很快他就发现事情根本就不是那么回事,因为他又要带孙子了,一切又要重新来过了,如果他有足够的耐心,他就只能再次修改版本了:等孙子长大了,我就享福了……。底下的话就不用再说了,因为按照他这么个活法,他只有死了就享福了,否则他的版本就要一直修改下去,或者换种说法,只要他还活着,他的任何版本都不是最终的,亦即都是"可败坏的"、"可篡改的"。版本中的××,可能是一栋别墅,也可能是金山银山,也可能是高官厚禄,等等,但结果都不可能有什么变化,即你得到它们之后,很快就发现,你的人生问题并没有得到最终的解决。这就像小时候天真的我,总以为只要登上家乡那座最高山的山顶就能摸到天了,结果终于有一天我登上山顶后才发现,天还与原先的一样高,手哪里摸得到!

生命就是这么的奇怪,就是这么的无情,但仔细想起来,也没什么奇怪没什么无情的,也许是我们想多了,因为这个世界根本就不存在一下子解决我们生命所有问题的那个东西。很多人在得到这个不行得到那个也不行之后就想,假如我得个帝王宝座应该就行了,其实行不行,因为你没做过帝王说了也不算,但那些做过帝王的人可以明确地告诉你:照样不行!表面上看,帝王要什么有什么,想干什么就干什么,如果你真的这么看问题的话,那位坐在帝王宝座上的人可真的就要掉眼泪了:"人知名位为乐,不知无名无位之乐为最乐;人知饥寒为忧,不知不饥不寒之忧为更甚","多藏厚亡,故知富不如贫之无虑;高步疾颠,故知贵不如贱之常安"(洪应明)!这也不行,那也不行,得个"白日升天"总该行了吧？这个问题我回答不了,得问嫦娥,因为她是"当事人"。只是嫦娥升了天了,回答不了我们了,不过还好,李商隐替嫦娥向我们作了回答:"嫦娥应悔偷灵药,碧海青天夜夜心!"相较于李商隐,苏东坡的回答应该更有说服力,因为苏东坡与李白曾被黄庭坚称为"两谪仙",既然是"天仙下凡",那他对做一个"天仙"是什么感觉自然最有发言权:"明月几时有,把酒问青天。不知天上宫阙,今夕是何年？我欲乘风归去,又恐琼楼玉宇,高处不胜寒。起舞弄清影,何似在人间!"这个"天上宫阙",竟然如此的"寒气逼人",没有半点"人情味",这还是人过的日子吗？之所以如此,就是因为这个世界根本不存在我们想象中的那个永远"不会败坏的"、"不可篡改的"东西。想象中的这个东西乃是一个"无限"之物,当我们还未得到它时,它是可以维系它作为"无限"之物的表象的,一旦我们拥有了它,它也就从一个"无限"之物变成"有限"之物了,而一个"有限"之物是绝不可能满足我们"无限"(亦即可以解决我们人生一切问题)的要求的。比如你心中有一个"女神"级的人物,在你未得到她之前,她对你来说就是一个"无限"之物:她什么都好,我一旦得到了她,这辈子什么女人我都看不上了。但等你得到她之后,她对你来说就不再是个"无限"之物了,而是成了"有限"之物了,因为想象中的东西可以是"无限"的,而现实中的一切都只能是"有限"的。而且随着时间的推移,她在你这里就显得越来越"现实",进而也就越来越"有限"了,直到最后,除非你还受道德的约束,否则你极可能就要"喜新厌旧"了,亦即你又要开始寻找你心目中的那个"无限"之物了。就这样,你将很可能陷入一个从希望到失望再到希望的无限轮回之中,使你一直处在追逐某个幻想中活着。

  这样的无限轮回能打破吗？能,但需要你为此付出毕生的努力。具体做法是:你必须一直让你的生命保持这样的状态,即你不仅要能从"无限"之物中看到"有限",更要能从"有限"之物中看到"无限"。从"无限"之物中看到了"有限",你便不再对任何东西抱有一劳永逸之类的幻想了;从"有限"之物中看到了"无限",你便不再"喜新厌旧"了。做到前一点需要你的理智,而要做到后一点,则不仅需要你的理智,更需要你的修养。总之,你的生命问题的最终解决依靠的不是外在某个东西,而是你自己,即你的理智和你的修养,这便是古人所说的"不假外求",同时也就是孟子所谓"万物皆备于我"以及"行有不得者,必反求诸己"等言论所强调的东西。

　　总之,人这一辈子,得个什么也都只是个开始,所以说,得个什么固然重要,怎么开始才更重要。而怎么开始从根本上说,不是你所得的那个东西的事,而是你自己的事。

到底什么东西是被给定的

如是我言：很长一段时间，我对某些宗教人士在饭前做祷告或念佛一声觉得怪怪的，甚至觉得有些可笑：不就是吃个饭吗，干吗搞得那么隆重，那么神秘，简直就是小题大做！随着年龄的增长，生活阅历的加深，我的态度似乎也在不知不觉中发生着某种变化，而现在，我才清醒地认识到，这些宗教人士活得比我们这些凡人要到位，活得有深度。

通常，人们总是习惯于将我们所拥有的一切当成某个已然被给定的事实接受了下来，活得心安理得，却浑然不觉这些所谓被给定的事实没有一样是真正被给定的，只有当某个意想不到的事情发生之后，才有猛醒的感觉。比如吃饭，只有当"能吃"与"所吃"皆备之后，吃饭这一特定的行为才可以称得上是被给定的，然而，"能吃"与"所吃"就一定是被给定的吗？答案虽不一定说就是否定的，但显然也不能说就是肯定的，只能说是待定的。

先说"能吃"。要确保我的"能吃"，我必须有一张嘴与一口好牙，另外还要有好的消化系统与代谢系统，总之，我必须有一个运转正常的身体，或者起码得先确保我这条生命仍然还是"在世"的。然而，"天有不测风云，人有旦夕祸福"，在这样一个万物皆流的世界，谁也不知道明天会发生什么，我的这条命就像是"风飘絮"，我拿什么来确保它！生命乃是一个易伤害之物，老足以毁了它，病足以毁了它，人世间无数可见与不可见的东西都足以毁了它，像高空抛物、奔驰的汽车、路面的塌陷、撞上带刀的精神病人或吸毒致幻者，等等，只要你用心去数，便可以找到无数类似的东西。由于存在无数足以置生命于死地的东西，所以生命就像庄子所形容的那样，几乎就是一个"游于羿之彀中（彀中：意即射程之内）"的东西，随时都有可能成为"羿"的活靶子，在这里，如果说你的生命是一种"存在"的话，那么带箭的"羿"就是你生命的"非存在"，"非存在"整天在你的"存在"周围游荡，结果就只能是，"中箭"乃是必然的，"不中箭"反而是你的幸运，是偶然的了："中央者，中地也；

然而不中者,命也。"(庄子)面对我们这样一个"喜荣华正好,恨无常又到"的命,你到底拿住了什么,竟然敢宣称自己作为一个"能吃"的生命是一个被给定了的事实?

再来说说我们的"所吃"。人总是被自己手里还捏着几个钱所迷惑而将堆在我们前面的那些吃的喝的都视为被给定了的事实,进而认为这样的生活会永远照旧,不可能有任何意外。果真是如此吗?无论是战争、自然灾害还是严重的水污染、瘟疫等等,皆足以打破你的"所吃"作为被给定了的事实这一格局,进而使得呈现于你面前的那些吃的喝的就像变魔术一样,突然从你的眼前消失。所以我说,我们所有吃的喝的都不像当今那些90后所想象的那样,只要躺在床上按按鼠标就有人送上门来的,而是多种"因缘和合"的产物,也就是此前多种条件已然成为事实之后才有的结果。而且,即便"所吃"都已呈现于我们面前了,我们就能吃得那么"心安理得"吗?因为你要知道,你所吃的每一粒饭,它的前身都是一个活跃的生命,它为你即将进行的"吃"是付出了"粉身碎骨"代价的:每一颗稻谷原本都是怀着"生生不息"的愿景来到这个世界的,我们人类要活命,只能将稻谷的愿景击得粉碎,也正是因为这一点,所以稻谷可能也不会"怪"我们,但如果我们就此就"心安理得"了,那就太不"仗义"了!就此而言,人其实都是带着"罪感"在寻找他们的幸福的。

人"游于羿之彀中"而不被射中,或者是因为你的命好,或者是因为某个东西在冥冥中保佑着你,所以,你每活一天都应该为你还活着而抱有一颗"感恩"的心。人要活着,就必须让自然界很多东西成为你的"刀下之鬼",甚至你每活一天,就必须送什么东西"上西天"。故而一方面,人没有理由不活出生命的精彩,因为为了你的精彩,有无数无畏的"灵魂"充当了你的"幕后英雄",你要对得起这些"幕后英雄",你没有理由让它们白白地为你付出一切;另一方面,对于那些为了你且只为你而付出一切的"幕后英雄",你不仅要常存"感恩"之心,甚至还应该有某种"罪感",不要以为它们对你的付出都是理所当然的,而将其视为一个"被给定了的事实":"都是在世上'混'的,谁欠谁的?"所以我说,如果你不反对的话,你吃饭时务必要做到"光盘",而且还要养成进食时将饭碗端在手上的习惯。

这样说来,你还觉得饭前作一下祷告或念佛一声可笑吗?是小题大做

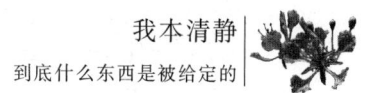

吗？相反,一旦你认识到了"昨非而今是",你的人生格局将可能由此而发生重大转折:你应该就不再暴殄天物了,你应该就对"无常"的到来敢于坦然面对了,你应该觉得要对你的生命负起更大的责任了,……总之一句话,你虽未必非要真的去祷告或念佛不可,但你肯定知道自己到底真正拥有什么了。是的,你只拥有一颗虔诚的心和面对"无常"的勇气,此外的一切都是不确定的!

"太上无情"

如是我言:有一个话题对于我们这些有生命的存在物来说永远都是挥之不去的:天地何其长,人生何其短!记得有一部台湾电影(叫什么名字我已记不清了),影片最后是这样的情景:一个长年漂泊在外的游子,晚年拖着沉重的病体回到了阔别多年的家乡,他两眼朦胧地看着家乡的一切,山还是那个山,水还是那个水,童年时代常见的风力大水车依然还在那里慢悠悠地转动着,孩子们银铃般的笑声仍然是那么的悦耳,……外在的一切似乎从来都没有变,唯一变化的就是他自己:"少小离家老大回,乡音未改鬓毛衰"(贺知章)、"哀吾生之须臾,羡长江之无穷"(苏东坡)、"悲人生之有终兮,何天造而罔极"(陆云)。无情的岁月在他身上留下了无尽的沧桑,却未曾改变"大自然"一丝一毫,这般的"人生易老天难老"如何能让人对此"不泪垂"呢?有道是"岁月催人老","岁月"为什么就催不老"大自然"呢?

上述话题何以总能使人感慨万千呢?有一首歌是这样唱的:"有情总被无情伤。"人世间,"有情者"总是"伤不起"的,但"有情者"历来又总是那个倒霉的"受伤者";而"无情者"一味地只会"伤人",让"有情者"伤心不已,"无情者"自己却从来不"受伤","无情者"都是"大爷",而"有情者"只能做个"小媳妇"。此理可谓屡验不爽,"多情者"易于衰老,而那个"没心没肺"的家伙看上去"永远是老样子",这已是不争的事实。有道是"天若有情天亦老",天之所以"不老"正是由于它的"无情"。难道"有情"有错吗?生而为人,"无情"那还能叫人吗?人难道非要变成草木或石头之类的,"岁月"才肯放我们一马吗?即便我想把自己变成草木或石头,叫我如何变得了!这样的人生如何能让人不感而慨之呢?

然而,历来的智者都不愿将生命停留在感慨的层面,他们需要破解人生因"有情"而终难"长久"的困境。而其现成的方法当然就是"法天之所为",即通过修行让自己变得像天一样的"无情",以便使自己变得"天长地久"起来。古代道家人物中就有大量这样的智者或修行者,道家的创始人老子就是其中的佼佼者("老子"就是"老"而"子"的意思,就是说,他虽然年纪已经很大了,但身体机能与小孩子并没有什么两样)。老子曾有这样的说法:"天地不仁,以万物为刍狗。"意思是说,天地向来都是"无情无义"的,它对待万物就像对待"刍狗"一样从来都是"无动于衷"的,所以它注定是"长久"的。"天地"乃道家之"道"的象征,"道"既然是这样看待万物的,那么"修道者"自然也应该如此。小时候,听说村子里死了人,总是要凑凑热闹看个究竟,不过有一次,原本看热闹的心怎么也"热闹"不起来了,原因是看到一位远房亲戚从一个鲜活的生命一下子变成了一具僵尸,整个身心都被黑暗的情绪笼罩着:以前怎么就没想到人生会有这么"无辜"的结局!结果,人跟丢了魂似的,漫无目的地走着,无意间看到一群嬉戏打闹的儿童,走近一看,红扑扑的小脸,透着无限的生机,打闹时发出的尖叫声,仿佛这个世界又从死亡中活过来了。看到这里,我似乎悟到了什么,但也很难说清楚到底悟到了什么,多年之后才终于把所悟到的东西整理出来了:生生死死背后总有个不生不死的东西在,这个东西不是别的,它就是道家之"道","道"既不落生死,也不避生死,它总是在不断地经历生生死死的过程中维系着一个不死的"仁子",从而确保了"大自然"的生生不息。其情形就像一个大轮盘,四周在不停地转动,而中心点却能始终保持不动。只是这"仁子"虽然一直在鼓动着万物的生生死死,它自己却从来不肯参与进来,正是因为它不参与,所以它就能对一切生死都"无动于衷",否则它必为生死所累而最终消失。故老子曰:"天长地久。天地所以能长且久者,以其不自生,故能长生。"所谓"不自生",就是指"天地"不参与具体的生灭过程,与佛教所谓"跳出三界外,不在五行中"义有相近。

这个道理不仅道家的创始人老子懂,道家的另一重要人物庄子同样懂,这也就发生了庄子竟然在老婆死后还"鼓盆而歌之"的事。出现这种事,决非庄子有意如此"无情",实在是他作为"得道者"的"太上无情"使然。后来的禅宗作为道家的加强版,它在这一点上做得比道家更加到位。古代有一种禅法,就是以诗入禅,俗称"诗禅",唐代大诗人王维就是一位以诗入禅的大师,他写过一首名叫《辛夷坞》的诗,诗是这样写的:

木末芙蓉花,山中发红萼。

涧户寂无人,纷纷开且落。

在那样一个寂寞的大山深处,竟然绽放着如此惊艳的大朵红花,这是多么让人"动情"("动心")的一幕呀!然而这只是你的情,却绝非诗情,因为诗人已经将自己化成了"无人"("无情之人"),即根本没有人为这一切动过情:在这个绝无人迹的地方,芙蓉花默默地开放,又默默地凋零,既没有人为它的绽放表示任何的羡慕与赞美,也没有人为它的纷纷凋零而一抹同情之泪。因为在诗人看来,它们都得之于自然,又回归自然,一切都是那么的自然:盛开不为是,凋零不为非,一切都依自然的本性生灭着。在这里,人泯灭了常识的情感与常识的是非,不以物喜,不以己悲,没有追求,也不必有追求,没有哀乐,也不必有哀乐,听不到心灵的一丝震颤,你已经很难分辨哪是心灵哪是宇宙了,你已经与自然同其心,与自然的大生命融为一体了。这个时候的你,还存在生生死死的问题吗?

俗话说得好,"苍蝇不叮无缝的蛋","无缝"就是"无情",你一旦"无缝"、"无情"了,"生生死死"这只挥之不去的"苍蝇"自然也就识趣地走开了,不再来"骚扰"你了。即便有一天,你的"大限"到了,而这对于你这个已然"不知悦生,不知恶死"(庄子)的"无情者"而言,不就像"大自然"打了一个喷嚏一样简单吗?正所谓"其生也天行,其死也物化"(庄子),你难道还会在意今年的小草变成来年的肥料吗?

中国文化的殊胜之处

如是我言：人类历史上，总是会出现一些奇人，甚至是神人，这些人总能把问题看得比别人要透得多。这里，我想推荐的这位人物就是拿破仑，想关注他所说的这样一句话："中国是一头沉睡的狮子，如果它一旦醒来，就将……"要知道，拿破仑讲这句话的时候，中国还是一个积贫积弱的国家，中国人的国际形象经常被一些外国人与某些丑陋的动物联系在一起，所以拿破仑讲的话非但西方人不信，就连中国人自己都不敢信。但是我要说的是，不信与不敢信的人都错了，拿破仑是对的。

记得在中央电视台"星光大道"栏目举办的该节目创办十周年颁奖晚会上，邀请了一对舞蹈家作为颁奖嘉宾，主持人毕福剑问这对舞蹈家："到底是中国舞难跳还是跳西方舞难跳？"其中的女嘉宾回答说："两种舞想跳好都不容易，但如果你非要我作一下区分的话，我感觉跳中国舞的难度或许更大一些，因为中国舞的底蕴似乎更深，处理起来难度也就更大。而且，不光是舞蹈，其他方面也有类似的现象。"真不愧是舞蹈家级的人物，体会得真到位！正所谓"条条大路通罗马"，她从舞蹈这个角度所得出的结论与我通过大量中西方文化对比研究所得出的结论可谓不期而遇，我相信她和我一样都看到了中国文化具有西方文化所难以达到的殊胜之处。可惜她不是专门做文化研究的，只有一个笼统的体会，还很难把问题说透。因此，我觉得很有必要将这个问题再继续谈下去。

西方人擅长理性思维，这种思维的优势就是条理性强，是非分明，但也正是因为这一点，导致西方文化难以到达在一般是非之外寻找更高和谐的能力，即这种文化往往呈现为一个"硬"结构，因为其结构是"硬"的，致使其向事物细密处渗透的能力差，难以到达终极和谐的末梢，总是会止步于通往那个至微至妙之处的路上，也就是通常所谓的存在"输在最后一公里"的问题。与西方人不同，中国人的思维倾向于模糊性思维，它有意识地不将是非搞得太清楚，因此，中国文化的结构是"软"的，具有某种意义上的"流体"或"液体"的性质，这种性质的结构具有很强的渗透性，能渗透到终极和谐的至微至密的缝隙中，从而能打造一个结构更紧密且与人的终极需求更为贴合的文化综合体，这种文化综合体更坚固也更有韧性，因而也就具有更为强大的生命力。之所以可以这么说，是因为文化的生命力是以它能在多大程度上解决人的生命存在问题为衡量标准的，而人的生命从根本上说并不是一个是非分明的理性结构，而是一个是非呈黏附状的模糊结构。所以拿破仑说中国这头睡狮醒了之后就如何如何，十之八九正是看中了中国文化所具有的强大生命力。有鉴于此，如果有人说，西方文化是刚性的，中国文化是柔性的，这话我看是在理的。至于上世纪初美国传教士明恩溥将中国人比喻成小草，认为其柔软而纤细的根须可以渗透到岩石缝隙中汲取养分因而最具生命力的说法，则不仅在理，且更多了几分形象了。

但有了上述结论，中国人是否就可以"财大气粗"、"有恃无恐"、"高枕无忧"了呢？显然不是。相反，这倒是更加提醒我们，要玩转中国文化，其难度要较西方文化高得多。因为中国文化是"流体"，难有稳定的"形状"，不容易找到丁是丁、卯是卯的具体可操作性，是一种近乎"无招胜有招"的玩法。但另一方面，一旦你把这种玩法玩转了，它就能"杀敌于无形"，具有无孔而不入的力量。这是值得我们期待的。如果我的分析不错的话，那么我们几乎可以说老子那句"上善若水"的话就应该是我们这个民族终将复兴的伟大预言。当然，同样伟大的预言家还有拿破仑。

至于目前的中国，其情形还是令人担忧的，因为她并未真正意识到自己的优势所在，而是全盘地玩起了西方人的套路。西方人的套路不是不能玩，但如果以为将自己的套路丢得越干净越好，那就不仅是无知了，甚至都有几分无耻了。"抛却自家无尽藏，沿门托钵效贫儿"（王阳明）的蠢事虽然自古就有，但从来都没有好结果。不过，我还是坚信，中国人最终还是能找到自己的性格的，因为既然有优势，傻子才会视而不见！

一生的幸福是一个常量

如是我言：科学界有这么一种说法，说每个人一辈子所吃的食物基本上是一个定数，吃够了量，生命也就走到尽头了，所以人应该尽量节食，让"吃够量"的日子晚一点到来，这样，人就可以做到长寿了。这种说法有没有道理，我不知道，但我希望它是有道理的，因为它一旦有道理了，也就为我下面所要讲的话题提供了一个绝佳的注脚。我要讲的这个话题就是：人一辈子所能获得的幸福基本上是一个常量。

你若是生在富贵人家，或许更容易理解我所说的话是什么意思，若是生在贫穷人家，你可能就有些"委屈"了：那帮公子哥，想要什么就有什么，想干什么就能干什么，活得跟神仙似的，哪像我，活了这么大，没享过一天福！但我要说的是，作为一个局外人，你这么说是可以理解的，若是你能超越"局内"与"局外"，进而说出以下的话那就更好了："家家都有一本难念的经！"生活在贫穷人家，你未必没"享过福"，只是你错误地将"享福"置于攀比的心态之下，导致你只看到富人在"享福"，看不到自己其实是以另一种方式也在"享福"；生在富贵人家，你肯定"享过福"，但更多的时候，你是"身在福中不知福"，"不知福"是你的切身感受，"身在福中"是别人的看法，在别人看来你生活在"幸福"的海洋中，而你却可能有"喝不到"一滴水的感觉，这样的咄咄怪事，别人看不懂，你自己一定懂。醉生梦死而又痛苦不堪，这样的怪事，岂止是小说中有，它就一直发生在"光天化日"之下！我说了这么多，如果你还听不懂，那我就劝你最好去看看《红楼梦》，看完之后，你一定就明白了"富贵荣华"到底是如何"搞人"的。

人世间有一种无处不在的现象，如果不说破，只怕难得有几个人能看得破，这就是"补偿现象"。历经磨难的人，他的一个极为可能的补偿就是：上天让他长寿了，让他"正命"了，让他颐养天年了。当年的红军，历经了人世间罕见的"艰难困苦"，但是后来，他们几乎都成了"老寿星"，九十高龄或百岁开外，都不是什么罕闻。中国历史上人称"寿王"的彭祖，活了近八百岁，而人们有所不知的是，他一生所经历的磨难较之红军有过之而无不及：他还没生下来，爹就死了，妈抚养他三年，也死了，剩下她一个孤儿，又遭西方犬戎人入侵，被迫流离到了西域，在西域生活了一百多年，他一生光老婆就死了49个，儿子夭折了54个，身心受到了极大的摧残，可以说是九死一生！与"补偿"构成有机配合的就是"反补偿"，即那些享尽人间"艳福"的人注定都是"短命鬼"，最典型的莫过于古代的那些帝王，他们"三宫六院"地活着，当与他们同年的人还活得好好的时候，他们却无可奈何地"撒手人寰"了。听到这里，或许有人就不干了：现代人不是既比古人活得长寿又比古人活得幸福吗？的确，现代人是比古人长寿，但是否一定比古人活得幸福，那就只有天知道了。

　　"补偿"与"反补偿"之理可以一直推演下去。瞎了眼的人，他的听力一定惊人。干了一天活的人，晚上一定可以睡个"囫囵觉"。一年没吃过几顿猪肉的人，他吃的这顿猪肉一定是世界上最香的猪肉。小时候，过年是多么让人幸福的事，而现在，似乎天天都在"过年"，却始终未能过上哪怕是一天真正的年。冬天来了，如果你只想通过穿得暖暖的来御寒，那么，"寒"永远都是你的"缠命鬼"，你穿得越多反而越是弱不禁风，越是容易感冒，这一切都是因为你享受太多的"温暖"了；反过来，若是你能迎寒而上，冰水敢下，冷风敢吹，你可能就觉得冬天不仅没那么冷了，反而会感到生命多了几分"生动"，寒气也不再那么"逼人"了。人有小病小灾，这未必就是祸，因为经常生些小病小灾的人，大病大灾反而不容易光顾；反过来，一个从没有小病小灾的人，一旦有了病有了灾，那很可能就是置他于死地的病与灾。从这里，老子引出了人生的至理："以其病病，是以不病。"而普通人却可能将自己陷入迷茫：这人身体那么棒，怎么说没就没了！这样说来，难道那句"劳动者最幸福（最光荣）"的话只是一句"官话"吗？同理，所谓"吃得苦中苦，方为人上人"的话，如果你不把"人上人"的意思想歪了，那同样也不是一句见不得人的话。人都爱"富贵"而厌恶"贫贱"，但"富贵"就真的那么可爱而"贫贱"就真的那么可恶吗？"富贵的一世宠荣，到死时反增了一个恋字，如负重担；贫贱的一世清苦，到死时反脱了一个厌字，如释重枷"（洪应明）。有关这种"补偿"与"反补偿"更加微妙的机制，由于其中可能涉及造物主不愿外泄的秘

密,故而我在这里也就不宜说得太多了,各位只要心知肚明就好。还是听听老子的说法吧:

　　天下皆知美之为美,斯恶矣;皆知善之为善,斯不善矣。故有无相生,难易相成,长短相形,高下相倾,声音相和,前后相随。

　　持而盈之,不如其已。揣而锐之,不可常保。金玉满堂,莫之能守。

　　富贵而骄,自遗其咎。功遂身退,天之道。

　　江海所以能为百谷王者,以其善下之,故能为百谷王。是以圣人,欲上民,必以言下之;欲先民,必以身后之。

还是俗话说得好:"便宜不可占尽,福分不可享尽,权力不可用尽……"要是你把"便宜"占尽了、"福分"享尽了、"权力"用尽了,即便躲得过"人怨",也是逃不过"天谴"的。这奇怪吗?一点都不奇怪。因为上天既然生下了你,它就必然要"眷佑"你,即它总是在一直计较着你的"所得"与"所失",从而将你的"所得"与"所失"维持在一个"恰当"的水平上。在这一点上,古人活得比我们到位,所以他们就能做到"得亦不喜,失亦不悲"!如果不这样,你悲,你喜,那能有用吗?

"至虚而至实"

如是我言:面对当代人的自以为是,只要一有机会我都要强调这么一句话:就中国传统文化总体而言,其在生存智慧层面所达到的高度,就像是一个"老谋深算"的长者,深思熟虑而又细密入微,生命这"玩意儿"在他手里已经被"把玩"得透熟,几乎已经是通体的"包浆"了;相形之下,当代人更像是一个初出茅庐的"愣小伙",总以为自己占据了时代的优势就"前无古人"起来,靓丽无比却又浅薄得吓人。在年轻人眼里,老人们都"out"了,但只有老人们知道,说这话的人要么已经被生命中那条可怕的"大蟒"缠晕了,要么即将被缠晕,否则他们不至于轻狂到如此地步。所以,事实往往是,很多人最终都会后悔年轻时代的自己把"不听老人言,吃亏在眼前"当成了耳旁风。中国传统文化积攒了太多深邃的"老到"之言,如果用一句"out"就把它们打发了,那我们未免也太"奢侈"了。

在中国人的"老到"之言中,我最欣赏"至虚而至实"这句话,因为有了这句话,很多人生问题或许一下子就开窍了。不会刷牙的人,总以为将牙刷按得越狠牙就刷得越干净,其实这样做不仅牙刷不干净,还容易伤及牙齿与牙龈,对于陷入此类刷牙误区的人,一句"至虚而至实"的话可能一下子便让他开窍了:刷牙时,力量需要"虚含着"用,这样做既不易损伤牙齿与牙龈,又能将牙缝的细小之处清理干净。"虚含着"为"虚",不伤及牙齿与牙龈又能将牙齿清理得更干净便是"实",合起来岂不就是"至虚而至实"?练八卦掌的人最懂得"虚含着"发力的重要性,故而,当一个八卦掌大师面对一个只会"发死力"的初学者,一句"至虚而至实"的话,或许就能起到"醍醐灌顶"之效。通常,乒乓球教练对着一群学员们经常说的一句话便是:"身体要放松。"不过,他接下来往往还要补充一句:"你们要好好体会。"可见,教练所要求的并不是简单的"放松",而是要求学员们"虚含着"用力。只是"虚含着"用力并不代表不用力,而是它与"发死力"不同,它用的是"寸劲"、"巧劲",因为只有用的是"寸劲"、"巧劲",力量才能发得集中,发得到位,也就是发得"实"。这其中的道理,语言往往很难说清楚,要想把握它,只能慢慢体会了,其体会方式与老禅师告诉习禅者打坐不等于打瞌睡有几分相似。这样的例子还可以举出很多,比如警方刚接到一桩大案时,往往都要投入到对罪犯的"穷追猛打"中,在这种情况下,罪犯一定会将自己藏得很深,让警方无计可施,这个时候,如果警方能"虚含着"用力,亦即通常所谓的"内紧外松",罪犯一见警方"松"了,他也就"松"了,进而,警方的机会也就来了。甚至,"至虚而至实"的道理不仅人类懂,就连动物也"懂",老虎和鹰就是最好的例子。老虎走起路来像是生了病一样,鹰立于树上像是在打瞌睡一样,其实老虎与鹰既没生病也没打瞌睡,它们只是把身体保持在"虚含着"用力状态,以便一旦有了机会作奋力一击。对此,明人洪应明曾为后人留下这样的话:"鹰立如睡,虎行似病,正是他攫鸟噬人法术。故君子要聪明不露,才华不逞,才有任重道远的力量。"

"至虚而至实"的道理,不仅可见于"事",还可见于"物"。水是自然界中"至虚"之物,但它又是攻击力最"实"的东西,很多人并非死于刀剑之下而是死于"水"中,就是因为对于"水"这种"至虚至柔"之物所蕴含的"至实性"缺乏敏感所造成的,故老子曰:"天下莫柔弱于水,而攻坚强者莫之能胜。"老子距今已数千年,但他的这句话依然还是那么的铿锵有力!不过,以"物"来说明"至虚而至实"的道理,我更感兴趣的并不是"水"而是"心",因为"心"无论是"虚"还是"实"较之"水"都更胜一筹。首先,"水"因无形而"虚",但它毕竟还是个可见之物,而"心"就不同了,它不仅无形,而且不可见,因此它比"水"还要"虚"。其次,"心"对生命所具有的作用力也较"水"更"实",古人正是在这一意义上说出了"哀莫大于心死,而人死亦次之"(庄子)的话,而今人也是在同样的意义上说出了"心正了,世界就正了"或"心有多大,世界就有多大"的话。自古以来,人们就知道"心"这个"至虚至柔"的东西能将生命打造成"至坚"之物:"身虽死兮心不惩,子魂魄兮为鬼雄。""心"对生命所构成的锁定力比我们通常所见的铁钉或铁钩等物还要大,如果它以正能量的形式锁定了生命,那么它就让我们见到了江姐、赵一曼;如果它以负能量的形式锁定了生命,即便你跑到天涯海角也别想挣脱它。有一本名为《错误与人生》的书,书中提到了一个青年的自述,最能说明"心"是如何以恶魔的形式锁定了生命的：

　　不知从什么时候开始，我就产生了烦恼的情绪，担心自己是不是太瘦了？头发会不会很快掉光？结婚的费用够不够？我能不能做父亲？到底会不会失恋？之后的生活会不会发生意外的变化等等。这一切使我感到坐立不安。我还担心自己不会给别人一个好印象。精神上的压力逐渐增高，时刻处于充满紧张状态，就像高负荷下的保险丝，随时可能崩断。我无法安心工作，可辞职之后的精神更加痛苦。

　　由于神经衰弱，不敢与家人说话。独自一人又无法控制自己的思考能力，心中充满了恐惧感，每当听到一丝响动，都要心惊胆战。天天为如何熬过这痛苦的日子苦恼，甚至有跳水自杀的冲动想法。无论肉体有多么巨大的痛苦，也比不了因为忧虑而产生的心理疾病。

　　朋友劝我到外地走一走，换个环境。我同意了。临行前，父亲交给我一封信并再三叮咛，未到目的地之前不要折阅。我来到佛罗里达州，正当旅游季节，饭店都是客满，费了很大周折才租到了一个小房间。我本想在此地求得一份工作，可是我失败了。我独自徘徊在海边消磨时间，觉得在佛罗里达州比待在家中还要可怜。不由得打开父亲的信，信中这样说："孩子，现在你离家已有上千里，是不是觉得没有什么差别？这一点我早就料到，为什么呢？因为你把原有的烦恼也带到了这里。孩子，其实你本身没有什么毛病，也没有什么重大的事情困扰着你。问题的症结在于你的思想，人完全是受思想控制的，你如果能悟出这句话的道理，那你就回来吧！到时候你的病自然会痊愈。能击败错误思想的人，比攻破城堡的人要强得多"……

　　我同意辜鸿铭、林语堂两位大师的观点，中华民族是世界民族中敏感程度最高的民族，而在我看来，中华民族的敏感最突出的就体现在对"至虚而至实"之理的体认上。中国文化的诸多亮点基于此，中国人干得最漂亮的事亦基于此。中国古代绘画以水墨画见长，而水墨画就是"至虚而至实"之理的集中体现，尤其是水墨画中的留白，更是对"无"中之"有"、"虚"中之"实"的最好诠释。水墨画只不过是中国古代"笔未至而意至"创作风格的一个特例而已，其实这种风格几乎遍及中国文化的所有领域，成为中国文化的特有标志之一。另外，中国人干得最漂亮的事往往也都不是"实打实"、"硬碰硬"

我本清静
"至虚而至实"

的事,而是那些"使巧劲"或"四两拨千斤"的事。一部《孙子兵法》,你既可以说是孙子写的,也可以说是民族智慧的共同结晶。故而,凡是需要"四两拨千斤"的地方,中国人做得比谁都要出色:乒乓球、羽毛球就是中国人打得最好,"游击战"也是中国人最擅长,对以柔克刚的中国功夫也是中国人最有悟性……。总之,中国人最擅长于以"无"胜"有",中国传统文化在这方面给后人留下了无穷的智慧。

近代以来,中国传统文化遭遇到西方文化的冲击,由于这是一场近乎"秀才遇到兵"那样的冲击,故而,为了避免"吃眼前亏","传统老人"暂时"闭嘴"了。但是我想,"秀才"终归是"秀才",他的"满腹经纶"并不会因为暂时的"闭嘴"而消失,一旦中国度过了"数千年来未有之大变局"之后,"传统老人"是一定要"发声"的。而且我还认为,一旦"传统老人"再度"发声"了,那将不再只是"中国声音",而应该是"世界声音"了,因为文化的终极关怀对象毕竟是"人",是"人"的真正具有持久力的生存智慧,而这恰恰是中国文化显示其优势的地方。尽管在历史上,"兵"也有站到台前"发声"的时候,但作为人类历史的常态,"秀才"才是那个永久性地坐在台前的人。以"秀才遇到兵"来概括中西文化之异,尽管未必尽当,但从基本格局上说,应该是没有问题的。在这一点上,我完全赞同日本著名禅学大师铃木大拙的观点:西方文化的品格有点像是老子笔下的"小人",而中国文化更像是"圣人"。

谁是真正的幽默大师

如是我言：都说"造化弄人"，但"造化"究竟是怎么"弄人"的，它又造成了哪些后果？对此，人们关注得显然还不够。我要说的是，"造化弄人"的确值得关注，但也不能太关注，太关注了或许就有让我们的生活难以正常继续下去的嫌疑。即要关注，又不能太关注，这"造化"真是"弄人"啦！古人所谓"人生当以半睡半醒为佳"，或许是不错的。

"造化弄人"的一个显而易见的后果就是：不管我们做什么（或不做什么），我们都是错的或可错的。这就导致我们做任何事，一开始总会为我们所做之事的对错而有所顾虑，而时间一长，由于所顾虑的事情似乎并没有发生，原先的顾虑也就解除了。但这并不代表对错问题真的就不存在了，只能说，我们已经生活在"习惯成自然"中，不再觉得生活在哪怕是扭曲的格局中有什么不妥了。久而久之，不仅原本的顾虑没有了，反而变得有些自鸣得意起来。既然对错问题依然像幽灵似的在某个地方眨着诡秘的眼睛，它随时都有可能跳出来作祟，只要有"好事者"施加一点外力，真相就会原形毕露。而每当这个时候，由于当事人没有心理准备，加之又为先前的自鸣得意而羞愧难当，便一下子将自己陷入窘境，并使自己成为旁观者的笑柄，通常所谓的幽默就是这样生成的。其中，陷入窘境的那个人就是"幽他一默"中的那个"他"，而施加外力影响的"好事者"就是制造幽默的人。因此所谓幽默，无非就是通过对"错"或"可错"的适应或遗忘所建构起来的自鸣得意的大厦，被轻轻一碰便轰然倒塌之后所产生的效果（笑果）。这便是幽默与通常所谓的笑话之间的最大不同，因为笑话只有"笑"，而幽默总是比"笑"多了一点东西。多了什么东西呢？多了一点"余味"，即人们只要加以回味，就能从幽默的"笑"中品尝到"苦涩"的滋味来，或者说，幽默的"笑"中总带有几分"哭笑不得"的滑稽意味。

幽默既然是这样一种东西，也就使其必然成为造成人生可悲、可笑的幽灵,永远都是挥之不去的。之所以如此,原因就是:一方面,"造化"肯定是要"弄人"的,即肯定是要陷人于困局的,而人又不甘心于此,人要通过使自己适应或遗忘来摆脱身处困境的不安,从而建构一个让自己活得心安理得甚至头头是道的虚构的大厦;而另一方面,总会有一些"好事者",他对自己所虚构的大厦视而不见,却热衷于对别人所虚构的大厦"痛下杀手",从而也就造就了所谓的幽默。就此而言,我们每个人都有可能是幽默者或被幽默者,我们总是能看到别人的可怜、可笑,而别人同样也能看到我们的可怜、可笑,真可谓"开口便笑,笑世间可笑之人"、"古今世界,一大笑府,我与若皆在其中,供人话柄"(冯梦龙)、"无所不可,道在戏谑"(徐渭)。所以,假如你是一个敏感的人,你时刻都有可能被这个世界的滑稽所吞噬。

一般而言,幽默的生成必须同时具备以下三方:被笑者、笑者、逗笑者("好事者")。被笑者可以是在场的,也可以是不在场的,而笑者与逗笑者("好事者")则一定是在场的。"造化"乃是制造幽默的始作俑者,而且也是一直在某个地方等着看我们笑话的"隐身人"。至于"好事者",则不过是将"造化"陷人于窘境的真相加以点破而已。因此我说,"造化"才是真正的幽默大师。

尽管每个人都在不同程度上陷入到了上述窘境,但并不是每个人的窘境都会被点破,其中的原因之一便是能点破窘境的"好事者"却并不是人人都能做得了,因为这样的"好事者"必须具备"明达及合理的精神","再加上心智上的一些会辨别矛盾、愚蠢和坏逻辑的微妙力量"(林语堂)方可,否则是很难看破一个已然扭曲且变了形的格局的。中国历史上既没少出现"幽他一默"中的那个"他",也没少出现能点破窘境的"好事者"。具体说来,对于孔子而言,庄子就是点破他窘境的"好事者";对于老子、庄子而言,白居易就是点破他俩窘境的"好事者"。

孔子生当"礼崩乐坏"的时代,为了拯救他那个时代,他竭力宣扬"仁义礼智信"那一套。然而,由于"造化弄人"的缘故,他所从事的事业注定是一个充满了微妙"玄机"的事业:所谓的"仁义礼智信"既可以打造出"大人",也可以打造出"大盗",其中的差异仅在毫厘之间。按《庄子·胠箧》:"故跖之徒问于跖曰:'盗亦有道乎?'跖曰:'何适而无有道邪?夫妄意室中之藏,圣也;入先,勇也;出后,义也;知可否,知也;分均,仁也。五者不备而能成大盗者，天下未之有也！'"你看看，"圣勇义智仁"反而成了"大盗"得以成其"大"的必要条件，孔子忙活了一辈子，竟然神使鬼差地成了"大盗"的"帮凶"，以至于最终闹出了"彼窃钩者诛，窃国者为诸侯，诸侯之门仁义存焉"这类"滑天下之大稽"之事。这样的事，被庄子点破之后，它就不再只是仅供人一乐的普通幽默了，简直就是荒诞之极、颠倒之极的"黑色幽默"了。也许有人会说，这只是庄子的寓言故事，是当不得真的，其实则大谬不然。因为我们注意到，即便是在今天，庄子所说的滑稽之事不是还在持续不断地发生着吗？无道者窃道，无德者窃德，善于表演的无德之人成了道德的楷模，而那些纯朴仁厚者就只能是道德的矮子。这一切的发生绝非偶然，因为在我们这样一个靠"数据"说话的年代，纯朴仁厚者所能营造的"数据"几乎为零，而那些有条件且善于表演的人想要什么"数据"就能搞出什么"数据"来，谁是楷模谁是矮子早已就是个已知的东西了。如果说孔子对他所做之事的"可错性"一点都没意识到的话，那也是不客观的，这从他所谓"巧言令色，鲜矣仁"以及"匿怨而友其人，丘亦耻之"之类的言论可以看得很清楚。即便如此，他还是选择了做，因为如果不做，是断然改变不了"世道人心"。如果有错的话，那就是他对自己所做之事的"可错性"估计得还远远不够。

作为"好事者"的庄子，他对孔子所做之事的"可错性"估计得应该是够足的了，但他甚至包括他的精神先驱老子就能免于为"造化"所"弄"的命运吗？同样不能！正因为如此，所以白居易就曾将老庄狠狠地"幽了一默"。针对老子，白居易有诗曰："言者不知知者默，此语吾闻于老君。若道老君是知者，缘何自著五千文？"老子要是在世，他一定会被问得哑口无言！老子虽知道"道"不可言，但他却洋洋洒洒地说了五千言，这还不够滑稽吗？然而与孔子一样，老子实际上也是陷入到了"不错而错"的怪圈，他如果什么都不说，又如何向世人展示他的"道"呢？如果什么都不展示，那老子还叫老子吗？"道"还能是"道"吗？老子虽然意识到了"言"中有玄机，故而用"正言若反"式的"道言"来言"道"，但毕竟"道言"也是"言"，老子想通过"自我欺瞒"的方式侥幸过关，能行吗？由此可见，即便是大智慧者老子，他在"造化弄人"面前也一样会手足无措，最终成为世人的笑柄。针对庄子，白居易则有诗曰："庄生齐物同归一，我道同中有不同。遂性逍遥虽一致，鸾凤终校胜蛇虫。"庄子终生以修道为目标，如果万物都是齐同的，那么得道者与未得道者我本清静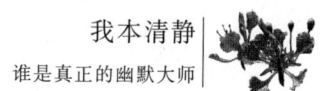
谁是真正的幽默大师

不也是齐同的,这样一来,修道还有什么用?

尽管"造化弄人"必然将我们置于被"幽默"、被"愚弄"的境地,但生活还是要继续,该做的依然要做,否则,人生是要乱套的。只是我们对自己的处境要具有基本的认识,这样才可能让我们的生活尽量少一些颠倒与荒诞,多一些真诚与自知之明。当然,我们也可以通过将普希金的诗作如下的修改,从而变生活的被动为主动:假如生活欺骗了你,不要悲伤,只当它是幽默!

"心"是我们最危险的财富

如是我言:"心"是我们最为宝贵的东西,正是因为有了它,才使得我们"活得像个人"。人与禽兽之别从根本上说就是因为人有"心"而禽兽无"心",孟子所谓"人有以异于禽兽者几希"中的"几希",指的应当就是"心"。这便是说,作为肉体形态的我们,与禽兽几乎没有什么差别,是"心"才让我们超升为人的。"心"不仅让我们"活得像个人",甚至还有可能将我们提升到"伟人"乃至"圣人"的高度,正所谓"天地之中人为贵"、"人乃五行之秀气",人有这一切全是托了"心"的福。在西方国家,人们同样认为,正是"心"才让人们分享了上帝的荣耀:上帝按照自己的模样创造了人,并委托人来代表他管理这个世界。上帝说:"要有光!于是就有了光。"上帝又说:"万物要有名!于是人就给予万物以不同的称呼。"人就是如此这般"人模帝样"地当起了上帝的管家。

"心"不仅让人"活得像个人",甚至还有点像上帝,以至于我们无论在什么高度认定"心"对人的重要性都不为过。但是我们千万不要忘了,"心"实在是太复杂了,因为它不仅可以让我们"活得像个人",也可以让我们活得像个禽兽,甚至"禽兽不如"!我们人有很多"心",而所有的"心"都存在于我们这颗"空山不见人,但闻人语响"的虚灵之"心"中。正是因为它的虚灵,故而可以呈现无穷的变化。它有时将人做成了天使、人杰,让"天地为之久低昂";有时又将人做成了凶煞、恶魔,让人看着比真正的凶煞、恶魔都要可怕。如果说传说中的凶煞、恶魔还涉嫌虚构的话,那么由人做成的凶煞、恶魔才真正让人知道什么叫"人吓人,吓死人":读书至深夜,猛然看见窗棂上有一张笑眯眯的人脸在晃动,定然能将你"三魂吓掉两魂半"!人之所以显得如此可怕,是因为人太懂得人是什么"东西"了,也最清楚人到底可怕到什么程度了。其实我们每个人可能都"扪心自问"过,甚至都对以为只有自己知道而别人都不知道的"心"作过"模拟测试",因而都知道"心"是多么的易变,多

么的难以把控,它的"活动范围"到底有多大。这也就难怪孔子为何针对"人心"说出这样的话:

> 孔子曰:"凡人心险于山川,难于知天。天犹有春夏秋冬旦暮之期,人者厚貌深情。故有貌愿而益,有长若不肖,有慎怀而达,有坚而缦,有缓而钎。故其就义若渴者,其去义若热。"

人"心"可怕是因为它难以把控,而人"心"之所以难以把控,是因为"心"外有"心"、"心"中有"心",各种"心"相互作用,待它们之间产生了类似于"化学反应"那种东西后,就有可能生成谁都说不清楚的"怪胎",此"怪胎"不仅害人,甚至连他自己有时都不会放过。比如说,人有妒心、贪心、虚荣心、好胜心、侥幸心等等,这些"心"单个看,或许并不可怕,但当它们之间一旦产生"化学反应"之后,就有可能使人什么蠢事、恶事、"禽兽不如"的事都干得出来。至于它们之间是如何产生"化学反应"的,又是怎么"狼狈为奸"的,当事人往往都被"蒙在鼓里"。就此而言,人实在是既可怕又可怜。在电视中,我们经常会看到这样一幕:一名罪大恶极者被抓获之后,当他面对审判时,竟然会显得一脸的无辜,说就连他自己都不知道他这些年来究竟都干了些什么!我们不能简单地认为这是罪犯在为自己开脱,其实他自己也很清楚,这样的开脱对他已经没有任何意义(因为犯了重罪,再开脱也是一个死),这里我们不妨把他想得高尚一些,即他只是想告诉别人,千万要提防自己的"心",否则,人就有可能"欲罢而不能"地将自己变身为禽兽,直到这一过程已成事实之后,它才让你有所醒悟:"心"想干的事都干完了,接下来就由你拿生命来替它的过度消费"买单"了。

值得关注的是,在这一过程中,"身"虽然也是"同案犯",但更是受害者。因为相对于"心"而言,"身"就要"老实本分"多了,可理喻多了,它充其量不过就是个"饭桶",是个"四肢发达,头脑简单"的"家伙",既没有多少"想法",更没有多少"坏主意",也不像"心"那样有那么多"奇葩"的追求,它之所以跟在"心"后面"鬼混",无非就是"混吃混喝"而已。可是"心"就不一样了,一有机会它就是有可能"包藏祸心"的,一旦它"包藏祸心"了,不仅可以置他人死活于不顾,其实又何尝顾过"(己)身"的死活呢?或者说,它又何尝替自己的小跟班"身"着想过呢?我们都知道"皮之不存,毛将焉附"的道理,"身"一旦保不住了,"心"又岂能独存呢?而我们还知道,基于自我保存的本能,一种存在物将自己的利益强加给另一种存在物,甚至哪怕是将对方毁掉(如草原上狮子吃角马等),这都是可以理解的,唯独自己毁掉自己,这种事除了人其他一切存在物都是干不出来的。有道是"虎毒不食子","人心"一旦带"毒"了,别说是"子",就连它自己都是要"食"的。人(确切地说应该是"人心")之可怕,由此可见一斑。难怪尧、舜、禹三位古代圣王在临终前都要向其继任者口授这样的"十六字心传":"人心惟危,道心惟微;惟精惟一,允执厥中。"大意是说人心是那么的危险可怕,道心又是那么的微妙难测;唯一的办法就是要一心一意地维护好人的原感性、真情性("中"有"原本"、"开始"之义,这里当指人的"本心"或"初心",亦即人的"健全常识")。也许人的原感性与真情性中未必就完全没有妒心、贪心这些东西,但当这些东西以"中"的形态呈现的时候,它们一般都不会逸出"健全常识"的范围,因而这时的它们虽然也可能是带"毒",但其"毒性"属于安全范围内的"毒性",而且这种"毒性"有时还是体现生命真实性所不可缺少的"点缀"。

所以我说,"心"乃是我们最危险的财富。自古以来,人们在如何"用心"这个问题上虽然穷尽了所有的尝试,但最终都发现这些尝试几乎都陷入到了一个怪圈,其情形有点类似于我们日常生活中的如下现象:当我们睡不着的时候,越想睡着就越不容易睡着。不过,发现问题的存在总是一件好事,因为这起码可以提醒我们,作为一个拥有"心"的存在物,我们所拥有的绝不仅仅只是荣誉和自豪,更拥有一个危机四伏的人生,进而,"如履薄冰"、"如临深渊"才是人生应有的态度。

如蝉般清澈而凝定的生命

前些年,《厦门晚报》报道了这么一则消息,说某小区的物业要求保安将小区里的蝉赶走,原因是蝉音太吵,让人心烦意躁。无独有偶,据说在英国也发生过类似的事情。在一次上课时,我曾以此为话题,想让学生谈谈造成今人听到蝉音会感到心烦的原因,学生的回答是:不是蝉音太吵,而是今人的心性太烦躁!

说得太好了!蝉还是那个蝉,只是由于我们心性不同,听的结果自然也就大不一样了。在古人那里,他们倒是更能从蝉音中听到所谓的"清音",而不是什么"烦"与"躁"。正所谓"蝉噪林愈静,鸟鸣山更幽"(王籍)、"倚杖柴门外,临风听暮蝉"(王维)、"杨柳鸣蜩(即蝉)绿暗,荷花落日红酣;三十六波春水,白头相见江南"(王安石)。在陈继儒笔下,蝉音更是越发显得幽静而空灵:"茅檐外,忽闻犬吠鸡鸣,恍似云中世界;竹窗下,惟有蝉吟鹊噪,方是静里乾坤"、"盛夏持蒲榻铺竹下,卧读离骚,树影筛风,浓阴蔽日,丛林蝉声,远近相续,蓬然入梦。"20世纪著名学者郑振铎,较之于今人,起码也算是半个古人,故而他也能从蝉音中听到我们今天很多人都听不到的"清幽":"我在山中,每天听见的只是蝉声,鸟声还比不上。那时天气是很热,就在山上,也觉得并不凉快,只好不断地用手巾来拭汗,不断的在摇挥那纸扇子。在这时候,往往有几缕的蝉声在槛外鸣奏着。闭上目,静静的听了它们在忽高忽低,忽断忽续,此唱彼和,仿佛是一大阵绝清的乐阵,在那里奏这个绝清幽的曲子,炎热似乎也减少了,然后,朦胧的朦胧的睡去了,什么都不觉得。良久,良久,清梦醒来时,却又是满耳的蝉声。"蝉音的清幽感能使人"入定"、"入静",这不由得不让人联想到"坐禅"或"禅定":难道"蝉"与"禅"之间有什么关联吗?回答是肯定的。多种迹象表明,以追求"得道"为目标的禅者,正是通过蝉来启迪禅意的,某种意义上我们甚至可以说,蝉就是禅者的精神样本,就是禅者心目中"道"的化身。禅宗之所以叫"禅宗",正是要通过"蝉"、

"禅"二字在汉字中的音形关系来引导人们准确体悟禅宗所修之"道",至于禅宗为什么没有将"蝉"、"禅"之间的关系说破,那完全是因为说破了就不是"道"了(禅有"说似一物即不中"之说,因为有些东西说破了是有风险的。比如,假如说"禅"就是"蝉",那些初学参禅者就极有可能干出像"蝉"那样跑到树上去"餐风饮露"、"不食人间烟火"之类的事情来,如果那样的话,不仅禅修不成,恐怕就连小命都难保了)。禅师们不便将"禅"说破,我们这些俗人就不必拘泥于此了,相反,说破了或许能为我们目前处于"燥热"状态的生命降降温。那么,蝉的生命现象究竟是如何启迪禅意的呢?我们可以尝试着从以下几个方面来看:

其一,蝉蜕。蝉有一种生理现象,就是蝉的幼虫在变成成虫的过程中要脱去包裹在它外面的一层躯壳,俗称"蝉蜕","蝉之未蜕也,为复育。已蜕也,去复育之体,更为蝉之形"(王充)。这种现象很像是宇宙大生命的一个缩影,是生命生生不息的一个象征:蝉身终了于此,弃壳而去的新生命又再生于彼,这既是生命的全部奥秘,同时又是禅师们通过开悟而使自己的生命获得新生的一个写照。就像是蝉蜕前的蝉由于被它的旧躯壳包裹着而无法显示其"真身"一样,开悟之前的禅师也正是被种种俗见与理障所包裹着而无法展示其"本来面目",然而,一旦他开悟了,他便像蝉蜕那样挣脱了俗念的纠缠而使生命获得了新质,从此,"有染心"变成了"无染心","烦恼心"变成了"清净心":"我有一颗明珠,久被尘劳关锁。今日尘去光生,照破山河万朵。"在这里,"尘去"的过程其实就是道家"损之又损之"的过程,同时也就是去掉生命中的"杂质"从而恢复其本然"清净"的过程。对于禅师而言,"俗我"的终结甚至死亡仅仅是躯体的灭失或"杂质"的剥离,真正的生命并没有终了,相反,生命却会因为舍弃了先前的"臭皮囊"而获得了最终的圆满,也就是佛教所谓的"圆寂"或"涅槃重生"。故而在历史上,人们经常称禅师的故去为"蝉蜕而去",意即他已经像蝉那样舍弃了旧躯壳而迎接新生命去了。其实,以蝉蜕来理解生命的超凡脱俗甚至羽化成仙,这在中国古代是一个十分古老而普遍的现象,如《淮南子·精神训》即有"蝉蜕蛇解,游于太清"之说,其他如汉边韶《老子铭》中的"(老子)道成身化,蝉蜕渡世"、唐骆宾王《狱中咏蝉》中的"(蝉)蜕其皮也,有仙都羽化之灵姿"以及晋左思《吴都赋》中的"桂父练形而易色,赤须蝉蜕而附丽"等等,说的都是这一点。另外,古人将

我本清静
如蝉般清澈而凝定的生命

玉蝉作为"晗"纳入死者口中祈求死者永生,也是基于同样的寓意。魏晋时期乃是中国禅宗的发轫期,而这一时期羽化成仙的思想又是极其的活跃,对此,李丰楙先生指出:"在魏晋时期神仙变化说中,对不死的探求多集中于变化形体,旧形化去而隐显身在,可以遨游山川,游戏人间,这是尸解说与隐逸说的结合。以丹药、符术涂于杖上或剑上,以代己形之遁化,逐渐取代火解、兵解的神通,介于出世入世之间,成为中国人之梦。"作为中国化(道家化)了的禅宗,将上述观念纳入自己的修道思想中,这一点也不奇怪。

其二,蝉生。蝉的幼虫往往是通过粪土的滋养而获得生命的,这一过程同样蕴含着一个有关生命的奇迹:至清至洁的蝉竟然孕育于至脏至秽的粪土中!人们或许会对此感到诧异,但这就是事实,一个具有最广泛意义上的有关生命的事实:每一个看似晦暗污浊的所在其实都可能蕴藏着生机、充满了生命,甚至可能是最耀眼、最高洁的生命。蝉就是这样一个孕育于粪土中的净洁而纯粹的生命:"粪虫至秽,变为蝉而饮露于秋风;腐草无光,化为萤而耀采于夏日。故知洁常自污出,明每从暗生也。"(洪应明《菜根谭》)所以自古以来,与出淤泥而不染的荷花一样,蝉也是由于同样的原因而受到世人的赞叹:"蝉蜕于浊秽,以浮游尘埃之外"(司马迁)、"蝉蜕于粪溷之中,燏然涅而不缁者也"(《张太岳集》)、"蝉蜕弃秽累,长与俗人别"(嵇康)、"蝉蜕同松乔(即世外高人赤松子、王子乔),翻迹登鼎湖"(曹植)。蝉也因此而被世人视为出于污秽却又无比高洁者的一个象征,司马迁将其视为人中之屈原、贾谊(《史记·屈原贾生列传》),张潮将其视为虫中之伯夷、叔齐:"蝉为虫中之夷、齐,蜂为虫中之管、晏。"(《幽梦影》)禅师们每每以蝉的这一生命奇迹来启迪禅意,本意无非是说人的生命虽然不能不脱胎于作为不洁之物的"臭皮囊"中,或者说,人的一生虽然都有着不堪回首的过往,但高洁而纯粹的生命恰恰就是可以从这样的生命中诞生,正所谓"烦恼即是菩提,净土生于泥粪"(腾腾和尚)。对禅来说,世俗的生命尽管纠缠着数不清的不洁之物、承受着数不清的人生烦恼,但这并不妨碍真正的生命有朝一日会从这里脱颖而出,而且当这惊人的一幕最终发生时,往往又是那么的悄然无声,甚至连半点痕迹都找不到,就像"金蝉脱壳"那样的不动声色。这也进而告诉人们,生命的过往虽然不是我们所能改变的,但我们不能因此而丧失追求高洁而纯粹生命的信心,即便是有过罪恶人生的人也不例外:"放下屠刀,立地成佛!"不仅蝉获得生命的方式能帮助人们启迪禅意,蝉维持生命的方式同样也能启迪禅意,这就像上引洪应明的言论所提到的那样,古人认为蝉是通过餐风饮露来维持生命的,而这种方式几乎又是禅师们所崇尚的清虚空灵生命样态的一个绝妙的摹本和精神原型。就这点而言,蝉就已经不只是启迪禅意了,而应该说,"蝉"、"禅"本来就是相通的。

其三,蝉形。蝉不仅在维系生命的方式上给了注重淡泊之守的禅师们一个巨大的惊喜,而它的外在形象同样也使禅师们深深体味到了"吾道不孤":餐风饮露的蝉恰好与它所餐所饮之物一样,长得竟然是那么的风清露淡!薄薄的蝉翼、透亮得像琥珀般的身躯都给人以洁亮与通透的视觉感受。显然,这很容易让人联想到一颗晶莹剔透、轻灵通脱的心灵与一个高洁而纯粹的生命,而这岂不正是每一个禅宗大德所要追求的东西!为了进一步确证这一点,我们还可以从庄子的相关思想中找到证据。正如范文澜先生所指出的那样,禅宗真正的鼻祖应该是庄子,因而庄子的精神追求与禅师们的追求可以相互参证。那么,庄子心目中的精神形象("神人"、"至人")又是怎样的呢?对此,庄子曾向人们作了这样的描述:"藐姑射之山,有神人居焉。肌肤若冰雪,淖约若处子;不食五谷,吸风饮露;乘云气,御飞龙,而游于四海之外;其神凝,使物不疵疠而年谷熟。"不难看出,庄子笔下这位神人的生活方式、行为方式及其外在形象,与蝉皆一一相合。尤其是他的神情,庄子用"神凝"来加以表述,强调的就是他的精神内敛、生命充盈、神情专注;反观蝉,其神情无疑就是对何为"神凝"的最好诠释:它那"如履薄冰,如临深渊"似的步态,仿佛是在告诉人们,它的每一个行动都是高度心灵化的,它的生命每时每刻都是身心合一的,它那"形如槁木,心如死灰"般的凝定似乎就是专门用来为"用志不分,乃凝于神"(庄子)的精神样态作注解的。同样,在老子对"得道"者凝定神态的描述中,似乎也能看到蝉的影子:"古之善为士者,微妙玄通,深不可识。夫唯不可识,故强为之容。豫兮若涉川,犹兮若畏四邻,俨兮其若客,涣兮若冰之将释,敦兮其若朴,旷兮其若谷,浑兮其若浊……"有鉴于此,这也就难怪庄子为什么在谈论"修道"时每每要拿蝉说事了:

  仲尼适楚,出于林中,见佝偻者承蜩。仲尼曰:"子巧乎,有道邪?"曰:"我有道也。五六月累丸二不坠,则失之锱铢;累三而不坠,则失之

我本清静
如蝉般清澈而凝定的生命

者十一;累五而不坠,犹掇之也。吾处身也,若厥株拘;吾执臂也,若槁木之枝。虽天地之大,万物之多,而唯蜩翼之知。吾不反不侧,不以万物易蜩之翼,何为而不得!"孔子顾谓弟子曰:"用志不分,乃凝于神。其佝偻丈人之谓乎!"(《庄子·达生》)

要理解庄子上面的话,我们不妨先来看看电影《冷枪》中的这样一个片段:两名游击队狙击手和一名日本狙击手对峙,游击队狙击手对其同伴说:"我们要趴在这里像石头一样才能干掉敌人,小时候我爷爷就跟我说,要击中猎物,就要比猎物更安静。"这样说来,道理就清楚了,原来庄子是将蝉看成了"守定"的高手,要抓到蝉就必须比蝉更能"守定"方可。禅宗大德鸠摩罗什显然也是在同样的意义上看待蝉的,因为他用以表达其精神形象的诗文也极易让人联想到蝉:"心山育明德,流熏万由延。哀鸣孤桐上,清音彻九天。"此外,"形如槁木"的蝉天生就是"天人合一"的高手,因为它的模样有时会让人很难分辨哪是蝉、哪是树,如果你不十分留意,你极可能把蝉错当成树枝上长出来的一个斑结,而这又何尝不是禅师们追求将"小我"融入"大我"的一个极好"榜样"呢?

其四,蝉音。蝉给人印象最深的还是蝉的鸣叫,也就是蝉音。古人每每都说蝉音可以让人入定,那么今人为何不仅定不下来,反而还会觉得烦躁呢?这是因为蝉音是通过"和心"来使人入定的,与通过"和耳"使人入定有很大的不同。这便是说,如果一个人只带着耳朵来听蝉音,他是无法求得"和"进而入定的,他必须具有一颗能够"聆听"蝉音的"和心"方可。只可惜当今的中国人,由于"心"里装了太多的事,已经不具备"聆听"蝉音所需要的"和心"了。其实我们每个人身上都自带"蝉音",只要我们的心能闲得下来,像古人所说的那样,能做到"反视内听"(庄子),就能够聆听到来自我们生命内部的"蝉音",此"蝉音"仿佛就是佛教"六字真言"之第一字"唵"。而我们注意到,蝉所发者岂不正是"唵"音?蝉音的奇妙就在这里,可以说,自然界中没有哪一种声音与我们内在的"蝉音"有那么高的相似度,这也正是蝉音何以能与禅那么投缘的缘故。这里于是便有了这么一个问题,即唯有那些能时常有"闲心"聆听自己内在"蝉音"的人,才能"听得懂"外在的蝉音,否则他就会因为"排异反应"而变得越听越烦躁。所以,蝉音还是那个蝉音,只是你没有那个"闲心"听而已。当你的心一旦闲下来了,此"蝉音"与彼蝉音便会产生美妙的"合奏",你的生命将会在此"合奏"的托浮下进入与"大化"同其波澜的"恍惚"之境,终至"一切在一切中回响"(叔本华)的"内外冥合"之境。到了这个时候,你便已经分不清哪是内、哪是外,甚至哪是你、哪是大自然了,从而你也就进入了修禅的最高境界,亦即所谓的"般若之境":"般若是一个人在他最基本的感觉中感受到事物之无限整体时所拥有的体验。从心理学上讲,此时有限的自我打破了它的硬壳,使自己涉入囊括万有、囊括一切有限和短暂的无限之中。"(铃木大拙)正是基于这一点,所以柳田圣山将禅称为"人与宇宙冥合的智慧"。"人与宇宙的冥合"其实就是内与外、有限与无限、瞬间与永恒之间的冥合。由这一"冥合"所造就的生命自然就"大"了,就"自由"了,或者说,自然就进入"乐"境了。

　　禅、蝉之间的上述关系,我不说破不等于就没人说破。在这个世界上,该说破的东西,迟早都是会被人说破的。你若不信,有诗为证:

　　　　一生风月且随缘,穷也悠然,达也悠然。
　　　　日高三丈醉犹眠,不是神仙,谁是神仙。
　　　　绿杨深处昼鸣蝉,卷起湘帘,放出炉烟。
　　　　荷花池馆晚凉天,正好谈禅,又好谈玄。(朱克敬《雨窗消夜录》)

　　"心佛则佛,心魔则魔",蝉是"佛"是"魔",关键要看我们有一颗什么样的"心"。"心"闲得下来,蝉音即是"清音";"心"闲不下来,蝉音即是"噪音"。进而,"心净",则"烦恼即菩提";"心不净",则"净土"亦为"凡尘"。故孟子曰:"反身而诚,乐莫大焉!"一旦我们拥有如蝉般清澈而凝定的生命,即便身在"滚滚红尘"中,也丝毫不妨碍我们的"日日是好日"。

中国人，你太急了

如是我言：这几天，呼格吉勒图冤案在电视里一直播放，每次看到这一幕，尤其是看到呼格吉勒图还带几分幼稚模样的照片，我爱人就催促我赶快转台："别看了，看得我心里好难受！"其实我心里或许比她更难受，因为我相信，我所看到的与所想到的她未必都能看得到、想得到。

根据我所知道的消息，我想以我的视角对案情作如下的梳理：一个稚气未脱的大男孩，他发现了一桩杀人案，他原本可以像很多"成熟者"那样抱着"多一事不如少一事"的心态选择不报案，但他实在是太"天真"了，因为他选择了报案。当他被怀疑为案件嫌疑人时，或许是因为一时的紧张，或许是因为心理落差太大（从一个报案"义士"变成作案嫌疑人，他的心理落差无法不大，换成我，或许落差更大），于是他脸上"露出了不自然的表情"，这一细微的变化被"机警"的刑警一眼"识破"。接下来，刑警们就用了点他们惯用的"技巧"迅速地把案子拿下了（对于一个"大男孩"来说，这点"技巧"就足够拿下案子了）。案发仅仅61天，呼格吉勒图就人头落地了，一桩凶杀大案就这样"大功告成"了。案子留给后人最深的印象有两个："快子手"（不敢称他们是"刽子手"）警察与冤死的少年！呼格吉勒图原本可以不死，只要有一个环节不像已经发生过的那样运转即可：假如呼格吉勒图不是那么的"天真"，假如刑警把案件的证据链办得再扎实一点，假如司法机关不那么急于行刑，假如……

人都死了，"假如"再多也没什么用了。这些年来，随着平反冤案开了头，一桩接一桩的冤案都出来了，我虽不是"圈内人"，但我几乎敢断言，这些已经得到平反的冤案仅仅只是冰山一角，还不知道有多少冤魂在那里"嗟叹"！冤魂尽管历朝历代都有，但像我们这样大批量的而且是要注定要制造冤魂的时代却并不多见。为什么我要说我们这个时代注定要大量制造冤魂呢？回答是：我们太急功近利了！君不见，杭州那位"雷厉风行"的"快子手"

女警长让多少人下了冤狱。好多现在一眼就能看出证据不足的案子，在那个"大干快上"的总体社会氛围下，都被活生生地给判了。只要能快，冤不冤就顾不了那么多了，结果很多案件就变成了"有证据要结案，没有证据创造'证据'也要结案"。因为尽快结案不仅是领导的"意思"，也是办案人员的"政绩"之所在，更是"急如星火"的"时代精神"使然。结果，冤案就呈现出"众人拾柴火焰高"般地暴增，想停都停不下来，因为谁都不舍得停下来。一个急哄哄的年代，简单、粗糙与蛮干就成了一个挥之不去的恶魔。十几年前，我曾经有一篇论文要打印，被相关人员安排一位据称是"快子手"级的打字员去打，打完之后让我校对，我一拿到清样，都不敢相信那是我的论文，几乎没有一句是完整的话，要校对此文，等于将原文重抄一遍。直到现在，我还觉得那位"快子手"女打字员好"恐怖"。字错了可以重抄，人死了却不能复生，在一个"急如星火"的时代，在一个但求更快不求更好的年代，一场"非生人之行，必至死人之理"（庄子）的死亡角逐就成了不可避免之事了。可能是由于我见过太多此类"必至死人之理"的事了，多少有点麻木了，但这回看到一位稚气未脱的"大男孩"被我们的"时代病"所杀，免不了还是心里有些隐隐作痛。"快马没好步"人们会说，"心急吃不了热豆腐"人们也会说，但在我们这个时代，真正能懂得其中道理的人却并不多。或者换句话说，人们也不是不懂，而是不敢懂，因为谁懂谁吃亏，谁懂谁就会被这个时代"淘汰"！

谈到急，谈到求快，这让我们不能不联想到更早时候的中国，也就是那个"大跃进"（"大干快上"）的年代。也许是因为我们吃过那个年代"大炼钢铁"的苦头，所以像"大炼钢铁"那样的蠢事我们现在是坚决不能再做了，但由于着急、求快的幽灵依然还在中国上空徘徊，"钢铁"虽然不能再"大炼"了，但我们不是还可以"大炼"点别的吗？比如"快速结案率"，比如"文章"或"学术"之类的。所以紧接着"大炼钢铁"之后不久，中国人便开始"大炼"起"学术"或"文章"来。近些年来，中国人每年的发文量已多年位居全球第一，但明眼人都知道，这些文章中有很多与"大炼钢铁"时代炼出来的那些"铁渣"一样，都是"文字垃圾"，成堆地堆在那里，看着就让人心里添堵！有一年，我本想申报一个课题，但一看结题时间只有两年，也就只好放弃了。这哪里是在"资助"你做学术研究，分明是在逼迫你快速造假！多少年来，有"良知"的学术人都为自己只能生产"精神快餐"而备受煎熬。因为"快餐"生产得太快了，难免就要"夹生"，这样的"夹生"落在学术领域如果说仅仅只是混淆视听的话，落在司法领域那就有可能是人头落地了！因此我说，有多少司法者的"快刀"斩断了无辜者的头颅，就有多少学者的"快笔"扰乱了学术的纲宪，这也就使得我能从当今中国的学术之乱中能看到中国的冤狱之多。20世纪，像范文澜那样的大学者都说"板凳要坐十年冷"，我们今天的"学者"一天的"冷板凳"都耐不下性子来坐，提笔就想做大师，刚毕业就有"大著"问世。我就不明白了，我们中国哪来那么多的"学术牛人"？对于这样的"学术牛人"，我想他们的"学术之路"少不了要干些"有道理要下结论，没有道理创造'道理'也要下结论"的事。人一急就会"丑搞"，接下来就只剩下"搞丑"了。当下中国人在学术上"搞丑"已经"搞"到什么程度，试看这则报道："近日，美国知名学术出版机构撤销了43篇伪造同行评审的学术论文，其中41篇出自中国作者之手。"（《厦门日报》2015年4月3日）因为急，中国人已经邪乎到了走火入魔的地步，甚至把"急"本身也当成了目标："有事我要急，没有事创造'事'我也要急！"因为急，这些年来，我们已经将多少宝贵生命变成了"无效时间"！

中国人，你怎么那么急？这么多年来，我一直在问这个问题。楼房三天就能盖一层（现在一天就能盖好几层），盖好的楼房只能住二十来年；房子刚刚装修好五年，就要打掉重新装修；小孩刚生下来就要送去学"阶梯英语"，甚至还没生，就要进行胎教；小学生要学中学生的课程，中学生要学大学生的课程……中国人不但跟"事"急，也跟"人"急："再这样，我跟你急"已经成了当下中国人的一句口头禅。因而"戾气"也就充斥了中国的每一个角落，以至于只要中国人到了哪里，"急"（甚至"戾气"）的氛围就会弥漫到哪里。网上流传着这么一件事："老太太回来没几天，说什么都要回美国。陈丹青问她为什么，老太太说：'我走路、上电梯、上车或去医院，后面总有人推我。而我在美国生活二十多年，只被人推了两次，回头一看，都是中国人推的！'中国人，你为什么这么着急推搡别人？"

有人也许会说，不急不行啊！我们有数百年积贫积弱的历史所积攒下来的"弱者心态"，还有弱肉强食的国际环境，不快马加鞭地赶上去就有亡国灭种之虞啊！我承认这是事实，但像我们现在这样只求数量不求质量、只求一时不求长远、只求结果不问良知的做法，绝不是一个理智者应有的做法。

这让我想起了金庸的一本名为《笑傲江湖》的武侠小说。小说中，金庸先生尽力向人们展现了一个弱肉强食的险恶江湖，混迹于此江湖的人，要么选择"金盆洗手"（实际上想"金盆洗手"几乎都不可能），要么就留在江湖想尽一切招数混下去，于是就出现了"八仙过海，各显神通"的"人生百态"。在各路高手中，最值得当今中国人关注的当数华山派掌门人岳不群，此人身处恒山派与"魔教"两大顶级高手的夹缝中，此两派都在为"一统江湖"而相互角力，其他门派随时都有可能在他们两派角力的过程中被"血洗"的危险。作为一个弱者，岳不群原本是一个令人同情的对象，因而他力图改变弱者地位的迫切愿望也是非常正当的，但问题是，他也太急了点，发力也太狠了点，招也太损了点。他为了在最短时间内成为天下第一，不惜去练"断子绝孙"的"葵花宝典"。事实证明，这种邪门武功只能逞一时之能，最终必然要被邪恶所吞噬。就这样，原本受人同情的岳不群一下子变成了受人唾弃的恶魔，因为他不仅毁了很多无辜的生命，也毁了自己的家庭，最终他本人也被一阵"剑雨"钉死在山洞的崖壁上。岳不群的结局难道不值得"不惜一切代价"地快速摆脱困局的我们深刻反思吗？

一个劲地只知道往前赶的中国人，已经给中国造成了巨大的灾难，其中既有自然环境的灾难，也有人文环境的灾难。我们是要快，但也要考虑我们的快法是否值当，如果不值当，走的不是一条有效的路，这样的快岂不是距离我们想要达成的目标越来越远了吗？内蒙古一群"快子手"警官扼杀了一个无辜的少年，尽管这只是"快"年代中国人所造成灾难的一个小小插曲，但我还是希望这个小插曲能成为转变中国人"急功近利"心态的一个契机，从而远离我们的简单、鲁莽与粗暴，诚能如此，呼格吉勒图也就算是"没有白死"了。让我们记住这样一句名言吧："慢些，我们就会更快！"

让禅为我们打开心结

如是我言：禅是个好东西，尤其是对于当代人。古人为了解除"被悬吊"之苦，从而开启了参禅修道之路，至于当代人，其所承受的"被悬吊"之苦较之古人更甚，因此也就更需要让禅来帮我们的人生把把脉。

自古以来，几乎每个人都有可能对自己问这样的问题：原本清净、纯洁的生命何以会被我们自己弄得如此的龌龊与肮脏（"欲洁何曾洁"？），人生的画面原本可以更绚烂、更精彩，却不知怎么的就被自己这根秃笔给涂鸦了。打拼了一辈子，虽然为自己留下了生前生后名，但这一切又如何抵折得了自己原本清净、纯洁的生命！细细品味这一生，似乎总觉得没有多少时间真正为自己活过，表现为自己既没有时间也不知道如何亲近自己至深的生命，即自己的灵魂（"灵魂"古人又称之为"灵府"，"府"有"家"的意思，故而"灵府"也就是真正属于自己的"家"）。不是自己不想回"家"、不想亲近自己的"家"，实在是有"家"难回，即便"家"就近在咫尺，想与"家"亲近片刻，在"家"里待上一会，都不是件容易的事。生命似乎总是被悬吊着、牵扯着，就像是一只待售的鸭子被主人扯着脖子，提东提西，两脚始终着不了地，始终无法亲近作为一只鸭子最惯常的生命。如果说鸭子被提吊着只是短时间的事的话，那么人类生命处于这种状态则往往构成了人类无法摆脱的命运，成为人类生命一个最奇特的现象。德国哲学家叔本华很形象地将这一现象说成是：一个水淹齐脖的人，结果却喝不到一滴水。这一现象如果落在当代中国人身上的话，那就应该是：一个什么都不缺的人，结果却感受不到一点幸福。与被提吊着的鸭子相比，人类似乎更加不幸，这不仅因为人类被提吊的时间要长得多得多，更因为鸭子被提吊是他人干的，而人类被提吊则是自己干的，是自己把自己提吊着今天往东、明天往西，这才叫真正的"自作自受"（佛教用语）。人一旦被提吊着，有"家"回不了，即便他吃的是山珍海味，只怕也吃不出山珍海味的好处来了。道家与禅宗正是看到了生命苦难的本质，所以帮人们"回家"也就成了它们的共同追求。在道家，此话题往往被表述为"归根复命"、"复其初"。在禅宗，则被表述为领取"自家田地"或"贫子认家门"、寻找"本来面目"等等。

为了"接引"人们"回家"，或在人们"回家"的路上"送上一程"，以便使人们得以亲近自己最深的灵魂，道家给世人开出的良方就是"修道"。而"修道"的目的，庄子说得很清楚，就是要解除生命被悬吊的痛苦，故庄子有所谓"悬解"之说。"悬"就是"悬空"的意思，是指"身"与"心"处于一种悬空的状态，"身"无法亲近自己的"心"，"身"与"心"已经分了"家"，表现为"身"在干这个而"心"却在干那个。人们"心"中装的事越多，他的生命越处于忙不择路的状态，"身"与"心"就越是分得厉害。因此庄子说白天的时候"身"与"心"分得厉害，只有睡着之后，"身"与"心"才得以相亲："其寐也魂交，其觉也形开。"与道家一脉相承，禅宗的最高宗旨也是帮人们得以"悬解"，只是禅宗换了一种说法，叫"解脱"。为了"接引"人们"回家"，禅将自己视为"引路灯"，故禅宗的公案（启迪禅意的禅宗故事）称为"传灯录"。因此可以说，禅宗并不是宗教狂热者的精神温床，甚至，它本质上就不是什么宗教（宗教本质上都是为他的，即为偶像、神灵，而禅宗则是为自己的），他就是每个人生命本身，是每个人都能实实在在体味得到的那些生命中挥之不去的问题。一个典型的例子就是，一个从未习过禅的人也能通过他的切身体会获得禅所谓的"开悟"。比如，一个并非基于附庸风雅、假装清高而能说出"名缰利锁"这样话的人，他也就接近禅所谓的"开悟"了；一个能说出"人到无求品自高"之类人生哲理的人，同样也能说明他是有所"开悟"了。因此，禅悟并非修禅者的专利，而是每一个对生命有所觉悟者都可能达到的人生境界。

人一生下来，他的"身"与"心"原本是合一的，即它们之间原本是"身"到"心"亦到、"身"往"心"必随的关系，但这种关系也极易出现变故，即出现"身"与"心"之间的错位与不同步。出现这样的变故，根本原因是因为"身心"之间"性情"有异。"身"是一个"没心没肺"的"家伙"，它经历某物或某事之后，便从某物或某事中"抽身而退"了；但"心"就不一样了，它"心眼"太多，又太"贪玩"，因此总喜欢"开小差"，从而导致所谓的"心不在焉"。所以结果往往是，当"身心"一同经历某物或某事之后，"身"退下来了，而"心"却仍然还"沉浸"在事物当中，即"心"已经被事物挂住了、扯住了、回不了"家"了。

而人是以"心"为自己真正的"家"的,"心"不回"家",人也就无"家"可归了。这就像一个小孩,他是以父母为"家",要是父母不在"家",小孩即便回了家,他也不可能有"家"的感觉。历史上有一则经典故事,说的就是"身心"之间的这一差异:"两程夫子赴一士宴,有妓侑觞,伊川拂衣起。次日,伊川过明道斋中,愠犹未解。明道曰:'昨日座中有妓,吾心中无妓。今日斋中无妓,汝心中有妓。'伊川自谓不及。"(冯梦龙《古今概谈》)故事说的是程朱理学中的"二程"兄弟,他们去赴朋友的家宴。宴中,有歌姬向二程兄弟敬酒,弟弟程颐气愤之下就回家了,而哥哥却心平气和地还留在宴中。第二天,怒气未消的弟弟到了哥哥的书房中想就昨日之事与哥哥说道说道,哥哥说:"昨天我虽身在宴中,但'心'却留在'我'中;而今天你身虽在书房中,而'心'仍然与那个歌姬纠缠不清。"弟弟听了之后,觉得还是哥哥的修行高。哥哥高在什么地方,高就高在他事后就能做到"过而不留",即过场之后,他的"身"回"家"了,"心"也跟着回"家"了。

为了让人们都能有个"家",故禅要求人们做到"应无所住而生其心",此语后人进一步将其精简为"无住生心"。"生"在这里有"存在"的意思,"生心"就是指"心"所应有的存在方式。什么方式呢?就是"无住"("不被扯住"、"不被挂住")的方式。合在一起便是"无住生心"。这一思想完全是从庄子那里继承来的。因此,为了把这一思想说清楚,我们还是要回到庄子那里。在庄子看来,"心"最好的存在方式就是像镜子一样,即一方面,它不拒斥任何欲与之照面的事物,对所有的事物,它都能一视同仁地将其呈现于镜面上;另一方面,它又是"过而不留"的,即当外物"撤离"时,镜子里的影像便会立即消失,且不留半点痕迹。为此,庄子曾给后世留下这样的话:"至人(庄子心目中的'得道'高人)之用心若镜,不将(不拒斥)不迎(不挽留),应而不藏,故能胜物而不伤。"既要"应"("回应")又要"不藏"("不留"),这才是"心"最应该有的样态。因为只有这样"用心",人才不会"受伤",即才不会将自己弄得"无家可归"。这就是"至人"之"用心"与"凡人"不同之处:"凡人"看到一个大美人,就把她"藏"在"心"里,以至于晚上辗转反侧不能入寐;而"至人"则不同,他看到了就看到了,美人在心中只是一闪而过,之后便该怎么活就怎么活,他的"心"乃至他的整个生命绝不会被美人所"绑架"。"不藏"就是"不留",也就是禅所谓的"无住",任何东西如果长期在你心里"住下了"、"着窝了",你的"心"就甭想再"清净"了,它非把你的生命(现在已经变成了它的"窝")搞得污秽不堪不可。所以《周易》上说:"介于石,不终日,贞吉。"意思是说耿介得像磐石一样,不等一天终了就能悟出欢乐必须适中的道理,守住"身心合一"的自己必将获得吉祥。故"无住生心"完整的解读便是:一旦摆脱了外物的系缚,那么真正的"心"("本心"或"清净心")也就诞生了。

　　我们要经常像习禅者那样,为自己的"心"做一做"保洁"工作,把他物在我们"心"上做的"窝"及时清除掉,这样才能做到"佛心常清净"。"心结"打开了,人生也就自由了。所以我说,禅是个好东西,尤其是对当代人!

"九九归一,一归何处"

如是我言:只要一有机会,人都是要有所企图的,而人生的最大企图无非就是要找到人生中的那个"一"。这个"一"在政治家那里就是"一匡天下",在哲人那里就是"一以贯之",在武林高手那里就是"一统江湖",在登山者那里就是"一览众山小",在有情人那里就是"一生一世",如此等等,不一而足。然而,面对这种痴迷于"一"的人生,好事者则说了一句几乎令所有这些人都感到崩溃的话:"九九归一,一归何处?"一切都归于"一"了,"一"也就无处可归了。既然"一"无处可归了,则这个象征人生最大成功的"一"也就潜在地构成了人生的最大陷阱,其轻者可置人于被耻笑、被愚弄之境地,其重者则可导致人"死无葬身之地"。"一匡天下"的齐桓公死得多惨!"一以贯之"的孔子不是也成为庄子的笑柄?"一统江湖"的岳不群不是也成了剑下之鬼?"一览众山小"的"驴友"们在领略了那个"一"之后,很多人随即就饱经了被困山中的狼狈与尴尬,有的甚至还为此付出了生命的代价,他们哪里知道"上山容易下山难"的道理!做足了"一生一世"功课的有情人,有谁能保证他们的"情"不会被愚弄、被篡改,退一万步说,即便他们的确是"情深似海",但当他们在听了童安格那句"拥抱你到天明又如何"的歌曲之后,也是会若有所思的。

谈到打造人生中的这个"一",在中国古代,秦始皇可以说是一个已经做到了极致的人。然而,也正是这个秦始皇,他也把人生的险途演绎到了极致,贾谊的《过秦论》与杜牧的《阿房宫赋》中那些几乎人人都熟悉的句子最能帮助人们理解这一点:"六王毕,四海一。蜀山兀,阿房出。……一人之心,千万人之心也。秦爱纷奢,人亦念其家。奈何取之尽锱铢,用之如泥沙。……然后践华为城,因河为池,据亿仗之城,临不测之溪以为固。良将劲弩,守要害之处,信臣精卒,陈利兵而谁何?天下已定,始皇之心,自以为关中之固,金城千里,子孙帝王万世之业也。……一夫作难,而七庙隳,身死人手,为天下笑!"可悲的是,世人往往只知道"定于一尊"的秦始皇可怕,却不知道"归于一是"的孔子也同样可怕,原因就在于他们都是追求"一"天下的人,不同的只是前者追求以"己"来"一"天下,后者则追求以"礼"来"一"天下:"是欲强天下使从己,驱天下使从礼,人自苦难而弗从"(李贽)。相较于"己","礼"似乎"正当"、"高尚"得多,但在无视个体生命自身的归从意愿这一点上,二者并无本质的不同,后世所谓"以礼杀人"强调的正是这一点。与孔子"归一于礼"相似,西方的圣哲们则追求"归一于'自由'",然而事实证明,西方圣哲们的这条"归一"之路也是一条不归之路,其中的道理很简单,"自由"在给予人们自由的同时,也会成为人们的一种"负担",成为对人生的一种"限制",最终,"逃避自由"(弗洛姆)成了西方人新的人生方向。这恰如当下许多中国的"有情人",当他们信誓旦旦地将他们的"情"归于"一生一世"时,不久之后,或许逃避"一生一世"反而成了他们内心深处最隐秘的追求。

"归一"之所以在上述情况下会成为"归一"者的噩梦或失败的根源,根本原因就在于这些人都怀有一种"终极幻想",即他们总是坚信,只要将人生的格局做成了"一",那么这个"一"就将是护持他们的生命永葆"终极形态"的护城墙,从而,他们既定的人生格局就将永远不会被败坏、被篡改、被颠覆。且他们还坚信,能够被败坏、被篡改、被颠覆的人生格局只能说明他们所打造的"一"还不够牢固,他们唯一要做的事情便是如何将这个"一"的根基打得更牢固、篱笆扎得更严实,一旦他们做到了这一点,他们的人生"终极格局"就像是被浇铸了混凝土一样永远被"固化"了。然而,由于深陷于"终极幻想"的迷雾中,他们哪里想得到,这里的问题根本就不是一个根基打得多牢固、篱笆扎得多严实的问题,而是一个注定没有"归处"的问题,也就是注定要将自己领进"死胡同"的问题。一则家喻户晓的古代神话似乎专门就是针对这类持有"终极幻想"的人而发的。相传,尧时洪水滔天,鲧受命治水,他治水的方法是一种类似于"扎篱笆"似的"堙"("堵")的方法,这种方法导致洪水郁积的"副能量"越来越凶险,鲧就在这种"副能量"的隆隆作响声中铸成了千古大错,结果,他害人无数不算,也将自己送上了不归路。继承者禹一改其父所为,采取"疏"的方法,也就是将"水"都"疏导"至它们该去的地方去,结果大功告成,禹也因此而成为人们心目中的大英雄,被称为"大禹"。

我本清静
"九九归一,一归何处"

我们知道,"一"在古代乃是"道"的代名词,而"水"又是"几于道"的,这便是说,大禹治"水"神话背后其实是一个如何治"一"的话题,也就是如何为"一"安排"归处"的话题:天上原本作散雾状的云气"归一"之后变成了水,这些水落到地上在鲧的治水理念下是没有"归处"的,而禹则是以"疏"的方法为"水"(也就是"一")找到了"归处"。那么,"疏"又是一种什么方法呢?"疏"就是让"一"中所蕴含的"一切"都回归到各自应该回归的地方,这便是古人所说的"物各付物",也就是庄子所说的"藏天下于天下"或"藏金于山,藏珠于渊"。如果说"归一于己"或"藏天下于己"中的"一"或"天下"是一个易于被他人"盗取"的东西(没有"归处"的东西)的话,那么"归一于万"或"藏天下于天下"中的"一"或"天下"就不同了,谁都"盗"不走它,因为即便有人"盗"走了它,又能怎么样呢,还不是只能将其藏于"天下"?所以怀有"归一于万"或"藏天下于天下"之心者永无被"盗取"之虞:"藏小大有宜,犹有所遁。若夫藏天下于天下而不得所遁,是恒物之大情也。……故圣人将游于物所不得遁而皆存"(庄子)。打个比方,古代帝王总是要将天下的美女尽归己有("归一于己"),结果整天都要提防她们,生怕她们出轨,但即便如此,还是有人会出轨,一旦有人出了轨,那帝王可就不是帝王了,他也就成了"绿帽君"了,而且他所占有的美女越多,他"戴绿帽"的概率就越大。这样的傻事真正的"圣人"是不会做的,圣人只会让天下的女子都各自归从于她们的"如意"郎君,这才是"恒物之大情"。苏芮的一首脍炙人口的歌曲《奉献》最能表达什么叫"恒物之大情":"长路奉献给远方,玫瑰奉献给爱情,……白云奉献给草场,江河奉献给海洋,……白鸽奉献给蓝天,星光奉献给长夜,……雨季奉献给大地,岁月奉献给季节,……"即是说,我们要将长路还归于远方、玫瑰还归于爱情、白云还归于草场、江河还归于海洋、白鸽还归于蓝天、星光还归于长夜、雨季还归于大地、岁月还归于季节……。当然,这个单子还可以一直列下去,比如将嫦娥还归于少年、财富还归于百姓、权力还归于人民、心曲还归于心灵、乖宝还归于母亲怀抱、流行还归于俗社会、游子还归于故乡等等。由此可见,"一"只是由于贪婪的"人心"从中"作梗"("堵")才使其没有"归处"的,若是换成了"浩浩其天"的"道心","一"不但有"归处",而是有"大归处"(大家都有归处)。因为"道心"只会遵循"九九归一"再到"一归九九"之循环往复规律运行,从不从中"作梗",这也就使得"一"总能顺利地将自身转化为"一切"并随"大化流行"而归入各自该归入的地方。既然"一切"都有了"归处",作为它们整体的"一"自然也就有了"归处"。

"今日欢呼孙大圣,只缘妖雾又重来"！历史上,我们既见证了无数痴迷于"归一"的妖雾,也见证了这种妖雾破败之后的惨状,未曾想这恼人的妖雾今天又弥漫了中国的上空。今日的中国,"秦始皇"以及"鲧"之流实在是太多了,弄得我们这个社会处处让人"添堵","副能量"早已隆隆作响,遍地是"戾气"！真希望"孙大圣"能"奋起千钧棒",使我们这个社会得以"玉宇澄清万里埃",让社会多几分宁静与清凉,少几分燥热与狂暴。那么,这个"玉宇澄清万里埃"的社会将是怎样的情形呢？我想,它一定是一个"还万物于万物、还生活于生活"的社会。具体说来,这个社会一定能还万物的无限杂多性于万物,还生活的无限丰富性于生活本身,正所谓"尘归尘,土归土"。那种企图像"扎篱笆"似地守住"一己之私"、"一种权威"、"一个模式"乃至"一天下"的"终极幻想"最终都将被证明是没有"归处"的。说到底,还是老子聪明:"生而不有,为而不恃,功成而弗居。夫唯弗居,是以不去。"同样聪明的还有洪应明:"就一身了一身者,方能以万物付万物；还天下于天下者,方能出世间于世间。""还万物于万物",如此一来,不仅万物解放了,我也解放了,这种两全其美的事情,只有老子、庄子、洪应明等少数人懂得,实在是一件不幸的事！

中国社会到底怎么了

如是我言:最近,不时可以听到一些"有识之士"说这样的话:当代中国的社会问题已经到了令人不寒而栗的地步!我想,这样的话若不是到了让人绝望的境地,是断然讲不出来的。当今中国社会到底怎么啦?这些年来,这个问题一直困扰着我,比如说GDP至上、官本位、国际环境、中国人的劣根性、社会转型等等,这些理由也都能说明一些问题,但似乎又觉得用这些理由说事总有一种"能胜人之口,不能胜人之心"(庄子)的感觉,距离那个若隐若现的"元凶"始终有"一墙之隔"。不过,近段时间,我仿佛距离这个"元凶"越来越近了,走近一看,这才发现,这个"元凶"并不是我们想象的那样"面目狰狞",乍看上去反倒显得有几分让人"怦然心动"。那么,这个异样的"怪胎"到底是怎么长出来的呢?在我看来,它就是由当代中国人亲手开启的一个看似轰轰烈烈、冠冕堂皇,但实际上却"必致死人之理"的生命模式中长出来的,或者说,它就是从"吃素"生命模式的沦丧与"吃荤"生命模式的开启中长出来的。

中国古代文明是一个典型的农业文明,即是说这个文明基本上是靠"吃素"长大的,进而,这种文明形态必然会带有它自身的性格与特征。首先,"吃素"使得中国人的身体结构有其特殊性,尤其是会形成它特殊的内消化系统和内分泌系统。其次,"吃素"也生成了中国人特有的志气、义气乃至韧性:"我有三宝,持而宝之:一曰慈,二曰俭,三曰不敢为天下先。慈,故能勇。俭,故能广。不敢为天下先,故能成器长"(老子);"士志于道,而耻恶衣恶食者,未足与议也"(孔子)。《菜根谭》是一本最能反映中国人精神气质的书,而该书的主旨正是强调只有嚼得了菜根,能够在艰难与平淡中保持本色的人,才能做一个真正的人。所以,"这真正的中国人,我说,他是一笔文明的财富,是因为他作为一个人,只花销这个世界极少或几乎不花费什么,就能规规矩矩就身秩序"(辜鸿铭)。明恩溥尽管把中国人说得几无是处,但他也不得不惊叹中国人有着像小草般坚韧的生命力。再次,"吃素"也养就了中国人的高雅与中国文化的多种美妙,乃至整个中国人的"生命节奏"都和他的"吃素"有关,概括地说,这个由"吃素"所造就的"生命节奏"就是"淡",就是"慢",就是"闲",就是舒缓而不激烈、含蓄而不张扬,因而也就不是一边拼命地赚钱,一边又拼命地花钱。总而言之,"吃素"使得中国人乐天知命、知足常乐、委运随化、崇尚平淡而真实的生活,而"活得有滋有味"就是中国人最平淡也是最真实的追求。"既来之,则安之"以及"不以物喜,不以己悲"乃是一个成熟的中国人的标志。

"吃荤"生命模式并不是不能开启,但一定要掌握好开启的方法,尤其是对于中国这个长期"吃素"的民族而言则更是如此。因为生命模式一旦发生颠覆性转换,后果往往就是灾难性的。这就好像"祖祖辈辈"都吃草的牛,如果改变它的饲料结构,比如给它投放动物性饲料,则投放方式一定要得当,否则就有可能爆发可怕的"疯牛病",因为对于"吃素"的牛而言,动物性饲料原本就"不是它的菜"。故而,一种新的生命模式的开启,一定要充分考虑受体的可承受性,比如一个良医,他在给病人投药时一定会对不同人群区别对待,有些成年人可以服用的药物,对于小孩或孕妇可能就要忌用或慎用,否则,轻者会加重病情,重者有可能让病人丧命。早在两千多年前,中国人生命最伟大的"医师"兼"保健师"的老子就曾针对中国人生命的特殊构成再三嘱咐他的同胞,"吃荤"的生存模式是有害于"健康"的,"荤菜"不是"滋补品",而是"致幻剂":"五色令人目盲,五音令人耳聋,五味令人口爽。驰骋畋猎,令人心发狂。"此后,这样的嘱咐和警示在中国历史上几乎不绝于耳,甚至在中国,即便是普通人,也都懂得"君子之交淡若水,小人之交甘若醴"(庄子)的道理。这些嘱咐和警示都是建立在中国人对自己这个民族生命样态特殊性的"自知之明"基础上的,它是历朝历代的"有识之士"用以确保我们这个民族得以"长保"的"护身符",可以说是"天天讲,月月讲",从未松懈过。但历史进入十九世纪后,面对"数千年来未有之大变局",中国人惯常的生命模式受到了极大的挑战,经过一百多年的纠结之后,中国人断然放弃了他们数千年来得以"长保"的"护身符",转而开启了"吃荤"的生命模式,而且还是一次不给自己留下任何后路的"不惜一切代价"式的开启。事实证明,这种"不惜一切代价"所付出的"代价"实在是太大了,它不仅让我们付出了自然环境的代价,也让我们付出了人文(道德)环境的代价,更隐蔽、更可怕的代价还在于,整个民族的性情为之大变,变得既不像中国人也不像西方人了,甚至已经呈现出"疯牛病"的某些征兆。转眼间,中国一下子就冒出了那么多让人看着就不想承认自己是人的"新人类"甚至"新新人类",真是让人欲笑还悲!发生在动物身上可怕的事情不幸在中国人身上发生了。为此我想,当今中国最无奈的职业中,相面的应当算是一个,因为即便是再高明的相面师,也很难从中国人的"面相"中看出他的"本相"来,原因就是中国人的"本相"扭曲得厉害,要把它看清楚甚至比"雾里看花"还要难。

"出来混,迟早是要还的"。这些年来,该做的我们做了,慎做的我们做了,就连不该做的我们也做了,而且这些我们统统都是以"不惜一切代价"的方式做的。我们挥霍并透支了太多的"代价",现在终于到了该偿还的时候了。中国人将自己从一个"吃素"者变成了一个"吃荤"者,从而也就将自己从一头原本温顺的"牛"变成了一头凶猛的"狮子",而且还不是一头正常的狮子,是一头性情大变几近癫狂的狮子。这头狮子充满了邪恶与妄想,已经将其残酷的欲念演绎到了极致:单位领导乃至高校教师把自己的女性下属或女学生视为理所当然的"嫔妃",官场上如莹扑火似的"塌方式腐败",整个社会"互害"模式的蔓延,没有任何征兆的动手杀人,逞一时之快的丧尽天良,葬礼上请人来跳脱衣舞,通过"露丑"来招揽人气,冲着查处其违驾的高速交警叫嚣"两百万就能搞定你性命"的富二代,一群人夜间骑摩托飙车砍杀无辜路人只为"练胆"……。可以说,很多人都在不同的"岗位"上干着同样的事情,即都是以"不惜一切代价"的方式干着自己想干的事情。结果,想干的事都干了,而由此造成的"代价"就只能留给余生乃至后世来"偿还"了。刚刚从积贫积弱中走出来的中国人与中国社会,又一次来到了何去何从的十字路口,彷徨与迷茫弥漫了中国的上空——丑陋的东西太多,恶毒的东西太多,生活在这样的环境中,经常会有连呼吸都成问题的感觉。

既然有问题,肯定就有解决问题的方法以及解决问题的那一天,这一点我是坚定不移的。但是我想,这种方法不管是哪一种,它都不应该是"不惜一切代价"的那一种,否则的话,它又将给中国人与中国社会带来新的灾难。

我们手中的"魔戒"

如是我言：我几十年前担心的事，现在终于有"权威"也开始担心了。我几十年前担心，是因为我读懂了庄子的"道"，我现在看到有"权威"也担心，使我更加坚信假如这个世界没有"道"，人是活无可活的。作为当代科学界最有影响力的"权威"霍金，近日在接受采访时称，人工智能能够自行发展，并且以从未有过的速度重塑自我，而人类受限于缓慢的生物进化无法与之抗衡，终将被替代。

我最近担心的事，也有"权威"发声了。中国美协副主席许江说："我们是否想过，当看到一个非常精彩的东西时，你就匆匆忙忙把它拍下来，发出去，被转发，但是，这过程中其实你并没有看清楚它，更没有看清楚它和我们的关系。如何能够实现精神上的交流，这才是我们应该追问的"。

所以我说，在我们这个电子化时代，不仅生命的真相是模糊的，甚至我们的生命存在都是个极大的问题。"电子恶魔"就像电影《指环王》中的"魔戒"，正在不断地呼唤着它的主人："你只要稍稍改变一下我的程序，我就升级了，你就得到更高级的电子玩具了。"结果，这个"恶魔"就是通过人类的手变得越来越凶险，等人类回过神来想去毁掉它，就像要毁掉"魔戒"一样，几乎是一件不可能完成的任务。难道人类的命运真的像在两千多年前庄子所担心的那样，因为贪玩于自己的"小聪明"进而让自己走上一条不归之路。

现在看来，情况似乎超出了所有持进步历史观的思想家们的预料，所谓的历史进步竟然以"电子恶魔"称霸世界的形式呈现了出来，人类到底何去何从，简直想都不敢想。大概是因为庄子想到了这一天迟早要到来，所以他想用"道"来唤醒人类，以便让这一天晚一点到来，只可惜这个世界被擅长打造"魔戒"的西方文化占了上风，于是我们很快就看到了这一天，一个必置人于死地却又欲罢而不能的一天。

随"造化"作"无穷之游"

如是我言：人生在世，每有"造化弄人"之叹，"造化弄人"似乎成了人生难以摆脱的原罪。那么，到底是"造化弄人"还是"人弄造化"呢？庄子给我们的答案是"人弄造化"在先，之后才导致"造化弄人"的。这是庄子的意思吗？如果是，那庄子究竟要告诉我们什么呢？

"造化"创生（化生）了万物，给万物赋形，赋予人类以生命。在这一过程中，"造化"只是一心一意地按照自己的规划不停地将一物转化为另一物，万物正是在这一过程中作生生死死的轮回的。这一切都是自自然然地发生着，原本就不存在"造化"要"玩弄"谁的问题："天何言哉，四时行焉，百物生焉！"然而，自从有了人，这一派"大化流行"的自然过程就开始走样了，也就是开始变得有点"流"不动了、"行"不了了。原因不是别的，就是因为人给"大化流行"的过程"添了堵"。

"添堵"是什么概念呢？有过高速公路驾车经验的人都知道，高速公路行车不畅，原因往往是逆向行驶、行车速度未达高速行驶标准、高速公路上随意停车等等。而这些都与人给"大化流行"添堵极为相似。"造化"每造一物，都为该物安排了一定的去向，万物唯有在规定的时间内各就各位，"大化流行"才能顺利地进行。这一点，其他事物都能做到，唯独人类是一个例外，因为人类总是喜欢在"大化流行"的高速公路上干"逆向行驶"的事：对于自己，他总是要干些身为"小人"而冒充"君子"、身为"椽子"而冒充"栋梁"的事，即他就是不肯面对"绠短者不可以汲深，褚小者不可以怀大"（孔子）的事实；对于他人他物，他更是在"人为自然立法"的名义下干了太多不该干的事，像庄子所说的"拔苗助长"、"鲁侯养鸟"等等，都属于这类事情；更为突出的还表现在，他无法做到像万物那样"生如春花之绚烂，死如秋叶之静美"，总是对自己的适时而终耿耿于怀，并穷尽一切办法企图逃避死亡之网的收罗，以便好让自己"长生不老"。凡此种种，皆属"人弄造化"的情形。面对这一情形,"大化"要保障它的正常"流行",就必须进行必要的"清淤"工作,其结果就导致了我们常说的"造化弄人"。也就是说,"造化"原本是无意于"玩弄"人的,但对于那些"玩弄造化"的人它是一定要进行"反玩弄"的:"小人"可以通过非常手段窃取高位,但结果一定会摔得很惨;以"鲁侯养鸟"的方式养鸟、以"拔苗助长"的方式企图获得好收成,则"鸟"与"苗"就一定会通过"死给你看"的方式来惩罚你的愚蠢;越是纠结于死亡的人,死亡的幽灵就越要"逗你玩",直到最终将你"玩死",这就像悲观的叔本华所说的那样:"死亡对待生命恰如老猫戏鼠,不过是在吞噬自己的捕获品之前逗着它玩耍一会儿罢了。"

明确了"造化弄人"是由于"人弄造化"而起,这样,如何摆脱"造化弄人"也就简单了:不再做"人弄造化"的蠢事,面对"造化"之"化",做到像万物那样安于"所化"就是了。认识到了这一点,则《庄子》一书何以会以《逍遥游》开篇以及《逍遥游》何以会以"(鲲)化而为鹏"开讲就有了答案了:"造化""化"我为"鲲",则我"逍遥"于"北冥","造化"复"化"我为"鹏",则我"逍遥"于"青天",故我虽经历了生死("化"),而"逍遥"却没有生死,我安于"所化",生死对于我来说只不过是转化了一种"逍遥"方式而已。或者换一种说法,所谓"逍遥"无非就是"还生于生,还死于死"进而就是"还万物于万物"而已,与今人所谓"尘归尘,土归土"意思相当。"逍遥"或"还万物于万物"之所以可贵,乃是因为这是安顿万物的最好方式,有鉴于此,庄子在《逍遥游》中向我们讲述了"还万物于万物"的多种情形,如还"不龟手之药"于商客,还"五石之瓠"于"江湖",还"樽俎"于"庖人",还帝位于尧,还"樗"于"无何有之乡",还"神人"于"藐姑射之山",还"小知""小年"于"小知""小年",还"大知""大年"于"大知""大年"等等即是。当万物(包括我)都开启了各就各位("还万物于万物")的神圣历程,我也就无须为我的最终归宿担忧了,于是,我就解脱了、"逍遥"了,再也不用与死亡的幽灵玩猫捉老鼠游戏了。

人之所以执着于生,进而贪生怕死,很重要的原因就是因为他们只看到"有我"的生命的存在,而看不到"无我"的生命的存在,更看不到"有我"的生命只是一个有限的生命,而"无我"的生命才是真正无限的生命。比如一快铁,如果它只看到"镆铘"是其生命的化身而看不到所有的铁器甚至万物都是其生命的化身的话,那将是一件"不祥"之事;同样的道理,如果一个人只看到"有我"的生命之有限美妙而看不到"无我"的生命之无限美妙的话,那也是一件"不祥"之事:"今大冶铸金,金踊跃曰:'我且为镆铘!'大冶必以为不祥之金。今一犯(通范,即铸造)人之形而曰:'人耳!人耳!'夫造化必以为不祥之人。今一以天地为大炉,以造化为大冶,恶乎往而不可哉!"(《庄子·大宗师》)为什么说执着于为人是一件"不祥"之事呢?打个比方,假如满桌的菜,你只吃靠你最近的菜,那你肯定无法享受全部的美味,干这样的傻事,不是"不祥"是什么?人的生命("有我"的生命)只是你生命全体的一个局部,假如你只想为人,那你也就只能领略"人界"的"风光"("风景"),还有无穷"界"的"风光"("风景")你就领略不到了,这肯定不是你的明智之选:"特犯人之形而犹喜之,若人之形者,万化而未始有极也,其乐可胜计邪?故圣人将游于物之所不得遁而皆存。"(《庄子·大宗师》)这就是说,你只有善于作"跨界"之"游",才能领略你生命的无限之美,永驻于"有我"的生命中("人界"),你是不可能获得真正的"逍遥"的。这样说来,"造化"不仅没有玩弄我们,反而是在成全我们,即它通过对我们的"化"而使我们得以作"跨界"之"游"。在这一过程中,"造化"就像是我们作"跨界"之"游"的"导游",它领着我们"游"完了"人界"就转入新的"界面"去"游"了。而且庄子还暗示,"造化"在带领我们"游""人界"之前,已经带领我们"游"过很多"界"了,只是"人界"之前的"游"我们都记不起来而已:

> 种有几,得水而为继,得水土之际则为蛙蠙之衣,生于陵屯则为陵舄,陵舄得郁栖则为乌足,乌足之根为蛴螬,其叶为胡蝶。胡蝶胥也化而为虫,生于灶下,其状若脱,其名为鸲掇。鸲掇千日为鸟,其名为干余骨。干余骨之沫为斯弥,斯弥为食醯。颐辂生于食醯,黄軦生于九猷,瞀芮生于腐蠸,羊奚比乎不笋,久竹生青宁,青宁生程,程生马,马生人,人又反入于机。万物皆出于机,皆入于机。(《庄子·秋水》)

总之,"人界"之"游"既是过去式"无穷之游"的终点,又是未来式"无穷之游"的起点。在"人界"之"游"中,你所得到的只是有限的"人乐",只有在"无穷之游"中,你才能得到无限的"天乐",而"天乐"其实也就是"逍遥游"之"乐"。故而,要获得"逍遥游"之"乐",就必须做到:其一,作"无穷之游";其二,放弃对"有我"生命的执着,从而做到"无我"("无己"),进而将你的可"游""界面"无限扩大。这应该就是庄子何以在《逍遥游》中给我们留下如下文字的原因了:"若夫乘天地之正,而御六气之辩(按:'六气'原指阴、阳、风、雨、晦、明六气,这里泛指一切'界面';'辩'通'变',有切换之义),以游无穷者,彼且恶乎待哉!故曰:至人无己,神人无功,圣人无名。"所以说,"逍遥游"是不受某一具体"界面"的时间或空间限制的"游",或者说,这种"游"的最大特征就是可以作全时间、全空间的任意切换。斥鴳在蓬蒿间"扑腾",虽也算是一种"游",但那只是局限于斥鴳"界面"的"游",算不上"逍遥游";宋荣子摆脱了俗念的纠缠,从而使自己得以悠然地生活在人世间,列子甚至可以做到"御风而行",似乎超越了人世间,他们活得不可谓不"游",但他们的"游"都是局限于"人界"的"游",也算不上"逍遥游"。斥鴳也好,宋荣子、列子也罢,他们都只能在各自所在"界面"的空间里"游",其他的"界面",比如鱼的"界面",鸟的"界面",蚂蚁的"界面",等等,在这些"界面"的空间里,他们还能"游"得了吗?蚂蚁可以在小小的缝隙中建立自己的王国,要是有一颗大槐,那就俨然可以建立一个超级王国,不是有"蚂蚁缘槐夸大国"之说吗?另外还有雾气或游尘,在它们的"界面"里,空间又是另外一副"模样":对人来说,空间如此这般;对雾气或游尘(乃至鱼、鸟、蚂蚁等等)来说,空间如此那般。所以宋荣子、列子的"游乐"空间与全空间比较起来,简直连沧海之一粟都不如。同样,彭祖虽活了近八百岁,但这点时间与全时间比较起来,甚至连一瞬都算不上;即便是上古传说中的大椿,存活的时间在万年以上,与全时间也是不可同日而语的。在全时间与全空间中的"游"就是"不限于"时间与空间的"游"——"逍遥游","不限于"就是"无待于",故"逍遥游"实即"无待之游"("无穷之游"),故曰:"彼(指逍遥游者)且恶乎待哉!"

　　庄子把"人界"之外的"界面"说得那么头头是道,莫非他是其他"界面"的存在物?肯定不是,否则我们也就听不到他津津有味地为我们讲述所谓的"逍遥游"了。一种可能就是,当我们所有人将"我们"在"他界"的经验都忘了的时候,神奇的庄子却还记得,这种可能完全存在,否则我们就无法解释为何所有其他人都写不出《庄子》来,唯独他能!不过,要说我们这些普通人对于在"他界"的经验全都"忘却"的话,那也是不确切的,相反,只要撞着机会,我们在"他界"的所有"记忆"都有可能"复活"。比如,当我们路过一个寂静的小山村,远远地听着鸡鸣犬吠之声,这声音便如隔世之音一般将我们领进某个恍惚之境,这恍惚之境仿佛比我们朝思暮想的故乡更能引发我们

我本清静
随"造化"作"无穷之游"

的无限惆怅,这说明,这鸡这犬的"界面"就应该是我们曾经"游历"过的"界面",在这个"界面"所留下的"印痕"仍然还深深地刻印在我们"心头",以至于当我们每次读到诸如"鸡犬之声相闻"(老子)、"犬吠深巷中,鸡鸣桑树颠"(陶渊明)时都难免要怦然心动。当然,庄子说"人界"之外的"界面"一定比"人界"美妙,这还是值得商榷的,因为这不符合所有"界面"因其各具特色皆当有其殊胜之处的原则。不过,庄子这样说也是有他的考虑的,也就是说,他的初衷还是可以理解的,这便如他所说的那样,生活在"人界"的人们往往都处于"形累不知太初"的状态,意思是说,人们在"人界"有可能被"人界"的"景致"迷住了,挪不开步了,转而误将"人界"当成自己永恒的"故乡"了,反而将自己真正的"故乡"亦即作为无穷"界面"整体的"太初"给忘了,致使他们都找不着"家"了,"反认他乡作故乡"了。为了能够接引人们回到他们真正的"家"("太初"),这才使得庄子不惜夸大其词地说这个"家"如何妙不可言。

事实证明,庄子的担心不是多余的,被"人界"这个临时性的"居所"("逆旅")迷上不肯走的人实在是太多了,以至于他们不惜想尽一切办法企图拒绝"造化"对他们的引导,以便永久性地留在"人界"这个临时性的"居所",其情形犹如狸狌企图逃过猎人的"机辟"与"罔罟"一样:"子独不见狸狌乎?卑身而伏,以候敖者;东西跳梁,不避高下;中于机辟,死于罔罟。"(《庄子·逍遥游》)死亡本身并不构成真正的悲剧,因为一切有生都是要死亡的,但像狸狌这么个死法却是一个实实在在的悲剧,因为它是求生而得死的,与"还万物于万物"的死法性质上大不一样。人为了求生,或者说,人为了逃避"大化"之网的收罗,他的表现多像这个"跳梁小丑"似的狸狌,但是不管他怎么跳,最终不是也落入"大化"的"罔罟"之中了吗?问题在于,他的"回家"之路是欣然前往还是被迫前往,结果是不一样的。前者是被"造化"引领着欣赏"人界"之外更多的风光去了,而后者则是哭哭啼啼地被"造化"拖拽着进入无底深渊去了。去向虽然相同,但人生的"景致"却大异。对此,还是塞内加(公元前4年至公元65年)说得好:"命运引领顺从者,拖拽不从者!"庄子多不希望看到人们被"造化"拖拽着"回家"的情形,多想看到人们把"回家"看着一次愉快的旅行("逍遥游")啊!

既然"界面"之间的切换只是一次新的旅行,因此作为实施这种切换的

"化",其所"化"就不是旅行者自己,而是旅行者前往新的"界面"旅行所必须具备的"装备",因为旅行地点的不同,所需的"装备"是要作相应的调整的:到东北旅行你必须换上一身冬装,而到海南旅行你是要换上夏装的。以"(鲲)化而为鹏"为例,"鲲"与"鹏"其实是一而不是二,即是说,二者是拥有同一个自己的,所不同的仅仅是"装备"而已:"鲲"拥有一套能在水中游的"装备",而"鹏"则拥有一套可以在天上飞的"装备"。既然"化"只是"装备"的改变,自己依然还是自己,又何必对"化"心存恐惧或心生悲伤呢?相反,他倒更应该为自己已"整装待发"去新的"界面"旅行而充满了期待:

> 子祀、子舆、子犁、子来四人相与语曰:"孰能以无为首,以生为脊,以死为尻;孰知死生存亡之一体者,吾与之友矣!"四人相视而笑,莫逆于心,遂相与为友。俄而子舆有病,子祀往问之。曰:"伟哉,夫造物者将以予为此拘拘也。"……子祀曰:"女恶之乎?"曰:"亡,予何恶!浸假而化予之左臂以为鸡,予因以求时夜;浸假而化予之右臂以为弹,予因以求鸮炙;浸假而化予之尻以为轮,以神为马,予因以乘之,岂更驾哉!且夫得者,时也;失者,顺也。安时而处顺,哀乐不能入也,此古之所谓县解也,而不能自解者,物有结之。且夫物不胜天久矣,吾又何恶焉!"
> (《庄子·大宗师》)

子舆是庄子构想的寓言人物,其所指就是庄子本人,因为只有庄子最懂得人是什么,也最相信人是可以作"无穷之游"的:"指穷于为薪,火传也,不知其尽也。"故而才会对接引自己去"逍遥"的"化"有着异乎常人的态度。这种态度更是体现在对其妻子的死亡上:

> 庄子妻死,惠子吊之,庄子则方箕踞鼓盆而歌。惠子曰:"与人居,长子、老、身死,不哭亦足矣,又鼓盆而歌,不亦甚乎!"庄子曰:"不然。是其始死也,我独能无概!然察其始而本无生;非徒无生也,而本无形;非徒无形也,而本无气。杂乎芒芴之间,变而有气,气变而有形,形而有生。今又变而之死。是相与为春秋冬夏四时行也。人且偃然寝于巨室,是我嗷嗷然随而哭之,自以为不通乎命,故止也。"(《庄子·至乐》)

通常,人们总是将生与死看成是截然相反的东西,生则欣欣然喜,死则凄凄然悲。而在庄子看来,在"无穷之游"的意义上,生与死本质上是一样的:生是自"他界"切入"人界",而死则是自"人界"切入"他界",皆属不同"界面"之间的自然切换。故曰:"生也死之徒,死也生之始,孰知其纪!人之生,气之聚也。聚则为生,散则为死。若死生为徒,吾又何患!故万物一也。"(《庄子·知北游》)故而,"逍遥游"虽说是跨越不同"界面"的"无穷之游",然其立足点还是在于人心的无所系累,也就是不再纠结于人的生与死。做到了人心的无所系累就是庄子所说的"无事"或"无为",而"逍遥"就是"无事",就是"无为",就是不去干"人弄造化"的事:"逍遥,无为也"(《庄子·天运》)、"逍遥乎无为之业"(《庄子·大宗师》)、"逍遥乎无事之业"(《庄子·达生》)。"无为"就是顺其自然,不仅要顺其自然地生,也要顺其自然地死,正所谓"纵浪大化中,不喜亦不惧"(陶渊明)。这样的生命是何等的自然,又是何等的"逍遥"!

由此看来,生命原本就不存在"游"不"游"的问题,只存在如何"游"的问题。如果你参破了生死关,生命进入"大化流行"的自然轨道,那么"造化"就将引领你一路顺风地作"不知其尽"的"逍遥游";如果你参不破生死关,被世间之物缠住了("物有结之"了),那你就只能在"大化流行"的洪流中作无穷无尽的挣扎了。生活在人世间的每一个人,一旦有机会,都有可能撞见他的前生来世。当粼粼的波光眨着无数双让你感到似曾相识的眼睛,你正想迎上前去同它们打招呼时,它们却一转身就将你无情地撂在那儿了,使你感觉到了莫名的惆怅:刚才一闪而过的东西究竟是什么呢?是另一个自己?自己的前身?抑或自己无数代以前的祖先、无数代以后的子孙?如果这些都不是,又何至于那么的似曾相识?当你到井边打水,一条大蛇正沿着井口边的大石块慢慢地爬行,你看到它那充满灵性的眼睛,仿佛觉得它就是你某个已故多年的亲人转世后的模样,你正等着它跟你打招呼,却发现它已经不认识你了,你既对它的冷漠感到寒心,又对它目前的处境充满了伤感:你怎么变成现在这副模样?你待在冰冷的石头上不冷吗?你怎么视我如陌路?……诸如此类的莫名感动,我们每个人都有可能曾经经历过,也只有在这个时候,我们才会有"我即无穷,无穷即我"之类的神圣体验,我们才会对庄子那句"天地与我并生,而万物与我为一"的话感同身受,并进而使我们坚定地相信:我与万物经过无数次"界面"的切换之后,原本都是"一家人"!在这样一个"鸢飞鱼跃"、"草木遂长"的"寥天一"世界,一切都欢腾着奔向彼此,进而互即互入地相互抱合,无始无终而又无边无际。我的生命在"人界"的时间远不如在其他"界面"的时间长,在"人界"所知道的东西远不如在其他"界面"知道的东西多:"计人之所知,不若其所不知;其生之时,不若未生之时。"(《庄子·秋水》)既然如此,我们到底还执着什么?我们的执着又能留得住什么?是我们的亲情抑或我们曾经拥有的一切?显然,这些既不可能也没有必要,因为在"大化流行"的"寥天一"的世界里,万物都呈现似"游气"、似"尘埃"般的飞扬状:"野马也,尘埃也,生物之以息相吹也。"(《庄子·逍遥游》)生活在这样的世界中,你又如何能将自己与万物剥离得开呢?既然剥离不开,即便你留住了什么,你又能将你那所留之物交由谁来收藏呢?所以,还是"藏天下于天下"(《庄子·大宗师》)、无牵无挂、无执无念的"逍遥游"最能反映生命的真相。

庄子推出"逍遥游",是以人们对所谓"太初"(世界本源或世界全体)怀有至深的留念情结为前提的,若人性中并不存在这种情结,则庄子的"逍遥游"自然也就很难真正打动人了。千百年来,"逍遥游"之所以能打动无数人,乃是因为人性中的确就怀有对"太初"的留念情结,对此,沃林格《抽象与移情》一书给我们留下了这样的文字:

> 一个令人折服的进化论者就会严谨地在有机自然和无机自然生长法则的最终一致性中,去探讨精神关系所具有的机体意义,紧接着,他还会推出这样一种见解,即无机自然的生长法则在我们人类机体中宛如一个依稀朦胧的回忆而依然发挥着作用,或许,他还会进一步指出:具有内在组织的物体的每一次分化,对这些物体最原始形式的每一次改造,都伴随着一种矛盾,可以说,都伴随着一种对过去这种最原始形式的渴望,而且,为了论证他的观点,他还会指出自然针对每一种分化而表现出的那种对应的矛盾,即随着有机体的向前发展,这种发展所带来的痛苦也会同步增长。

如果说"大化"就是我们的"无生老母",那么"太初"就是我们永恒的"家"。离"家"("太初")越久、越远,"回家"的心情就越迫切,只有那些"形累不知太初"者才对"逍遥游"无动于衷——这样说庄子的"逍遥游",应该不会偏离庄子原意太远。

我本清静
"数目化管理"与学人的相貌

"数目化管理"与学人的相貌

　　如是我言：最近看到一篇文章，是画家陈丹青写的，文章谈到他的这样一个感受：20世纪上半叶，中国学界有不少名家都有一副引人入胜的好相貌，而在当今中国的知识群中，这种好相貌已经难得一见了。这就怪了，20世纪上半叶，那是中国最混乱的年代之一，身处这个时代的学人竟然还有好心情让自己长出那么好的模样来，反倒是身处中华民族伟大复兴年代的学人将自己的模样长得不受人待见！世界上的事情就是这样，表面上看是不可思议的事情，只要你眼光够犀利，其实都是可以思议的。就上述怪事而言，薛仁明就是眼光够犀利的人。依照薛仁明的看法，是"数目化管理"导致当代中国学界既出不了学术大师，也出不了大师级的好相貌（参看薛仁明《我读大陆读书人的脸》一文）。这话靠谱吗？我看，不仅靠谱，而且还是一语破的。

　　"数目化管理"对于今天的中国人来说应该不是什么陌生的东西，但它到底是什么性质的东西，它为什么有那么邪恶的力量，竟然能将素有"社会良知"之称的学人迷失其"本来面目"，这实在是个有趣的话题。其实，"数目化管理"本身并没有那么邪恶，它的邪恶源于其在运行过程中将人性的某些弱点充分暴露出来而已。人性中有一个致命的弱点，这个弱点庄子将其称之为"机心"，也就是人的机巧之心。通常情况下，人只要有机可乘、有缝隙可钻，他是绝对不会轻易放过这个可乘、可钻的机会的，进而这"机"这"缝"对人就构成了一个巨大的诱惑，只要条件允许，其不可见的"机心"随时都有可能化作可见的"机事"。而"数目化管理"就是这样一个能将人的"机心"逗引出来的管理模式，除非你是一个天生的圣贤，否则你就很难抵挡"机心"的诱惑。打个比方，我们都知道，一锅好的鸡汤是要用砂锅经文火慢炖才能出得来的，若是换成高压锅速炖，虽然也能得到一锅鸡汤，那味道一定就会差很多，即便相差很多，但在"数目化管理"模式下，其所认定的有效"数目"都是"一"（"一锅"）。这下问题就来了,既然有效认定数目都是"一锅",傻子才会采用文火慢炖法炖鸡汤,费时费力不算,还费煤气!（更要命的是,"数目化管理"模式根本就不允许人们做"费时"的事。）这样,潜藏在人们心底的"机心"也就被激活了,而相应的"机事"自然也就出现了。就学界而言,此"机事"无非就是吃力不讨好的"精神大餐"没人肯做了,人们都干起专做"精神快餐"的营生来了。有道是"十年磨一剑"、"板凳要坐十年冷","十年"乃是出大成绩的基本年限,现在好了,作为当今中国的学人,别说十年,就是你想静下心来坐一年的"冷板凳",那些"数目化管理"者便有可能将你打入"冷宫",让你丢了饭碗又丢人。对"数目化管理"模式既无奈又从看出有机可乘的学人们很快就适应了这种模式,于是在一通纠结之后便开始舒舒服服地做起他们的"学问"来。具体表现为:他们已熟练掌握了如何通过"狂刷数据"来为自己赢得荣誉与名利最大化的"治学方法"。有了这样的学术环境,一切该来的结果自然也都来了:真正的学术大师几乎一个出不来,而象征学术"繁荣"的"数据"却异常可观。由此看来,导致一场学术灾难的未必需要一场战争,仅需一个冠冕堂皇的管理模式足矣!问题在于,那些靠"狂刷数据"而"成功"的学人真的就能让自己心安理得吗?我看很难。因为那些看起来有效实际上无效的"数目"（"数据"）只能蒙骗"数目化管理"者,却蒙骗不了自己的"良知":"良知"总在催促他做一个货真价实的学者,而他倒好,抵挡不住"机心"的诱惑,大好的时光都用来刷糊弄人的"数据"了,这些"数据"除了帮他换来一大堆"虚名"与"浮财"外,能够支撑一个学者人格光辉的学问他并没有做出来,而"良知"一直都在默默地叮嘱他做一个学者是其所是的事。

  最近在《读者》杂志上看到诗人木心写的这样一段文字,很受启发:

  然而高妙的战略、奇美的灵感,也往往出自将醒未醒的刹那,又是何故？

  那是梦的残像犹存,思维的习惯尚未顺理成章;本能、直觉正可乘机起作用,人超越了自己寻常的水平——本能、直觉,是历千万年之经验而形成的微观智慧,冥潜于灵性的最深层,偶尔升上来,必是大有作为。

  宏伟、精彩的事业,都是由人的本能、直觉来成就的。（《读者》2015年第9期）

我本清静
"数目化管理"与学人的相貌

"数目化管理"养就的是"算计型人格",这样的人格总是要将自己的学术行为安排得"顺理成章"。在这种情况下,那"历千万年之经验而形成的微观智慧"又怎么出得来!这种"智慧"出不来,"宏伟、精彩"的学问又怎么做得出来!这种学问出不来,学人又怎能真正感受到他生命最美的光辉。

在"数目化管理"模式下,学人的人格光辉受损还不止于上述情形。我们知道,"数目化管理"的一个重要环节就是让学人拿着自己所刷的"数据"到管理者那里去兑现"奖金"或相应的"实物",也就是通常所谓的"申请"各种各样的荣誉或名分。这一过程总是带有"伸手要"(与"乞讨"只有形式上的不同)成分,试问靠"伸手要"得来的荣誉与名分还能叫荣誉与名分吗?(也许我们这个世界这样干的人太多了,人们也就逐渐认识不到这里面的问题了。)这种获取荣誉与名分的方式还能提升学者的人格光辉吗?连古人都懂得"自媒之女,丑而不信"(孟子)的道理!我们千万不要以为"申请"历来都是天下读书人的宿命,中国古代可不是这样的。在中国古代,既有通过"申请"的方式加官晋爵的"科举制",与之并行的还有保留读书人"颜面"(人格光辉)"荐举制"与"公车征招"制,真正的荣誉与名分只能是"慕名而来"式的,而不是"伸手要"式的,"伸手要"式的人很难避免"八股文"时代学人的"嘴脸":"有人于此,一习八股,则心不得不细,气不得不卑,眼界不得不小,意味不得不酸,形状不得不寒,肚肠不得不腐。"(张岱)我们发现,这种"荐举制"遗风即便在鲁迅、胡适的时代,依然还是存在的,蔡元培的卓越不凡很大程度上就是因为他曾经是这一遗风的维护者与践行者。一次偶然的机会,我看到一张胡适与蒋介石合影的照片,照片中,胡、蒋二人坐在一条长凳上谈笑风生,胡适还跷着二郎腿,那气场似乎比蒋介石还要大——这种"秉道者"的气派是"数据化管理"模式下的学人无论如何都是学不来的。正所谓"人到无求品自高","数据化管理"模式下,学人"所请"、"所求"太多,那"品"自然就不会高到哪里去。

人的相貌好不好,并不是一个简单的生物过程,它更是一个精神的过程。缺少了内在人格光辉的支撑,一个人的相貌即便再"标致",也只能是"虚张声势",终究是不耐看的。

回家真好

　　如是我言:时隔多年之后,今年又回家过年了。回家真好!千里驱车回家过年,感觉更好!每个人都有自己的家,家就是自己所从来的地方。每个人都不是单独一个人来到这个世界的,人都是"缘生",即都是带着他的今生前世之"缘"来到这个世界的,所以要好好珍惜自己的"缘"。今生"缘"是什么,今生"缘"就是一个人的故土故乡、故家故园、古旧亲朋乃至与他生命有关的全部的"故",就是他最熟悉的山水、最熟悉的面庞、最熟悉的味道……。一个人什么都可以割舍,但家是永远割舍不掉的。这一点,即便是圣人亦不能免,所以孔子说:"安土敦乎仁!"庄子是中国历史上最"无情"("无情"乃是修"道"者的最高境界)的人,但就是这么一个"无情"之人,他能对一切都抱着"无情"("无所谓")的态度,但就是对"家"不能,看到曾经生他养他的故土,他也无法抵挡这久违的诱惑:"故国故都,望之畅然!"至于我们这些普通人则更不能免,正所谓"有钱没钱,回家过年"、"一年将尽夜,万里人来归"!

　　快过年了,给大家拜个早年,祝大家新春愉快,来年一切顺利!

"过年"说"年"

如是我言:这些天,人们都沉浸在"过年"的氛围中,感受着"过年"带给人们的喜悦与温馨。中国人从什么时候开始有了"过年"这一习俗,似乎已经不可考了。但无论怎么说,"过年"对于中国人总是一件大事,所以才会有"有钱没钱,回家过年"、"一年将尽夜,万里人未归"之说。"过年"对于中国人实在有着太多的意味,不过,概括起来,其意味大体上可分为以下两个层面:可喜之事与可畏之事。

"过年"作为可喜之事,这比较容易理解:新年新气象,新年给予人们新的憧憬,小孩子添岁,老人们增寿,等等,难以尽数。既然如此,"过年"何以又成为可畏之事呢?道理很简单,人的生命是以"年"来计算的,人这一生是没有多少"年关"可以过的,即便你活到七老八十,总是有一个"年关"你是过不去的。从这一角度审视人生,则"年"俨然就是人生的"大敌",人总是要倒在他无法跨越的最后一个"年关"上。有道是"岁月催人老"、"年年岁岁花相似,岁岁年年人不同","年"就像是长着一双魔爪的怪物,它总是在你不知不觉中将岁月的"留痕"刻印在你的脸上,直至将你"雕刻"成"老朽"的模样并将你的生命推向尽头。就此而论,说"年"无论多么可畏都不为过,而这也正是古人何以要将"年"想象成可怕之极的大怪兽的缘故了。中国人"过年"有燃放鞭炮的习俗,这一习俗所体现的正是蕴含在中国人"过年"中的双重意味:作为可喜之事,燃放鞭炮可以烘托"过年"的喜庆;作为可畏之事,则可以用来将可怕的"年"吓跑,让这个恐怖的"追杀者"不敢近身。

放个鞭炮就能将"年"吓跑,这几乎就是小孩子过家家,是全然当不得真的。不过这样说并不意味人就必须生活在"年"的恐怖阴影下。"年"虽无形但却客观存在,这是一切"有生"之物所无法回避的事实,即便是在医学及生命科学高度发达的今天,也没见到有人能逃过"年"的魔爪进而将"年关"永远地过下去。"年"虽然是我们无法选择的,但我们毕竟可以选择对"年"的态度,在这方面,古人的做法值得我们借鉴,那就是尽可能淡化"年"的存在,所谓"不知今夕是何年"(苏东坡)、"忘年忘义,振于无竟"(庄子)所要表达的正是这一态度。有了这样的态度,"年"也就不那么恐怖了。

　　生活还要继续,"年"也照样要过,只是不要让"过年"承载太多的东西为好。一切都顺其自然,这才是最美妙的人生游戏。

失真的"看脸"社会

如是我言：时下的中国，可忧者非止一端。不知从什么时候开始，我们所处的社会已经逐渐变成了一个典型的"看脸"社会。"看脸"是一种社会病，现在看来，这种社会病在当今的中国已经到了病入膏肓的地步。一种普遍的社会现实，往往会集中体现在几个社会热点上，今日中国的书画界就是这种社会病集中体现的热点之一。对中国当今书画界稍有了解的人都知道，"脸"在这一领域实在是太重要了，也正是因为这一点从而使得这一领域已经变得惨不忍睹：许多"有头有脸"的人物都热衷于在各级书画协会谋个一官半职，这样就能让自己的书画"作品"卖个好价钱，高价的"烂品"与低价的"珍品"充斥于书画市场，将这一领域搞得好扭曲！历史上，我们曾经诅咒过"狗眼看人低"者的可憎可恶，也曾嘲笑过"只认宝贝不认人"者的可怜可叹，但当这种社会病在当今中国已呈铺天盖地之势时，人们却对此习焉不察甚至不以为意，实在让人忧心！

所谓"看脸"，此"脸"并不是指真实的人脸，而是指附着在人身上用来象征一个人身份及地位的符号。所谓"看脸"的社会，其所指无非就是在这个社会中，符号的象征意义往往高于其背后的真实价值。说当今中国社会是一个"看脸"的社会，那是因为由"看脸"所引发的社会问题在中国已全方位地显露出来，诸如浮躁、盲从、价值的扭曲、社会的不公、自我的沦丧、生命的无奈及无意义感，等等，它们虽不是洪水猛兽，但它们对社会良知与人性天良的破坏与摧残却胜过洪水猛兽。因为洪水猛兽虽可怕，但它们毕竟是有形的东西，因而可防可控；而"看脸"的危害尽管不像洪水猛兽那般的来势凶猛，但它们却往往以"润物细无声"的方式滋长着社会的负能量、掏空着生命的真实感受与人生的真切体验，最终将一个能感、能知、能亲、能体的"真人"变成一个全然的符号化动物。为了验证"看脸"是如何将人变成了符号化动物以及一个符号化动物如何可悲，《华盛顿邮报》曾经在华盛顿地铁里作了这样一个试验：

在华盛顿特区的一个地铁站里，一位男子用一把小提琴演奏了6首巴赫的作品，共演奏了45分钟左右。他面前的地上，放着一顶口子朝上的帽子。显然，这是一位街头卖艺人。

没有人知道，这位在地铁里卖艺的小提琴手，是约夏·贝尔（Joshua Bell），世界上最伟大的音乐家之一。他演奏的是一首世上最复杂的作品，用的是一把价值350万美元的小提琴。

在约夏·贝尔演奏的45分钟里，大约有2000人从这个地铁站经过。……

到了45分钟时，只有6个人停下来听了一会儿。大约20人给了钱就继续以平常的步伐离开。约夏·贝尔总共收到了32美元。

要知道，两天前，约夏·贝尔在波士顿一家剧院演出，所有的门票售罄，而要坐在剧院里聆听他演奏同样的那些乐曲，平均得花200美元。……

实验结束后，《华盛顿邮报》提出了几个问题：一、在一个普通的环境下，在一个不适当的时间内，我们能感知美吗？二、如果能够感知的话，我们会停下来欣赏吗？三、我们会在意想不到的情况下认可天才吗？（参看《厦门晚报》2011年3月6日）

实验是发人深省的，即一旦"看脸"成为我们的习惯，我们也就无法用自己的眼睛去发现真、善、美了，进而这个世界就会因为"脸障"的缘故而对我们无情地隐去它的真相。尽管"看脸"的问题古今中外都有，但就是没有像时下的中国人这样将"看脸"这个社会病演绎到"不要脸"的地步：人人都使出浑身解数把自己的"脸"尽可能"混大"、"混熟"，正路不行就来邪招，"混"不出"正面"角色，"混"个"丑角"也行，反正只要让尽可能多的人记住他那张"脸"，他就有利可图。进一步发展，"看脸"的社会也就成了"拼脸"的社会，终至于"有脸"的"拼脸"，"没脸"的就拼爹妈的"脸"，实在是一无可拼，那就只能"拼命"了。种种社会事象都足以说明"看脸"问题在时下的中国有多严重。

鉴于"看脸"会导致生命感受的失真、自我的沦丧以及价值的颠倒与扭曲，故而庄子形象地将习惯于"看脸"之人称之为"倒置之民"："故曰：'丧己于物,失性于俗者,谓之倒置之民。'"又称之为"蔽蒙之民":"缮性于俗学,以求复其初;滑欲于俗思,以求致其明,谓之蔽蒙之民。"在这里,庄子要强调的是,一个人若是一味地只看中外在的物化符号("物")或盲从于世俗("俗")的眼光,而不敢面对自己真实的感受,那他就是一个颠倒了真假、混淆了虚实的"倒置之民"。由此可见,庄子笔下的"物"与"俗"不过就是本文所谓"脸"的另一说法而已。为了抗议"看脸"的社会病,庄子在《德充符》一篇中,列举了多个"无脸"但却人性充满之人,他要以此说明,光靠"看脸"是看不到"真人"的。基于同样的抗议,在魏晋时期我们则见证了所谓的"魏晋风度",按《晋书·胡辅之传》:"谦之(辅之子)字子光。才学不及父,而傲纵过之。至酣醉,常呼其父字,辅之亦不介意,谈者以为狂。"一方面是子有"谦之"之名("脸")而有"傲纵"之实,另一方面则是父有"辅之"之名("脸")而有"不辅之"之实(即对儿子的放纵采取不辅不导之方),父子二人就是用他们这种近乎癫狂的行为让那些光靠"看脸"过日子的人"抓狂",而让"看脸"社会"抓狂"恰恰是人生活出"风度"的标志。魏晋时期,之所以有很多人像胡辅之父子这样让自己活出了"风度",就是因为他们敢于撕破"脸"(打破"礼法"社会的牢笼)使自己得以将人性本真袒露了出来,从而使人世间多了几分真诚与性情,少了几分造作与虚伪。对此,当代的一位最具"性情"的学者宗白华先生看得最真切:"魏晋人以狂狷来反抗乡愿的社会,反抗这桎梏性灵的礼教和士大夫阶层的痛俗,向自己的真性情、真血性里掘发人生的真意义、真道德。他们不惜拿自己的生命、地位、名誉来冒犯统治阶级的奸雄假借礼教以维持特权地位的恶势力。曹操拿'败伦乱俗,讪谤惑众,大逆不道'的罪名杀孔融,司马昭拿'无益于今,有败于俗,乱群惑众'的罪名杀嵇康。阮籍佯狂了,刘伶纵酒了,他们内心的痛苦可想而知。这是真性情、真血性和这虚伪的礼法社会不肯妥协的悲壮剧。这是一班在文化衰堕时期替人类冒险争取真实人生、真实道德的殉道者。"与庄子及"魏晋风度"遥相呼应的还有明清小说。冯梦龙的短篇小说集《警世通言》中有一则"杜十娘怒沉百宝箱"的故事,故事中一面是"无脸"但却有情有义的杜十娘,一面是"有脸"但却无情无义的李甲父子,两厢对照结论也就出来了:这无耻的"看脸"社会,不知委屈了多少善良的灵魂,袒护了多少无端的罪恶!在吴承恩的《西游记》中,一面是"无脸"的孙行者、猪八戒,一面是"脸大无边"的玉皇大帝;前者"无脸"但却勇敢善良,行善无数、救人无数,后者"脸大无边"但却心胸狭窄、缺恩少德,样子近乎小丑!另外还有兰陵笑笑生的《金瓶梅》,则更是专打"看脸"人的脸。

　　时下的中国,到底有多少卑鄙龌龊的"有脸"之人,又有多少可歌可泣的"无脸"之人,恐怕谁都说不清。问题是,要是我们这个社会总这么"看脸"看下去,那么像失真、颠倒、扭曲之类的社会事象就不可能从我们的社会消失,进而中国社会目前的混乱与浑浊就永无澄清之日。

如此撕扯的人生

如是我言:自从来到这个世界,人生便开启了它的撕扯之旅。很小的时候,总希望父母能在自己身边,随时替自己"服务",但有父母在身边的时候,又觉得不够自由,无法让自己玩得尽情尽兴,撕扯!看到无所不能的成年人,多希望自己快点长大,好让自己也成为那个无所不能的人;但自己心里也清楚,变成成年人后,无忧无虑、"无可无不可"的美好童年也就一去不复返了,撕扯!然而,童年时代的撕扯仅仅是人生无穷撕扯的一个小小的序曲而已。

做了,昧了良心;不做,又耽误了"前程",撕扯!教育自己的学生做一个诚实守信的人,又担心他们真的这样做了会在社会上"混"不下去,撕扯!总想让自己的学术头衔大而又大,又担心自己难副盛名遭人耻笑,正所谓"声闻过情,君子耻之"(孟子),撕扯!提笔写文,遵循了"学术规范"就难以"直抒胸臆";"直抒胸臆"了又破了"学术规范",撕扯!不痛不痒地做人,失性;无所顾忌地做事,失德,撕扯!身处这样一个"争得"的社会,与世无争,便一无所得;但凡事都与人争个不休,又太不像自己了,撕扯!看到恶人恶事,开骂,缺了嘴德;不骂,又心有不平,撕扯!故土让人魂牵梦绕,但对于自己的故土,又总是既想看又不敢看;想看,是因为那是自己心灵深处的一方净土,不敢看,是因为她现在已凋零得面目全非让自己伤感不已,撕扯!生有愁,死有忧,生死两茫茫,撕扯!总之,撕扯!撕扯!还是撕扯!无穷的撕扯将人生缠绕得死去活来,一眼望不到尽头。到了这个时候,我们才真正体味到,童年时代我们所感受到的撕扯纯属"小儿科",那仅仅是撕扯大网轻触了我们一下。所以在童年时代,说自己活得好撕扯,便多少有些"矫情"。成年之后,撕扯的人生才算真正开始:"少年不识愁滋味,爱上层楼。爱上层楼,为赋新词强说愁。而今识尽愁滋味,欲说还休。欲说还休,却道天凉好个秋。"(辛弃疾)好个"却道天凉好个秋"!面对"剪不断,理还乱"的撕扯人生,顾左右而言他,或许是个妙法。

谈及撕扯,作为中国人,其民族基因中原本就存在一个虽然很隐蔽但却无比强烈的撕扯,这是一个最大限度地保持生命自然状态的民族永远都挥之不去的撕扯,这种撕扯导致我们总是要挣扎在诸如独善其身与兼济天下、身在江湖与心存魏阙、内圣与外王、遁世与救世、出世与归隐、入世与超脱等两难抉择中而不能自拔。在这方面,当以中国的知识分子感受最深。自古以来,一方面,中国的知识分子总是无法抵挡所谓立德、立功、立言之"人生三不朽"的诱惑,并千方百计地为使自己最终能成为经邦济世的国家栋梁而皓首穷经;而另一方面,他们又每每对自然适意的生命样态恋恋不舍,对原始纯朴的心灵生活羡慕有加。到底是内守心灵还是外求功名,抑或到底是出而经邦济世还是入而自乐其身?可以说,正是这两种相反方向的意志力不断地考验着古往今来的中国知识分子,并进而使他们每每从心底里发出类似于范仲淹那样的感慨:"居庙堂之高,则忧其民;处江湖之远,则忧其君。是进亦忧,退亦忧,然则何时得乐耶!"这种进退两忧的无奈用曹雪芹的话来说就是:"昨怜破袄寒,今嫌紫袍长。"在中国历史上,像陶渊明那样因退的意志力战胜进的意志力进而归隐田园的人尽管不多,但这并不能说明具有与陶渊明同样心灵的人不多,而只能说更多的人乃是"虽不能至,心向往之":"每看陶潜,非不欲官者,非不丑贫者,但欲官之心,不胜其好适之心,丑贫之心,不胜其厌劳之心,故竟'归去来兮',宁乞食而不悔耳。"(袁宏道)

比撕扯还要撕扯的是,撕扯既造就了生命的灰暗与苦难,也造就了生命的惊艳与神奇。比如就内在于中国人心灵深处的自然情结所带来的撕扯而言,它在给中国古代知识分子带来纠结与挣扎的同时,也铸就了中国古代的文化精神,尤其是中国古代的艺术精神。林语堂先生曾就中国古代的艺术精神讲过这样的话:"平静与和谐是中国艺术的特征,它们源于中国艺术家的心灵。中国的艺术家是这样一个人:他与自然和睦相处,不受社会枷锁束缚和金钱的诱惑,他的精神深深地沉浸在山水和其他自然物象之中……正是这种平静和谐的精神,这种对山中空气'山林气'的爱好,这种时常染上一些隐士的悠闲和孤独感的精神和爱好,造就了中国各种艺术的特征。于是,其特性便不是超越自然,而是与自然相融合。"

哪里有纠结与撕扯,哪里就能绽放出心灵之光,这就是人生,抑或这就是我们的命运!

要善于作人生的减法

如是我言：一座水库，若只有来水没有去水，时间一长，库水漫溢，则有堤毁坝塌之忧。一台电脑或手机，若只有储存没有删除，时间一长，负荷过大，则有"死机"之忧。一个人，若只有进食没有消耗，时间一长，各种"富贵病"就会自动找上门来，严重者或有性命之忧。推而广之，万事万物莫不如此。所谓"造化"，其所强调的无非就是，它既"造"又"化"，即它既"造物"又"化物"，"造物"是在给我们这个世界做"加法"，而"化物"则是在给我们这个世界做"减法"，"造化"虽伟大，但它其实就只会简单的"加减法"。大自然的"潮起潮落"，人世间的"消息盈虚"，人生的"荣辱休咎"，不过都是"造化"在做它的"加减法"而已。有了"加减法"，"造化"就让这个世界实现了没有"淤滞"的"大化流行"。

《周易》上说："一阴一阳之谓道。""阳"指的就是"加法"，"阴"指的就是"减法"，"加法"与"减法"交替甚至同时使用，才是世界的"达道"或人生的"正道"。修"道"者所修的正是人生的这门"加减法"大课。一张白纸，你在上面做了很多的"加法"，只有当你又对它做了适当的"减法"之后，你才能画"最新最美的图画"，否则，除了多一层涂鸦之外，不可能是别的。做人生的"加法"要修，做人生的"减法"更要修，因为相对于做人生的"加法"，做人生"减法"的难度往往要大得多。"加官晋爵"、"添货进财"之类的"加法"往往都是人乐意做的，但如何消化这些"加法"所得，不让它们给你的人生造成"淤滞"，以便让生命维持其"原发"（即"正"）的样子，那才是人生最难做的一道难题。"加法"对人生的意义是双重的，即它既给人生积累了"财富"或"物"，也"涂鸦"了人原本的清净之"心"，其严重者会导致人的"本心"、"初心"变成被"财富"或"物"拖得半死不活的"丧心"。对此，牟宗三先生说得好："心在感触经验中活动，常逐物而复滞留物之影像于心中。此时，心中完全为物象所充满。物之影像亦物象也，以今语言之，即心中之观念或意象。

此时心中完全是一些观念、意象之堆积。若由此堆积观念意象来识心,则必'徇象丧心'。"即是说,物象(影像)淤积在"心"中,"心"的负荷太大,它也就运转不灵了,或者说,"心"就会因"物"的裹胁进而滑转为溺于"欲"、牵于"情"、滞于"理"的"呆心"或"顽心"了。这个时候,为人生(为"心")做"减法"就变得太重要了,而这样做的目的只有一个,那就是为"心"做一次"清空"、"归零"处理。"心"空了,它也就"清明"了,"心""清明"了,生命自然就恢复了它固有的灵气,正所谓"清明在躬,志气如神"。这便是古圣先贤何以一再强调要使"心"保持在"空"或"少"的状态的原因了。孔子曰:"君子多乎哉,不多也!"老子说:"少则得,多则惑。"庄子说:"道不欲杂。杂则多,多则扰,扰则尤,尤则不救"。禅说:"虑多志散,心多志乱。"故而,给人生做"减法",归根到底就是给"心"做"减法"。此"减法"在道家就是相对于"益"而言的"损",相对于"无不为"而言的"无为",相对于"有事"而言的"无事":"为学者日益,为道者日损。损之又损之,以至于无为,无为而无不为。取天下常以无事,及其有事,不足以取天下。"在禅家就是相对于"动"而言的"定"或"静",即有了"心"之"定"与"静"方能有"智"之"慧",所谓"由定生慧"以及"定是慧体,慧是定用"(慧能)强调的都是这一点。在儒家就是相对于"为己"("古之学者为己"——孔子)而言的"克己"("克己复礼为仁"——孔子)。历史上,人们每因孔子在"为己"之外复推出"克己"而大惑不解,总认为"为己"与"克己"相互对立,既言"为己"即不当再言"克己"。其实,持此种看法者皆因不解孔子深意所致,对此,明人焦竑的见解确有过人之处:"方子及云:'孔子言为己,及又言克己,何耶?'盖未悟者当为己;知己矣,又当克己。余曰:'克己所以为己也。'坐人皆以为然。久之,检《文始经》曰:'能克己乃能成己,能胜物乃能利物,能忘道乃能有道。'与余语合。"很显然,孔子在"为己"之外复强调"克己"无非是强调人生不仅要做"加法",同时还需要做"减法",即只有"克己"亦即将自己"清空"了,方能真正"为己",也就是才能增加自己的人格光辉。

  儒家的上述话题,很容易让我们联想到《大学》一书所推出的"格物致知"。"格物致知"究竟何义?历来言人人殊。其实,"格物致知"正是配合上述话题而言的,在这里,正确理解"格"字的含义是问题的关键。按《汉字字源字典》:"格"本义是指"树木的长枝条交错相抵触"。很显然,"格"所呈现的乃是两种截然相反的意象:其一是树枝间相簇相拥的意象,其二是树枝间相拒相斥的意象。虽然两种意象皆有"触"义,但第一种"触"乃"接触"之"触",倾向于相聚相即;第二种"触"乃"抵触"之"触",倾向于相分相离。前者是揽"物"入"己",后者是驱"物"出"己";前者是为人生做"加法",后者是为人生做"减法"。人生只有在做"加法"的同时又善于做"减法",方能常得其"正心",否则"正心"就要变成"丧心"了,故曰:"格物、致知、正心、诚意……"善于做"减法",就能将生命中的"涂鸦"进行"清空",人生由此才能恢复其本然的"新",故"格物致知"实乃人生之"日新之道",是以《大学》曰:"苟日新,日日新,又日新"、"作新民"、"周虽旧邦,其命惟新。"虽然历来人们对于《大学》何以要强调"作新民"的说法不一,但俞孟宣先生的如下说法显然更符合《大学》的本意:"学也要虚心,虚心需要'寂然不动',心中掏空了才能有容,中国哲学本身就是教人们保持对生命过场中展现出来的新事物的敏感性,唯其如此,才有'周虽旧邦,其命惟新'之说。"

有道是"心不在焉",好好的"心"何以就"不在"了呢?"心"是因为填得太满导致其动弹不得而"不在"的。因此,人生要时常有意识地为自己的"心"做做"减法",这样才不至于让"丧心病狂"主宰了人生。

好可怕的"手套"

如是我言：朋友在微信上转发了古人留下来的佳句、绝对之后，又在评论栏留下了这样的话："多年前鄙人也得一上联，至今还未得下联，上联曰：说一套做一套，一套又一套，套套都是套。"我看了之后觉得这上联不仅用字妙，立意也不错，于是就回复到："好上联！试对几幅下联，并不工整，聊博一笑［龇牙］：1.做一事败一事，一事又一事，事事都有事；2.吃一个夹一个，一个又一个，个个都有个（个：指个头、块头）；3.走一路看一路，一路又一路，路路都有路；4.做一样像一样，一样又一样，样样都有样；5.干一行爱一行，一行又一行，行行都在行。"朋友看了回复说："还是不够理想［龇牙］。"我又回复："好，有挑战性！再来两联：1.虚一招实一招，一招又一招，招招都有招；2.东一招西一招，一招又一招，招招都没招。"朋友觉得还是不理想，就说："这上联的'一'字，把下联的路堵死了一大半，给下联设置了障碍，下联一般不能再出现'一'字，最难就在最后的'套'是双关语。"这下我的兴趣更大了，就回复说："好的，更有挑战性了，容我再想想。"朋友回复："期待，我自己也想了五六年了，至今未能得之，也在对联网上（挂了）两三年，至今无佳对［龇牙］。"我绞尽脑汁，终于勉强凑得一联回复朋友："古人喜欢玩文字游戏，活得有情调，既娱情又健脑，好玩！按照你的要求，权且再来个不很工整的：操金棒抡银棒，金棒加银棒，棒棒都很棒。"很快，朋友回复："横批，棒棒棒！［龇牙］。"

虽然朋友似乎已经默许了我的下联，但我有自知之明，觉得下联依然十分勉强。苦于江郎才尽，于是我将上联发到我的微信群里，希望大家都来凑个热闹。为起抛砖引玉之效，我又拟了四幅下联："其一，用虚棒使实棒，虚棒加实棒，棒棒都很棒；其二，阴三天雨三天，阴天又雨天，天天没好天；其三，早三趟晚三趟，三趟又三趟，趟趟不赶趟；其四，来两个要两个，两个就两个，个个都顶个（顶个：顶用）；其四，左找茬右找茬，找茬又找茬，茬茬没善茬;其五,瞧这头看那头,这头和那头,头头不对头。"没想到,等了一个晚上,竟然无一人回应。不得已,只好再抛一砖:"其一,明人脸暗鬼脸,人脸变鬼脸,脸脸不是脸;其二,打三回回三回,三回回三回,回回都有回;其三,来两个灭两个,两个就两个,个个不是个(个:对手);其四,灭甲帮来乙帮,甲帮变乙帮,帮帮有人帮。"依然是无人回应!在等待回应的过程中,我又得了数联:"其一,今转行明转行,这行转那行,行行不在行;其二,拉大手牵小手,大手与小手,手手不离手;其三,用巧手施妙手,巧手加妙手,手手不空手;其四,明下手暗下手,明手转暗手,手手难得手。"尤其是第四联,竟然能与上联呼应出"手套"(比如罪犯作案时用的"手套")来,顿觉眼前一亮,于是整幅对联就凑成了下面的样子:"上联:说一套做一套,一套又一套,套套都有套。下联:明下手暗下手,明手转暗手,手手难得手。横批:好可怕的'手套'"。

之所以横批用了"好可怕"这样的字眼,其意有三:其一是针对对联本身的:试想想,这样的"手"与"套"("手套")难道不够可怕吗?其二是针对朋友圈的:我的"玩兴"那么高,周围竟然都是忙忙碌碌的人群,人人的"心思"都被"有用"之事填得满满的,没人理会"无用"的游戏,这样的生命形态多少有些可怕。其三是针对自己的:别人都是"有用"的忙人,而我却闲人一个,对比起来,真是惭愧得很!

惭愧归惭愧,但我还是有话要说。我觉得,古人的生命形态之所以有其殊胜之处,就是因为他们能生活在诗的王国:他们善于从"无用"中找到生命的"有用",所以他们能活得尽情尽性,并给后世留下了诗一般的人生佳话。他们喜欢对联,也善于对联,他们用对联来诗化人生的惬意,也用对联来鞭挞人性的丑恶。对联成就了他们得也可欣、失也无憾的超然人生,他们活得比我们幸运,也比我们有智慧。之所以说古人比我们活得有智慧,是因为面对如此艰涩的人生,他们总能找到相应的"润滑剂",从而不至于被生活的苦闷所打败,而对联应该就是他们所找到的诸多"润滑剂"中的一种。或许可以这么说,对联在今人身上的失落,正是今人失落人生的一个缩影。

凤凰树下 随笔集
Delonix regia

向我们这个社会的脊梁们致敬

  如是我言：人要是没有脊梁，起码他的上半身顷刻间就"如土委地"（庄子）了；一个社会，若是没有"脊梁"，同样也是支撑不下去的。因此"脊梁"，它的"天职"就是"能撑"，就是"能扛"。记得小时候家里盖新房，我那时还小，帮不上忙，只能在旁边看大人们忙忙碌碌的身影。就在我的这些"看"中，有一件事，尽管已时隔四十多年，我还是记忆犹新：一个瘦高个与一个矮胖墩共抬一块砌墙用的大石头，高的在后，矮的在前，原本绑石头的绳索其上端的受力点是在抬棍中心位置的，但由于中途要经过一个很陡的斜坡，导致绳索的受力点一直往前滑移，直到最后，整个大石头几乎都压在居前的矮胖墩身上。好在他身体够结实，也真"能扛"，他就这样几乎一个人将两百多斤的大石头"扛"到了终点。看着这位"能扛"者的"壮举"，我的心当时被感动得七上八下的。一个曾经被感动过的"心"，在它上面总会留下些许"印痕"，以至于在以后的日子里，但凡看到"能扛"的人，我都会被感动得不行。当然，我也在思考，"能扛"的人往往在什么样的情况下才有"露脸"的机会。答案其实很简单，就是当一个共同体出现异常从而导致其难以正常运转的时候，"能扛"的人就有"露脸"的机会了。可以说，正是靠着各种各样"能扛"之人在关键时刻"挑起了大梁"，让他们承受了比他们的能力要大得多的重量，才得以使已呈现倾斜状的共同体"强撑着"，使其不至于顷刻间轰然倒下。

  众所周知的原因，自近代以来，中国社会都一直没有在根本上从一个"乱"字中走出来。这些年来，因为要"奋起直追"，也把我们自己追得乱了阵脚。一个典型的表现就是：整个社会明里暗里都呈现出"哄抢"的态势。一个社会整体上呈现"哄抢"态势到底有多可怕或许我们难以有直观的认识，但我们可以想象，假如乘坐在一条船上，尤其是这条船原本就存在结构上的问题，坐在船上的人还发生了"哄抢"，那该是怎样的场景！这个时候，假如不是因为船的某个局部还处于"能撑"、"能扛"的状态,或船上某个或某几个人还处于"能撑"、"能扛"的状态,翻船就是迟早的事。由于是在没有先例的情况下搞"奋起直追"的,"摸着石头过河"也是情势所然。但即便如此,我们也要做到心中有数,也就是要清楚哪些值得"摸"、哪些不值得"摸",哪些该"摸"、哪些不该"摸",哪些要急"摸"、哪些要缓"摸",否则胡子眉毛一把"摸",迟早是要"摸"出问题来的。因为有些东西,虽然我们没"摸"过,但前人(古人)"摸"过[比如古人早就有"上下交征利,而国危矣"(孟子)以及"放于利而行,多怨"(司马迁)这样的警世之言],而且还"摸"出了"天下大乱";还有些东西,虽然从来没有人"摸"过,但只要长着脑袋就应该知道,那东西是"摸"不得的,不仅"摸"不得,碰都碰不得(你总不至于看到烧红的烙铁也想用手摸一摸吧)。遗憾的是,这些年来,该"摸"的我们"摸"了,不该"摸"的,我们也"摸"了。那些不该"摸"的东西,只要一沾手就会"液流满地",或者就会从中释放出无数的"幺蛾子",这些"幺蛾子"出来之后铺天盖地地飞着,将整个社会弄得乌烟瘴气。曾几何时,我们让医院"创收",将大学"企业化",给高考制定各种各样的加分制度,我们的急功近利的科研制度与考核制度,大规模的拆迁运动,……闹得人心惶惶,致使整个社会呈现出了"哄抢"的态势,"哄抢"心态弥漫了中国大地,大有"黑云压城城欲摧"的迹象。

说乌烟瘴气也好,说倾斜也罢,一个不争的事实是,在我们这个社会中,很多原本正常的东西现在都搞颠倒了:原本救死扶伤的医者竟然变成了通过"过度治疗"取人钱财的"趁火打劫"者,而我们知道,自古以来,医者都是被称为"天底下最清白的营生"的;原本以教书育人为己任的人民教师,却不敢教自己的学生做一个诚实守信的人,担心这样会误了他们的"前程";干最脏最累活的一线劳动者,却因为他们是"体制"外的人,就让他们拿着与他们的劳动不相匹配的收入,而我们早就懂得"劳动者最光荣"、"多劳多得"的道理;良知尚存的见义勇为者,却每每要摊上官司;警界的害群之马们呼风唤雨,而那些"执法为民"的好警察却总有无助、无力之感;……好一个"无耻者富,多信者(指那些专靠夸耀自己从而取得别人信任的人)显"(庄子)的颠倒社会!

在一个正常运转出现异常"滑移"的社会,其"受力点"自然就会向某个局部偏移,导致这个部位压力陡增,这就使得总要有人来承受这个社会"无法承受的生命之重"。这些承受者,不管他们是"主动请缨"还是"被迫承受",他们都是我们这个社会得以继续运转下去的"能撑"、"能扛"者。面对一个因为不知"惜善"而导致"垃圾围城"的环境,面对一个"看脸"的社会,我们的环卫工人承受了"无法承受的生命之重";面对狼狈为奸的警界害群之马,"执法为民"的好警察承受了"无法承受的生命之重";面对只讲鬼话不说人话的"砖家",那些尚存忧世之心的学人承受了"无法承受的生命之重";面对道德沦丧、巧取失信的社会环境,那些诚实守信者承受了"无法承受的生命之重";面对"哄抢"已成公开的秘密,"正昼为盗,日中穴阫"(庄子)所在皆是的社会,那些通宵值守的保安老人承受了"无法承受的生命之重";面对总想靠科研经费"发家致富"的科研环境,那些"不问名利,只求真理"的科技工作者承受了"无法承受的生命之重";面对靠"创收"过日子的医疗队伍,那些真心想"救死扶伤"的医者承受了"无法承受的生命之重";面对人情冷漠、世态炎凉的世道,那些"该出手时就出手"的见义勇为者承受了"无法承受的生命之重";……总之,所有这些"能撑"、"能扛"者,都是我们这个社会得以在一个极端环境下继续支撑下去的"脊梁",他们是我们这个时代的中华好儿女,我要向他们表示由衷的敬意。

  有时候,我多想看到我们这个社会再多一些能感动我的"能撑"、"能扛"之人;但有时候,我又怕看到这些人,因为我真不忍心看到那些"无法承受的生命之重"总是让他们那副"铁肩担道义"的肩膀"一肩挑起"。

  这几天,看着中央一套播出的电视连续剧《别让我看见》,尽管这个剧的说教味很浓,但它毕竟反映了我们这个社会的某些现实,所以看着看着,就不由自主地写出了上面的文字。

"只有山歌敬亲人"

如是我言：戏，古今都有，而在今天，举凡电影、电视剧、话剧、歌剧、戏曲、小品等等，统统都属"戏"的范畴，即都是用来模拟"人生现场"的。既然只是对"人生现场"的模拟，是假的、虚构的东西，那它为什么还有那么多人乐意去听去看呢？原因很简单，因为"戏如人生"、"人生如戏"，而且还"戏中有戏"。即是说，"戏"不仅可以折射风云变幻的"人生现场"，甚至还能牵带出比"人生现场"还要透彻的"人生真谛"。而且一般说来，"戏"所牵带出的"人生真谛"的多少，就直接决定了该"戏"的经典程度。

歌剧《刘三姐》无疑是一部经典"戏"，至于它到底经典在什么地方，要说清楚这一点却并非易事。当然，人们完全可以将《刘三姐》的经典归纳为该剧成功地演绎了人生的几大经典话题，比如"下下人有上上智"的话题、"不畏强暴"的话题、"善良终能战胜邪恶"的话题，等等。然而，世界上的事情有时就是这么奇怪，越是被拿到桌面上作为主题来说的话题，越是难以达到预期的效果，而那些非主题性的话题，尤其是那些能点燃人们心头积郁已久的隐秘热望的话题，反倒更能"抓人"。比如《刘三姐》中有这么一句歌词就颇值得我们留意："我今没有好茶饭啦，只有山歌敬亲人，敬亲人！"的确，与地主老财们比起来，刘三姐是拿不出"好茶饭"招待"亲人"的，但这话也不能说得太绝对，生在打鱼之家的刘三姐，别的不好说，备个"鱼宴"招待"亲人"总应该不是什么难事，但从唱词中我们不难发现，与"好茶饭"比起来，刘三姐显然更乐意用自己的"山歌"来招待"亲人"。这里就有一个问题了："好茶饭"是通过自己的劳动得来的，"山歌"也是通过自己的付出得来的，都是"自己"的东西，为什么要"厚此薄彼"呢？即为什么要重"山歌"而轻"好茶饭"呢？诚然，"山歌"与"好茶饭"虽然都是"自己"的，但"自己"与"自己"并不一样，确切地说，"山歌"中的"自己"比"好茶饭"中的"自己"要多得多。刘三姐为得到"好茶饭"，他更多的是付出了"自己"的"体力"，而为了得到"山歌"，他付出的是"自己"的"心力","心力"中所蕴含的"自己"比"体力"中所蕴含的"自己"要"体己"得多,因而也就要"真切"得多,有"分量"得多。也正因为如此,为"亲人"端来"好茶饭"虽亦为刘三姐之所愿,但相比较而言,她更愿意为"亲人"端来作为"精神大餐"的"山歌",因为二者毕竟存在"多少"、"大小"之别。

这个世界,人自然就不必说了,甚至所有的存在物都将"自己"的"存在"视为第一要务。如何让"自己""存在",其所涉及的话题往往有两个,其一是如何维护并保存"自己",其二是如何呈现并展示"自己"。可以说,所有的存在物都是为了"自己"而"存在"。而且,为了"自己"的"存在",存在物往往都能爆发出令人惊异的能量:落在石头缝里的种子,为了让"自己"破土而出,它竟然能将石头顶开;为了让"自己"的基因保存下来,雄性动物会与它的竞争对手以死相搏;为了让"自己"的民族不至于沦丧,民族英雄们不惜抛头颅洒热血……。总之,为了维护并让"自己"一直"呈现"着,一切存在物都是"真的猛士"。

从根本上说,人世间所有的学问都是"为己"(孔子)之学,即都是如何寻找"自己"并呈现"自己"的学问。这个"自己",在儒家,被称作"己";在道家,被称作"吾";在禅家,被称作"本来面目"。虽然每个人都有他的"自己","自己"就是那么"孤明历历"进而真真切切地存在着,但想要让这个"自己"如其所是地呈现出来,往往又是多么难的一件事:我满怀激情,又觉得自己的节奏感极好,但当我欲引吭高歌,唱出积郁已久的心声的时候,未曾想我却长了"公鸭嗓子",刚一张口,就把人吓跑了(比不上刘三姐,她就能做到"想唱歌来就唱歌");我畅游在往圣先贤的思想氛围中,仿佛找到了迷失多年的"自己",但当我想提笔将这个"自己"呈现出来时,却发现我的这支笔全然是词不达意;我曾发誓一定要恪守人生的"底线",但人生总是有那么多迷茫意志,支使我一会儿往东一会儿往西,"自己"被折腾得面目全非,人生的"底线"一再失守,到头来,我这一辈子到底为什么而活、为谁而活,也就成了一笔说不清的糊涂账了。

知道"自己"却做不成"自己"固然可悲,不是"自己"却偏认作"自己"则更属可怜。因为滥用了"自己",我们已变得不认得"自己"了。用金钱征服了女子的"芳心",竟然心安理得地说:"这是我的女人。"这个时候,你也许该问"自己"一句:"我还有'自己'的爱情吗?"用"批量化生产"的方式做学问,指着一堆"学术成果"说:"这就是我的学问。"这个时候,你也许该问"自己"一句:"我做的是'自己'的学问吗?"为充门面,买了一大堆书放在家里,声称:"这些都是我(拥有)的书。"这个时候,你也许该问"自己"一句:"我真的让'自己''拥有'过这些书吗?"……总之,由于"自己"的沦丧,我们以寻找"自己"的名义干了太多有辱"自己"的事;由于"自己"的沦丧,有钱人"复制"了多少爱情悲剧;由于"自己"的沦丧,"学者们""复制"了多少文字垃圾;由于"自己"的沦丧,芸芸众生们"复制"了多少病态的拥有感……

而刘三姐就不同了,她唱着"自己"的"山歌",那是透着"山野"气息的歌,没有造作,没有扭捏,有的只是率性天真与直抒胸臆,它们都是"纯天然"的东西,人工是断然"复制"不出来的,正所谓"哥一声来妹一声,好比先生教学生;先生教书还有本,山歌无本句句真"。刘三姐之所以可亲可爱,就是因为通过她我们又看到了那个迷失已久的"自己",从而让我们的"自己"仿佛又焕发了青春。只要你还没有活到全然不要你的"自己",刘三姐的歌是迟早都会打动你的。这就是经典的魅力,从而,只要人性中那些隐秘的热望还在,经典就永远不会泯没。

凤凰树下 随笔集
Delonix regia

你的爱成了别人的商机

如是我言：当下，人们几乎都在说，我们的社会生态极为凶险。至于到底凶险在哪里，人们一般又很难说出这种凶险究竟来自何方。通常情况下，人们所给出的答案往往都集中在诸如官员的腐败、社会的戾气、人情的冷漠等等这些一眼就能看出其凶险本质的东西上，而对那些说不清道不明的凶险因素却缺乏足够的认识，以至于当这些凶险因素给我们造成痛苦的时候，我们几乎成了"哑巴"——明明是吃了黄连却无法说出苦来。这种有了痛苦又不知道来自何方的痛苦才是最可怕的痛苦，同时也是最难根治的痛苦。因为这种痛苦不是"偷偷摸摸"地让你痛，而是"冠冕堂皇"甚至"理直气壮"地让你痛。对于这样的痛，你又怎能奈何得了它呢？

"爱"，这原本是一个多么让人心动的字眼，不是有歌曲这样唱吗："只要人人都献出一份爱，世界将变成美好的人间"、"是你给我爱，是你给我爱，才把我扶起来。"但这样的"爱"在当今中国这个过度"商业化"的社会已然成为"往事"，只能供认"回味"了。当今的中国，"爱"又怎么样了呢？当你大手牵小手地带着你的宝贝儿子在公园散步，你的眼中闪烁着对你的宝贝儿子无限的"爱意"时，你或许就已经被别人盯上了，盯上你的人可能是推销"少儿平安保险"的，也可能是教"阶梯英语"的、教钢琴的、教舞蹈的，等等，因为他们都从你刚才的眼神中看到了"商机"，这个时候，即便你心中早有戒备，他们当中也一定会有人能用他的"三寸不烂之舌"将你拿下，最后让你带着"浓浓的爱意"乖乖地掏钱。你父辈临终前给你留下一快美玉，由于你的家庭经济出了问题，不得已而将此玉转让给了你的一位熟人，后来，你的家境好了，想把玉再买回来，以便保留对父辈的一点念想，结果你的这位熟人一下子就从你的"浓浓的爱意"中看到了"商机"……。当你得了重病，你又不想就此死去，医者就从你的"爱生"（"贪生"）中看到了"商机"，于是就对你的身体"大动干戈"，让你"一夜回到解放前"。当你对知识动了心，或者当你对你心仪已久的某高校文凭动了心,这个高校也就从你的"动心"中看到了"商机",于是就给你来个"宰你没商量",传说中的某高校"国学班"、"总裁班"是这么干的,几乎当今中国所有高校不都是这么干的吗?某地发生地震了,大家都想献一份爱心,各种各样专门在社会上"混钱"的"明星"们看到商机了,于是一场"赈灾义演"就轰轰烈烈地搞起来了,最终,"明星"们都赚得盆满钵满。总之,生在当今的中国,只要你敢"爱",就有人敢"经营"你,你的"爱"也就因此而成为他人巧取你的"抓手"。

  本来,人赚钱就是要拿来花的,但若是因为你有了"爱"被别人抓住了"把柄"而将钱花出去,这样的"爱"实际上就成了"授人以柄"的"爱",而你在花钱之后总是有被人"敲诈"、被人"愚弄"的感觉。严酷的形势倒逼人们既不能有"爱"更不能有"爱好",只能做个"无情无趣"甚至"无爱"的"活死人",以此来躲避成为别人"经营"的对象,正所谓"不怕贼偷,就怕贼惦记着"!可恨的是,当你把自己活成了一个"活死人"之后,你却又怪不着别人,因为别人都是在"冠冕堂皇"地做他的"正当生意",既没偷你,也没抢你,一个愿打,一个愿挨,怪就怪你有"爱"。

  "爱"不敢"伸头","伸头"必被捉,"爱"在当今的中国显得好无奈!这样的社会环境,指望它什么时候能好起来,难,实在太难!

酣睡在天地之间

如是我言：由于精神环境欠佳，我十多年前曾严重失眠。为了改善睡眠状况，我几乎穷尽了所有的招数，比如购买理疗仪进行理疗，饮食上进行调理，加强锻炼，躺在床上数数，等等，就差吃安眠药了。不是我不想吃安眠药，而是我听说这东西一沾上就"上瘾"，要终身服用。想到自己下半辈子要做"药罐子"，这无论如何让我无法接受。有道是"久病成良医"，经过一段时间的摸索，我终于找到了缓解失眠的方法，此方法我已尝试多年，排除一些特殊情况（比如睡前饮茶过多或心中装的事过多等），基本上百试不爽。下面我就将此法贡献出来，与诸位共享。

第一步：睡前暗示。对于失眠者而言，床或许是人生最"恐怖"的东西，每晚睡觉之前一看到床就觉得头皮发紧：今晚又不知要"折腾"到什么时候了！一个人睡前若是这种心态，即便原本不失眠的人，也非失眠不可。所以，睡前一个好的暗示很重要。为了让自己尽快入睡，你可以尝试着这样暗示自己：唉！忙活了一整天，终于可以上床睡觉了。有了这样的暗示，原先的敌人也就成了你的朋友，甚至成了你温暖的怀抱，在一个温暖的怀抱中安寝，你的头皮还会发紧吗？

第二步：掌心连"气"。有效的暗示固然重要，但要真正解决失眠问题，光靠这点还是不够的，这个时候就要用上第二招了，我将这第二招称为"掌心连'气'"。即当你睡下了，将你该过滤的事情在脑中作了简单的过滤（一上床就让脑子马上停止"工作"，不现实）之后，如果能很快入睡当然更好，如果觉得有点"折腾"了，便可以尝试"掌心连'气'"这一招了。具体做法是：首先得"告诉"自己，该"想"的东西都"想"完了，现在要开始睡觉了；接下来，要找到自己最舒服的睡姿，将身体放松，尤其是两只手，一定要高度放松，而且还要让自己觉得一只手的掌心向另一只手的掌心放"气"，在这一过程中，不要刻意追求掌心的朝向，更不要追求"气"的直线"对冲"，因为"气"是可以

"拐弯"的,甚至"曲里拐弯"式的连"气"效果更好,"曲里拐弯"乃是"无形"之"形",而"无形"之"形"恰恰就是我们在梦境中最常见的"形",所以"曲里拐弯"式的连"气"等于是让我们提前进入梦境。一般说来,这样持续几秒钟或几十秒中,你就有可能在不知不觉中睡着了。如果这样还不行,那就得在"气"的流向上做做文章了,也就是不是让"气"直接从一手流向另一手,而是让它"横贯"你的身体甚至在你的身体里任意"穿插"之后再从一手达到另一手。如果这样依旧不行,就要进一步加大"穿插"的幅度,也就是从原先仅"横贯"你的身体直到"横贯天地","气"在"横贯天地"的过程中,既历经了遥远的"悠缈",又历经了深邃的"无限",最终又回到你的身体,这个时候,你就变得彻底的释然了,即是说,原本造成你失眠的"放不下"终于彻底地"放下"了,于是你也就酣然入睡了。

由此看来,不是你睡不着,而是你的"床"太小了,要是你将"床"做得跟天地一样大,你是定然能酣睡在天地之间的。

"彼亦一是非,此亦一是非"

如是我言:在这个世界上,每个人都可以是一个"中心",甚至每一物都可以是一个"中心"。比如,当以某人或某物为坐标原点来分辨前后左右时,这人这物就是一个"中心",其小者可以是某一特定场合的"中心",其大者可以是整个世界的"中心";当某人或某物说"我"的时候(假如某物也能说"我"的话),则其他一切存在物统统都成了"非我"性的存在物,从而,这人这物也就成了相对于一切"非我"性存在物而言的"中心",如此等等,不一而足。

对于诸如此类的"中心",庄子最关注的显然是这样一个"中心":每个人甚至每一物都以自己为"中心"对世界进行着或是或非的表达,并进而以他(它)所认定的是与非来维系一个只属于他(它)自己的世界。比如对于"马"而言,就有一个与"马"相对应的世界,对于"指"而言,就有一个与"指"相对应的世界。或者换句话说,对于"马"而言,这个世界全都是"马"(亦即只有依据"马"的是非观对这个世界作了"整理"之后,这个世界才是"马"可以"认识"的),至于"指"乃至万物皆莫不如此,故曰:"天地一指也,万物一马也。"(《齐物论》)总之,这个世界有多少存在物,就有多少个"中心"("中心"之为"中心",就是因为一旦这个"中心"不存在了,与之相对应的世界也就不存在了),有多少个"中心",这个世界就有多少个"切面"。每个"切面"都是一个相对独立(甚至相互隔绝)的世界,作为这个世界"中心"的他(它)都在为其所在的"切面"(世界)制定相应的是非观:对"马"而言,世界如此这般;对"指"而言,世界如此那般……

可以说,庄子的上述观点乃是一个伟大的发现,其中所蕴含的真理性已经被越来越多的后来者所认可,比如在卡西尔的名著《语言与神话》一书中,就表达了几乎相同的观点:

> 哲学人类学必须遵循斯宾诺莎的箴言:不能把人视为"国中之国"。人只是进化总链条上的一个环节,文化生活总要受制于有机生活的状

我本清静
"彼亦一是非,此亦一是非"

况。因此我们必须首先研究有机生活的状况。现代生物学和现代动物心理学为我们对有机生活的各种形式进行比较研究提供了一则十分有趣的材料。生物学家约汉拿斯·冯·乌克斯居尔写过一部著作,标题为"动物的外部世界与内心世界"。在这部书中,他声称凡是有机体都有其特定的外部世界和内心世界,也就是说,都有其外部生活和内心生活的一种特定模式。我们不能直接感知到或观察到它们,而必须运用一种间接方法。动物的解剖结构为我们提供了重建其外部经验和内心经验的线索。在这方面迥然不同的动物并不生活在同一实在中。一个具备大脑或复杂神经系统的动物与一个比较低级的有机体的动物不可能具有同样的经验。乌克斯居尔的研究表明,根本不存在一个对人和所有存在物种类完全一样的对象世界。他说:"在苍蝇的世界,就只能看到苍蝇类的事物;在海胆的世界,就只能看到海胆类的事物。"

鉴于上述原因,假如有人想说服"苍蝇",说它的世界不是它所"看到"的世界,这实在是太难了;但反过来,假如有人想说服"非苍蝇"(比如"蚊子"),说苍蝇的世界不是苍蝇所"看到"的世界,那就太容易了,因为"蚊子"本能地想:我("蚊子")所"看到"的世界应该就是苍蝇所看到的世界,"苍蝇"不可能拥有一个与我("蚊子")不同的世界。当然,对于"海胆"来说,情况应该也是一样的。同样如此的自然还包括"马"与"指"在内的一切存在物,故庄子曰:"以指喻指之非指,不若以非指喻指之非指也;以马喻马之非马,不若以非马喻马之非马也。天地一指也,万物一马也。"(《齐物论》)顺便提一下,历来解庄者都未曾从上述角度理解庄子的这句话,而是认为庄子在这里是接续了公孙龙"指非指,马非马"的话题。我要说的是,将庄子的这句话作这样的解读,不仅难以与《齐物论》的主题思想实现有机的对接,也违背了历史常识,因为事实正如钱穆先生所指出的那样,公孙龙的在世时间晚于庄子(参见钱穆《庄子纂笺》),庄子不可能借他的话题说事。

既然每一种存在物都是以上述方式存在的,那又将意味什么呢?对于人以外的存在物而言并没有什么特别的意味,但对于人就完全不同了,这不同就表现在其他存在物只将它们的"是非观"用来"处理"自己所在"切面"的问题,人却不是这样,人总是不肯将自己视为万物中之普通一物,而是将自己视为万物的主宰者("国中之国"),这样,人类就必然要将自己的"是非观"

视为"放之四海而皆准"的真理,从而以自己的"是非观"来统领一切"切面"的"是非观",整天忙碌着做"一统江湖"的事。其结果必然是:不仅人类将自己搞得忙乱不堪,其他存在物对此也"不领情";不仅"不领情",甚至还极度地反感,人也最终将自己弄得"里外不是人"!谈及人类为"强推"自己的"是非观"所付出的忙碌,庄子是用这样的文字加以表述的:"一受其成形,不亡以待尽。与物相刃相靡,其行尽如驰而莫之能止,不亦悲乎!终身役役而不见其成功,茶然疲役而不知其所归,可不哀乎!人谓之不死,奚益!其形化,其心与之然,可不大哀乎!人之生也,固若是芒乎?其我独芒,而人亦有不芒者乎?"(《齐物论》)至于谈到他物对于人类这种忙碌的"不领情"甚至反感,庄子的文字就更多了,如"浑沌之死"、"鲁侯养鸟"、"拔苗助长"、"越俎代庖"等等皆是。可以说,人类实在是干了太多"出力不讨好"的蠢事!

　　人类将自己弄得"里外不是人"纯属"自作自受",是人类的"自大"、"我慢"、"自以为是"造成的,因为这个世界根本就不存在什么"国中之国"(其他事物不是,人类也不是),更不存在谁的"是非观"可以永远"君临天下"这回事。比如中药,虽然存在君、臣、佐、使之分,但你根本就找不到永远可以充当"君药"("帝药")的那种药,不同种类的药物总是随药方的不同而不断更换君、臣、佐、使的"身份",正所谓"皇帝轮流做,明年到我家":"得之也生,失之也死;得之也死,失之也生:药也。其实堇也,桔梗也,鸡雍也,豕零也,是时为帝者也,何可胜言!"(《庄子·徐无鬼》)再比如人的各种身体器官,你能分辨出它们谁君、谁臣、谁佐、谁使吗:"百骸、九窍、六藏,赅而存焉,吾谁与为亲?汝皆说(通悦)之乎?其有私焉?如是皆有为臣妾乎?其臣妾不足以相治乎?其递相为君臣乎?其有真君存焉!如求得其情不得,无益损乎其真。"(《齐物论》)实际上,所有长在你身上的器官,你是谁都得罪不起的。不仅不同物类之间如此,即便是在人与人之间,其"是非观"本质上也不存在谁君、谁臣的问题,因为每个人都活在自己所在的"切面"中,在自己的"切面"中向来都是"我的世界我做主"的。在这种情况下,如果有人将自己所在"切面"的"是非观"拿出来"招摇",这种行为本身就带有"强推"的性质,否则,你就没有必要如此"招摇"!面对你的"招摇",一个显而易见的后果就是:别人到底是从还是不从呢?从了你就委屈了他自己,不从你又担心慢待了你。你说你这又是何苦呢!所以,让你的"是非观"就留在你所在的"切面"就好了,不仅不能"招摇",甚至连说都不要将它说出来,历来的聪明人都是这么干的:"知者不言,言者不知。"而那些破坏"道"的人则恰好走了相反的路子:"是非之彰也,道之所以亏也。"(《齐物论》)

面对"彼亦一是非,此亦一是非"(《齐物论》)的现实,人应该怎么做方能臻于"大道"呢?做到以下两点很重要:其一,不去"强推"自己的"是非观",甚至也不要说,说了,就有可能给别人(他物)造成不必要的"眩惑";其二,对于来自其他"切面"的"是非观"的躁聒,你就只当它是"耳旁风",或如庄子所说的,只当它是"鸟鸣"("彀音"),唯其如此,才能不被"眩惑",才能确保自己如"天籁"般凝定。

自古以来,人们都认为庄子是否认"是非"存在的,这是一个天大的误会。"扁担长板凳宽",这个世界原本就充斥着长长短短、是是非非,对此,庄子不可能"睁着眼睛说瞎话"。庄子要强调的是,任何存在物(包括人),都没有权力将只在自己"切面"有效的"是非观""强推"到其他"切面",不管是将人"强推"到动物的"切面",还是将动物"强推"到人的"切面",也不管是将我"强推"到你的"切面",还是将你"强推"到我的"切面",其结果都是不幸的。鲁侯不就是将鸟"强推"到人的"切面"结果让鸟丢了性命吗?东施不就是将自己"强推"到西施的"切面"结果让自己丢人丢大了吗?

以上就是《庄子·齐物论》之大旨。有人说"齐物"就是"齐是非",说法是对的,但稍嫌笼统。确切地说,"齐是非"就是指"不齐"中有"齐","齐"中有"不齐"。"不齐"是我们需要面对的现实,"齐"乃是"得道者"的人生境界。

附录一

"天籁"新解
——兼论"天籁"与庄子哲学

《庄子》一书,既多"寓言"又多"卮言",无论是"寓言"指域上的模糊性与可塑性,抑或"卮言"的散漫变化与灵动不拘,最终都增加了解读《庄子》的难度。解读者若不能细心体悉庄子的语用习惯、行文风格、思想主旨乃至学术传承,误读、妄解也就势所难免了。清人尹廷铎曾说:"注《南华》者,自向秀、郭象以来,无虑数十家,率皆支离蒙混,按之文意,大都依稀仿佛间,盖历数千载之才士、文人、高僧、羽客,递为之注,而《南华》之旨率未大白也。"[①]所言虽未必尽然,但也并非无据,比如由庄子首创且今日已成常用语词的"天籁",虽说历来解者纷纭,但似乎都只在"依稀仿佛间",与庄子的原义皆不甚相合。故而,对于"天籁"以及与之相关的一些问题,确有再作探讨的必要。

一、"天籁"释读旧说之失

"天籁",语出《庄子·齐物论》,按该篇一开篇即有这样一段文字:

南郭子綦隐机而坐,仰天而嘘,荅焉似丧其耦。颜成子游立侍乎前,曰:"何居乎?形固可使如槁木,而心固可使如死灰乎?今之隐机者,非昔之隐机者也?"子綦曰:"偃,不亦善乎而问之也!今者吾丧我,汝知之乎?女闻人籁而未闻地籁,女闻地籁而未闻天籁夫!"……子游曰:"地籁则众窍是已,人籁则比竹是已,敢问天籁。"子綦曰:"夫吹万不

---

① (清)陆树芝注:《庄子解》卷首,清嘉庆四年刊本。转自涂光社:《庄子范畴心解·序》,北京:中国社会科学出版社,2003年,第1页。

同,而使其自己也。咸其自取,怒者其谁邪?"①

文中提到了"地籁"、"人籁"、"天籁"(以下简称三"籁"),但是很显然,核心是"天籁"。对于"天籁"的训释,古今注家当以郭象影响最大。按郭象《庄子·齐物论注》:"夫天籁者,岂复别有一物哉!即众窍比竹之属,接乎有生之类,会而共成一天耳。无既无矣,则不能生有。有之未生,又不能为生。然则生生者谁哉?块然而自生耳。自生耳,非我生也。我既不能生物,物亦不能生我,则我自然矣。自己而然则谓之天然。天然耳,非为也,故以天言之。"②依照郭象对于"天籁"的理解,从中可以得出的结论当有以下两点:

1. 相对于"人籁"、"地籁"而言,"天籁"并非"别有一物",亦即三"籁"之间虽然"吹万不同",但本质上是可以齐同为一的。

2. 三"籁"齐同具体又体现在以下两个方面:三"籁"可以"会而共成一天",亦即三"籁"在共同营造美妙和谐的宇宙之音中有着异曲同工之妙;不仅"天籁"是"块然自生"的,"人籁"、"地籁"亦复如此,故而在"自生"这一点上,三"籁"是齐同的。

上述解读初看似乎合理,但仔细咀嚼《庄子》文本,便不难看出其中的似是而非来。这里,我们要关注的有以下几点:

1. 《庄子·齐物论》一开篇即推出三"籁",说明三"籁"背后一定是一个与"齐物"有关的话题。然而,通读《齐物论》乃至《庄子》全文,即可发现,庄子所谓的"齐物"并非是在万物齐于"自生"的意义上被强调的,相反,万物到底是"自生"还是"他生"的问题,恰恰是被庄子认为需要悬置的,因为在他看来,人一旦纠缠于"或使"("他生")、"莫为"("自生")之辩,无论如何都是无法通达大道的。③

2. 若庄子推出三"籁"旨在强调所有的声音皆可"会而共成一天",则庄子只需推出"人籁"、"天籁"即可,即前者表示认为的声音,后者表示大自然的声音,"地籁"不仅多余且与"天籁"所指多有重叠,易于引起误解。然而事

---

① 《庄子·齐物论》,曹础基:《庄子浅注》。北京:中华书局,2000年,第16~17页(下同)。
② 曹础基、黄兰发点校:《南华真经注疏》,北京:中华书局,1998年,第26页。
③ 按《庄子·则阳》:"或使莫为,在物一曲,夫胡为于大方!"

实上，庄子推出的恰恰是三"籁"，如果排除庄子在表述上存在缺陷，其合理的解释应当就是郭象对"天籁"的理解有误。

3. 郭象鉴于有关"天籁"的表述性文字中有"使其自己"、"咸其自取"的字样，便从中得出"自生"的结论。即便这一结论是正确的，那也只能认定"天籁"是自生的，而不能像郭象那样为了推出自己的"物各自生"说进而将"人籁"、"地籁"统统都说成是"自生"的。因为第一，"使其自己"、"咸其自取"只出现在用来表述"天籁"的文字中，没有任何迹象表明这些表述同样适用于"人籁"、"地籁"；第二，庄子已经指出，"人籁"、"地籁"皆因外力（"风"）的作用而发声（"生"），它们恰恰都是"生"不由己的，即属于典型的"他生"。

4. "怒者"被郭象理解成了"主怒者"亦即造物主，而"怒者其谁"的反问似乎在否定了外在造物主的同时也成全了郭象"物各自生"的结论。但问题是，庄子接下来在提到"真君"、"真宰"（亦即造物主）时，并未断然否定造物主的存在，只是存疑而已（一如庄子对"或使"、"莫为"问题的存疑一样），因此很显然，如果"怒者"可以被理解为造物主，则庄子的观点前后就是有矛盾的。

5. 南郭子綦与颜成子游是庄子推出三"籁"的两个关键人物，此二人，一为得"道"者，一为尚未得"道"者。依照庄子的表述，后者所能知晓的只有"人籁"、"地籁"，而前者却能领悟"天籁"，故而这里事实上存在这样一层对应关系：与"天籁"对应的是得"道"者，与"人籁"、"地籁"对应的是尚未得"道"者。既然庄子笔下的得"道"者与非得"道"者具有本质之别，那么"天籁"与"人籁"、"地籁"又怎能混同为一呢？

遗憾的是，古今注家大多对以上五点未予审察，尤其当以"疏不破注"为原则的成玄英对郭注作了补苴加详之后，兼之清人郭庆藩复以郭注成疏为主轴再杂之其他各家释义来注解《庄子》，郭注成疏俨然已成庄子学的注释典范，其影响力至今未尝或减，今人对"天籁"的理解都或直接或间接地受到了这一影响。直接的如杨国荣先生即谓："大风吹过，发出不同的声响，形成和谐的天地之音，这是一个自然而然的过程，所谓'自己'、'自取'，便是强调上述过程的自然性质。……从天人关系看，对'自己'、'自取'的如上强调，同时以形象的方式，突出了'天'的自然义，郭象在解释庄子的以上论述时，已明确地指出了这一点:'以天言之,所以明其自然也。'"①显然是完全接受了郭象的观点。间接的如曹础基先生在其《庄子浅注》一书中即将"怒者其谁邪"解释为"使它们怒号的又是谁呢",且进一步解释说:"人心犹如一管一洞,而一管一洞之所以独成其声,是有个'怒者'在主宰的。"②曹先生虽然与郭象在有无造物主的问题上观点正好相反,但将"怒者"理解为造物主却是一致的。至于今人普遍将"天籁"理解为"大自然的声音"③,显然也是间接地受到郭象以为三"籁"可以"会而共成一天"观点的影响。

同样是在郭象解庄的间接影响下,一些学者虽与郭象理解角度有异,但在混同三"籁"这一点上与郭象并无不同。比如王树人先生就曾以"道通为一"为说,进而将庄子推出三"籁"的真实意图作了如下的概括:"可以说,这种对天、地、人种种声相的描绘所铸造的情境,就是'道通为一'。就是说,'地籁'、'人籁'声音'万窍怒呺'的不同,都源于'天籁',也回归于'天籁'。……因此,从现象上看,是有风而'吹万不同',但在'道通为一'的实质上,已经无内外之分别。'怒者其谁'的反问,正是针对道外的分别而言。就是说所有的不同声音,都源于'道'和'道法自然'的'自取'。"④而王博先生以"无心"释三"籁"似乎也存在同样的问题:"这就是天籁,无心之籁。在庄子所说的天籁、地籁和人籁中,其所指是各个不同的。'人籁则比竹是已,地籁则众窍是已',但是天籁并不指某个具体的东西,也不是地籁和人籁之外的某种东西,如果是无心的,即使是人籁,也是天籁。地籁原本就是无心的,当然也是天籁。"⑤

此外,我们还注意到,涂光社先生的相关解读也存在相似的问题:"'籁'是孔窍及其发出的音响,'人籁'是人为的,'地籁'相对于'天籁'是有限和具

---

① 杨国荣:《庄子的思想世界》,北京:北京大学出版社,2006年,第34~35页。
② 曹础基:《庄子浅注》,北京:中华书局,2000年,第17页。
③ 《汉语大词典》"天籁"条即谓:"自然界的声响,如风声、鸟声、流水声等。《庄子·齐物论》:'女闻人籁而未闻地籁,女闻地籁而未闻天籁夫!'"(上海:汉语大词典出版社,2000年,第754页)
④ 王树人、李明珠:《感悟庄子——"象思维"视野下的〈庄子〉》,南京:江苏人民出版社,2006年,第21页。
⑤ 王博:《庄子哲学》,北京:北京大学出版社,2004年,第77页。

体的,只有'天籁'是自然生发和无形迹的。不仅如此,各种'天籁'又绝非单一和雷同,而是各各不一的;'使其自己'、'咸其自取'表明各种'天籁'的千差万别,也可以说全是个性迥异的,它们都由各有特点的天性所规定。虽然一律得风之'吹',却有'万'般不同。庄子以'天籁'代指自然天成音响,视之为音乐美的至境,从此古代文学艺术批评有了'天籁自鸣'的语汇。"[1]指出三"籁"之间不同,固然很重要,只可惜涂先生并不理解庄子眼中的三"籁"到底有何不同,结果,真正为庄子所强调的不同在涂先生笔下反而令人遗憾地被混同为一了。因为在庄子眼中,"天籁"并不像涂先生所说的那样,与"人籁"、"地籁""一律得风之'吹'","天籁"并没有外在推动者,如果有,又怎能说"天籁自鸣"呢?

总的说来,古今注家对"天籁"的解读彼此间或有不同,但相同的是他们都以各自的方式混同了三"籁"之别,以此解读"天籁",终致迷失庄子本义。那么,"天籁"究作何解呢?

二、"天籁"当即"至人"的"若镜"之心

对"天籁"的解读,与人们对其表述性文字采取何种读法直接相关。传统的读法,是将重点放在了"使其自己"、"咸其自取"上,而从"天籁"中读出"自然"义、"自生"义、"自鸣"义等,无一例外都是这一读法的结果。这里,我们将尝试一种新的读法,即将重点放在"怒者其谁"上,看看这样是否能够走出传统解读所遇到的困境。

正如人们已经注意到的那样,《齐物论》以"天籁"开篇,说明"天籁"背后一定是一个与"齐物"有关的话题。但问题是,"齐物"到底何义?庄子是否要以此否认客观事物之间的个体差异性?显然不是,否则他就不会批评持这种观点的彭蒙、田骈、慎到等人为"不知道"[2]了。事实上,庄子不仅承认

---

[1] 涂光社:《庄子范畴心解》,北京:中国社会科学出版社,2003年,第147页。
[2] 《庄子·天下》,第497页。

客观事物之间是"有万不同"①的,甚至还认为这种不同就像"肝胆楚越"②那样一目了然。既然如此,他又是在什么意义上强调"齐物"的呢?回答是,庄子的"齐物"是建立在"至人"之心基础上的,而"至人"之心又是建立在"至人"所特有的"知"与"观"基础上的。简单地说,所谓"至人"之"知"就是面对客观事物"有万不同"的时候却"不知"其"不同",庄子将这种意义上的"不知"理解为最好的"知"亦即"知"之"至":"古之人,其知有所至矣。恶乎至?有以为未始有物者,至矣,尽矣,不可以加矣!其次以为有物矣,而未始有封也。其次以为有封焉,而未始有是非也。是非之彰也,道之所以亏也。"③从"以为未始有物"到"以为有物"、"以为有封"(万物之间的"不同")再从万物之间的"不同"中引出"是非"之别,这是一个"道"不断走向堕落的过程,而得"道"之人("至人")所做的正是对这一过程的反动,即从知"是非"重新回归到不知"有物"与不知"有封"。尽管这种回归并非易事,但对于得"道"之人而言,却也并非难事:"今已为物也,欲复归根,不亦难乎!其易也其唯大人乎!生也死之徒,死也生之始,孰知其纪!"④即得"道"之人正是在不"知其纪"中做到了忘"生死"、齐"是非"亦即"齐物"的。所谓"齐物"之"观"就是庄子"以道观之"的"道观":"以道观之,物无贵贱"⑤、"自其同者视之,万物皆一也。"⑥由于"道观"体现了得"道"者的精神风范,故庄子对之推崇有加:"以道观言而天下之君正;以道观分而君臣之义明;以道观能而天下之官治;以道泛观而万物之应备。"⑦与"以道观之"的"道观"形成鲜明对照的便是"以物观之"的"物观":"以物观之,自贵而相贱。"⑧而"物观"也就是庄子在

---

① 《庄子·天地》,第160页。
② 《庄子·德充符》,第72页。
③ 《庄子·齐物论》,第26页。
④ 《庄子·知北游》,第318页。
⑤ 《庄子·秋水》,第239页。
⑥ 《庄子·德充符》,第72页。
⑦ 《庄子·天地》,第158页。
⑧ 《庄子·秋水》,第239页。

《齐物论》中所批评的"成心"之"观",①儒墨之争所体现出来的"观"正是"物观"或"成心"之"观"的一个典型:"道隐于小成,言隐于荣华。故有儒墨之是非,以是其所非而非其所是。"②

由上可知,庄子围绕着"齐物"所展开的话题乃是一个与"道"或得"道"有关的话题,其所强调的无非是万物之间尽管不齐、不同也不一,但这并不妨碍建立在得"道"者之"知"之"观"基础上的"道通为一"③,即得"道"者可以立足于世界整体(万物全体)的高度去平等地看待万事万物:"夫道,覆载万物者也,洋洋乎大哉!君子不可以不刳心焉。无为为之之谓天,无言言之之谓德,爱人利物之谓仁,不同同之之谓大,行不崖异之谓宽,有万不同之谓富。"④立足于世界整体的高度就是立足于"大我"的大视野,这是在摒弃了"小我"的主观偏见与执着之后才拥有的大视野:"夫若然者,又恶知死生先后之所在!假于异物,托于同体;忘其肝胆,遗其耳目,反复终始,不知端倪。"⑤这一过程便是南郭子綦所谓"吾丧我"的过程,同时也就是"齐物"亦即得"道"的过程。对于具有如此大视野、大胸怀的得"道"者而言,世界万物的生灭成毁再也不能"铙心"⑥了,因为生者自生、灭者自灭、成者自成、毁者自毁,这一切的变化皆属"天机"⑦自动,是一个"自化"⑧的过程,对于世界整体来说始终都是无亏无盈的,其中又有什么是非得失可言呢?:"以道观之,何贵何贱,是谓反衍;无拘而志,与道大蹇。何少何多,是谓谢施;无一而行,

---

① 按《庄子·齐物论》:"一受其成形,不忘以待尽"、"夫随其成心而师之,谁独无师乎?"可见,"成心"当即"成形"之心。不过,与无形无象的"道"不同,凡"成形"者皆属"物"的范畴:"凡有貌象声色者,皆物也。"(《庄子·达生》)。故"成心"之"观"自当就是"物观"。

② "以是其所非而非其所是"一语与整段文意不合,当从闻一多先生说,作"以是其所是而非其所非"(参见曹础基:《庄子浅注》,中华书局,2000年,第22页),此语与"自贵而相贱"当即同义。

③ 《庄子·齐物论》,第24页。
④ 《庄子·天地》,第160页。
⑤ 《庄子·大宗师》,第102页。
⑥ 《庄子·天道》,第184页。
⑦ 《庄子·秋水》,第245页。
⑧ 《庄子·秋水》,第243页。

与道参差。严乎若国之有君,其无私德;繇繇乎若祭之有社,其无私福;泛泛乎若四方之无穷,其无所畛域,……万物一齐,孰短孰长?"①"其分也,成也;其成也,毁也。凡物无成无毁,复通为一。唯达者知通为一,为是不用而寓诸庸。"②故而,世人本不该为"朝三而暮四"、"朝四而暮三"的变化而"喜怒为用"③。同样,世界万物虽有美丑之别,但在"同则无好"④、"一而不党"⑤的得"道"者眼中,自然也是"其美者自美,吾不知其美也;其恶者自恶,吾不知其恶也"⑥。总之,得"道"者将世界万物的生灭变化及其相应的存在形态视为万物的"性之自为"⑦,是一个"不知其然"⑧但却自然而然的过程,人只需"顺物自然而无容私"⑨地对待这一过程即可,任何人为的"喜怒哀乐"之鸣、"是非得失"之辩皆属多余。有鉴于此,这便让我们见证了庄子用于表述"天籁"的如下文字:

夫吹万不同,而使其自己也。咸其自取,怒者其谁邪?⑩

"吹万"当即"万吹"的倒文,这里既可指各种各样的声响,也可指各种各样发声之物;"使其自己"可释为"是它们各自的天性造就了各自不同的声响",指出了"吹万"的过程乃是一个自畅其意、自鸣其天的过程;"咸其自取"则再次强调了这一过程的"性之自为"以及"天机"自动的性质;"怒"当即"喜怒"或"喜怒哀乐"的省语,"怒者其谁"当与《山木》篇中"歌者其谁"意同,即都是旨在强调并没有谁在有意作"喜怒哀乐"之鸣。故而,上引文字的大致文意当即:

尽管整个有声世界存在着万千不同之别,但那也只是万物在自畅

---

① 《庄子·秋水》,第242页。
② 《庄子·齐物论》,第24页。
③ 《庄子·齐物论》,第24页。
④ 《庄子·大宗师》,第107页。
⑤ 《庄子·马蹄》,第128页。
⑥ 《庄子·山木》,第300页。
⑦ 《庄子·天地》,第171页。
⑧ 《庄子·则阳》,第386页。
⑨ 《庄子·应帝王》,第111页。
⑩ 《庄子·齐物论》,第17页。

其意、自鸣其天而已；既然是万物出于"性之自为"的自畅其意与自鸣其天，我又何必分辨出它们到底谁喜谁怒呢？

稍作转换并进一步套用庄子之语言之当即：

> 尽管"人籁"、"地籁"皆以作"喜怒哀乐"之鸣为能事，然怒者自怒，吾不知其怒，喜者自喜，吾不知其喜，因为不知，故吾心如"止水"①，"喜怒哀乐不入于胸中"②，吾亦因此而进入"覆却万方陈乎前而不得入其舍"③之境界。

就这样，有声世界的万千不同（喜怒哀乐之别）就在"吾丧我"的得"道"者这里变得齐同为一了。这不是有声世界之"一"，而是"道通为一"，是得"道"者的"若镜"之心（"至人"之心）鉴照的结果："至人之用心若镜，不将不迎，应而不藏，故能胜物而不伤"④，"圣人之静也，非曰静也善。故静也。万物无足以铙心者，故静也。……圣人之心静乎！天地之鉴，万物之镜也。"⑤"天籁"就是"天地之鉴"，"至人"（"圣人"）秉此为心即为"至人（圣人）"之"鉴"，此"鉴"虽鉴照万声，但万声却未尝留迹其上⑥，因为面对有声世界的喜怒哀乐，此"鉴"始终都是无所动容的。无所动容当即"无为"，鉴照万声当即"无不为"，"无为而无不为"所体现的正是"至人"的"若镜"之心："恶欲喜怒哀乐六者，累德也；……此四六者不荡胸中则正，正则静，静则明，明则虚，虚则无为而无不为也"⑦、"万物殊理，道不私，故无名。无名故无为，无为而无不为。"⑧

以得"道"者的"若镜"之心诠释"天籁"，这是否合乎庄子原义呢？其实，求证这一点并不难，只需搞清"若镜"之心是否构成了庄子心目中得"道"者典型的性格特征即可。就此，我们注意到，庄子笔下那些得"道"者，无论被

---

① 《庄子·德充符》，第72页。
② 《庄子·田子方》，第306页。
③ 《庄子·达生》，第271页。
④ 《庄子·应帝王》，第117页。
⑤ 《庄子·天道》，第184页。
⑥ 此理当即庄子所谓的"在己无居，形物自著"（《庄子·天下》）。
⑦ 《庄子·庚桑楚》，第354～255页。
⑧ 《庄子·则阳》，第398页。

附录一 "天籁"新解

庄子称为"至人"、"圣人"也好,"真人"、"神人"也罢,他们几乎都无一例外地秉有"若镜"之心,即都同时体现了心神内守("无为")与顺物自然("无不为")两大典型性格特征,从而对万物的变化一律采取淡然处之、漠然应之的态度。比如被庄子称为"古之博大真人"的关尹、老聃即是如此:关尹,"其动若水,其静若镜,其应若响。芴乎若亡,寂乎若清。同焉者和,得焉者失。未尝先人而常随人"①。老聃,"适来,夫子(按,指老聃)时也;适去,夫子顺也。安时而处顺,哀乐不能入也,古者谓是帝之县解"②。其他如得"道"者哀骀它,"未尝有闻其唱者也,常和人而已矣,……闷然而后应,氾若辞"③;其南郭子綦,"吾与之乘天地之诚而不以物与之相撄,吾与之一尾蛇而不与之为事所宜"④;冉相氏,"得其环中以随成,与物无始无终,无几无成,日与物化者,一不化也"⑤;市南宜僚,"是自埋于民,自藏于畔。其声销,其志无穷,其口虽言,其心未尝言。方且与世违,而心不屑与之俱"⑥。此外,得"道"者的这些性格特征还大量存在于庄子如下的描述中:

圣人休休焉则平易矣。平易则恬惔矣。平易恬惔,则忧患不能入,邪气不能袭,故其德全而神不亏。⑦

古之人外化而内不化,今之人内化而外不化。与物化者,一不化也。⑧

故无所甚亲,无所甚疏,抱德炀和,以顺天下,此谓真人。⑨

圣人达绸缪,周尽一体矣,而不知其然,性也。⑩

故曰:至人不留行焉。……唯至人乃能游于世而不僻,顺人而不

---

① 《庄子·天下》,第499页。
② 《庄子·养生主》,第45页。
③ 《庄子·德充符》,第78页。
④ 《庄子·徐无鬼》,第375～376页。
⑤ 《庄子·徐无鬼》,第378页。
⑥ 《庄子·则阳》,第392页。
⑦ 《庄子·刻意》,第225页。
⑧ 《庄子·知北游》,第335页。
⑨ 《庄子·徐无鬼》,第378页。
⑩ 《庄子·则阳》,第386页。

失己。①

"天籁"之义即明,三"籁"之别亦当随之而明。实际上,"人籁"、"地籁"尽管有所不同,但以哲学范畴言,二者应属同一序列,即皆属"人"或"物"的范畴,而"天籁"则属于另一序列,亦即属于"天"或"道"的范畴。故而,三"籁"之间真正的不同乃是上述两大序列之间的不同,也就是庄子所一再强调的"天道"与"人道"的不同:"天道之与人道也,相去远矣,不可不察也"②、"无为而尊者,天道也;有为而累者,人道也"③、"古之人,天而不人。"④"天道"与"人道"的不同也就是得"道"者与尚未得"道"者的不同,进而也就是南郭子綦与颜成子游的不同,南郭子綦指出颜成子游"女闻人籁而未闻地籁,女闻地籁而未闻天籁夫!"所强调的正是这一点。故而,如果我们将"人籁"、"地籁"说成是有声世界的"声象"或"物象"的话,那么"天籁"自当就是得"道"者精神世界的"心象"或"道象"。所谓"齐物"、"道通为一",所"齐"所"一"者乃是"声象"或"物象",能"齐"能"一"者才是"心象"或"道象",二者之间实为一对能所关系。明确了这一点,任何形式的混同三"籁"进而误解"天籁"的问题应该都可以避免了。

三、"天籁"与庄子哲学

要知道庄子何以会在上述意义上推出"天籁",这还要从庄子哲学自身的理论诉求及其学术传承说起。

庄子哲学向有"生命哲学"之称⑤,对生命问题的关注贯穿了庄子哲学的始终。庄子所关注的生命问题,尽管事涉多端,但其归结点却只有一个,即都归结到了对生命终极形态的关注上。究竟什么才是生命的终极形态?庄子的观点很明确,即生命的本真形态就是生命的终极形态。正是基于这

---

① 《庄子·外物》,第412页。
② 《庄子·在宥》,第156页。
③ 《庄子·在宥》,第156页。
④ 《庄子·列御寇》,第476页。
⑤ 参见韦政通:《中国思想史》,上海:上海书店出版社,2003年,第123页。

一观点,故而庄子赋予了"真"(本真)以"至"(终极)的意义①。不过,庄子在"至"的意义上言"真",此"真"并非指以忠实于事物客观属性而言的"真",而是指生命的本然之"真"与天性之"真",或者换句话说,它就是与个体生命的独一无二性、独成己意性、独往独来性有关的"真",亦即庄子通过"独"所强调的那种"真"。鉴于"独"所具有的内在规定性与"天"多有相通之处②,故而"独"也就与"天"一样具有了终极的意义,或者说,庄子正是通过"天"与"独"而使"真"具有了"至"的意义,这也就无怪乎庄子何以会对"独"那么的情有独钟了:

> 出入六合,游乎九州,独往独来,是谓独有。独有之人,是谓至贵。③

> 大圣之治天下也,摇荡民心,使之成教易俗,举灭其贼心而皆进其独志,若性之自为,而民不知其所由然。④

> 若是若非,执而圆机;独成而意,与道徘徊。⑤

> 雕琢复朴,块然独以其形立。⑥

就学术传承而言,从上述角度强调"独"对于生命终极形态所具有的特殊意义可以追溯到道家创始人老子那里,徐复观先生早就注意到了这一点,进而指出:"《庄子》一书,最重视'独'的观念,本亦自《老子》而来。老子对道的形容是'独立而不改','独立'即是在一般因果系列之上,不与他物对待,不受其他因素影响的意思。"⑦既然"道"是"独立而不改"的,那么得"道"者

---

① 在《庄子》书中,生命的本真形态与终极形态分别被称为"真"与"至",人格化之后又分别被称为"真人"与"至人",而庄子往往又是用"真"来描述他心目中的"至人"的:"不离于真,谓之至人"(《庄子·天下》)、"夫真人在世,不亦大乎?极物之真,能守其本。"(《庄子·天道》)可见,"真"与"至"进而"真人"与"至人"实际上是彼此相通的。

② 徐复观先生有见于此,故而曰:"'独'的境界,即是'天'的境界。所以便'独与天地精神相往来',便'上与造物者游',一称'入于天'。"(徐复观:《中国艺术精神》,上海:华东师范大学出版社,2001年,第62页)

③ 《庄子·在宥》,第154页。

④ 《庄子·天地》,第171页。

⑤ 《庄子·盗跖》,第451页。

⑥ 《庄子·应帝王》,第115页。

⑦ 徐复观:《中国人性论史》,上海:三联书店,2001年,第384页。

的生命形态(生命的终极形态)自然也是如此。

尽管老子更多的是关注外在的宇宙之"道",与庄子将"道"内化为人的精神境界有所不同,但老子事实上也已经在"道"的层面上关注人的生命问题,亦即通过"独立而不改"之"道"来构想生命的终极形态,这从他津津乐道于所谓"众人皆有以,而我独顽似鄙"①的表述中可以得到充分的说明。然而,也正是从生命终极形态出发,老子发现了生命存在的最大问题:生命不能不寄寓于"身"而存在,而"身"的物质属性又必然将生命暴露于他物的影响之下。这就决定了,生命的终极形态将受到来自生命自身的困扰。老子将此困扰称为生命之"患",解除此"患"的唯一办法就是要做到"无身":"何谓贵大患若身?吾所以有大患者,为吾有身。及吾无身,吾有何患?"②"无身"并不是"灭身"或"弃身",而是要求人们挣脱欲望之"身"的负累,以便杜绝他物通过"身"这一渠道来迷乱人的本性。至于"身"何以会成为他物乘虚而入的渠道,老子将此归结为"身"有"孔窍"亦即存在"兑"或"门"的缘故,且老子正是通过眼、耳、口这些可见的"孔窍"看到了潜藏于生命深处的欲望之"门",看到了他物是如何通过这些欲望之"门"迷乱了人的本性的:"五色令人目盲,五音令人耳聋,五味令人口爽。驰骋畋猎,令人心发狂。"③就此而言,老子主张"无身"其实就是要求人们做到"塞其兑,闭其门"。④

显然是有感于老子对生命问题的上述理解,庄子由此发出了"人之生也,与忧俱生"⑤的感叹。在庄子看来,生命之所以会因为"身"的存在而受制于他物,根本原因就在于"身"是一种"物",既然是"物",它就必然要"物于物"并陷溺于"与物相刃相靡"⑥的境地:"山林与,皋壤与,使我欣欣然而乐与!乐未毕也,哀又继之。哀乐之来,吾不能御,其去弗能止。悲夫,世人直为物逆旅耳。"⑦山林与皋壤无论多么令人神往,它们毕竟都只是"物",故而

---

① 清宁子:《老子道德经通解》,厦门:鹭江出版社,1999年,第43页。
② 清宁子:《老子道德经通解》,厦门:鹭江出版社,1999年,第27页。
③ 清宁子:《老子道德经通解》,厦门:鹭江出版社,1999年,第24页。
④ 清宁子:《老子道德经通解》,厦门:鹭江出版社,1999年,第111页。
⑤ 《庄子·至乐》,第254页。
⑥ 《庄子·齐物论》,第19页。
⑦ 《庄子·知北游》,第335页。

人一旦为之"欣欣然而乐",也就意味着他已经"物于物"了,亦即只能随物"哀""乐"了。这个时候,人或"乐"或"哀"都已经不重要了,重要的是它们已经从"独成而意"①变成了随物而动,即成了一个"囿于物者"②而不能自拔③。"身"或"身我"作为"物"的一种特殊形式,它的命运完全是由"物"的内在本性所决定的:"物固相累,二类相召也。"④故而,针对老子将生命之"患"归结为"身"有"孔窍",庄子不仅完全赞同⑤,甚至还将范围从"身"之"物"进一步推广到所有的"物",即认为凡"物"皆因其存在"孔窍"而成为他物"相召"的对象。职是之故,"窍"在庄子笔下也就成了"物"的代名词⑥。正是由于"窍"("孔窍")的存在,"物"只能无奈地接受被他物所左右的命运了,其情形恰如牛鼻被穿孔就只能被牵东牵西⑦,以及比竹被凿孔就成为人类吹喜吹怒、吹哀吹乐的娱乐工具一样。鉴于"窍"最能"召""风",或者说"风"与"窍"之间最能演绎"二类相召"的真相,故庄子不仅提到了作为"人籁"的"比竹",而且还提到了作为"地籁"的"众窍",并进而向我们描述了这样一幅当"众窍"("万物")在他物("风")的作用下"怒呺"时的万象图:

---

① 《庄子·盗跖》,第451页。

② 《庄子·徐无鬼》,第365页。

③ 这进一步证明"天籁"不可能指"自然界的声响",因为自然界的声响即便再美妙,也只能与大自然的美景一样皆属"物"的范畴,而人一旦陷溺于外在可"听"可"视"之"物",必将造成"物于物"的悲剧:"故视而可见者,形与色也;听而可闻者,名与声也。悲夫,世人以形色声名为足以及彼之情。"(《庄子·天道》)

④ 《庄子·山木》,第299页。

⑤ 按《庄子·天地》:"且夫失性有五:一曰五色乱目,使目不明;二曰五声乱耳,使耳不聪;三曰五臭薰鼻,困惾中颡;四曰五味浊口,使口厉爽;五曰趋舍滑心,使性飞扬。此五者,皆生之害也。"

⑥ 在庄子看来,"道"是完美无缺的,而从"道"中分化出来的"物"就是有局限性的和有缺陷的,这一分化过程就是从"道"的"未始有封"到"物"的"有封"的过程,同时也就是"道"不断被凿"窍"的过程,有鉴于此,"窍"也就构成了"物"的基本属性。庄子通过一个寓言故事具体阐述了他的这一思想:当"浑沌"(或即"道")遭受穿凿因而有了"七窍"之后,"浑沌"也就死了,而这便意味着"道"从此消失了而"物"随即诞生了。(参见《庄子·应帝王》)

⑦ 在《庄子·秋水》中,庄子将"落马首,穿牛鼻"视为同等的不幸,并对制造这种不幸的"人"给予猛烈的抨击,主张"无以人灭天"。

夫大块噫气，其名为风。是唯无作，作则万窍怒呺。而独不闻之翏翏乎？山林之畏佳，大木百围之窍穴，似鼻，似口，似耳，似枅，似圈，似臼，似洼者，似污者。激者、謞者、叱者、吸者、叫者、譹者、宎者、咬者，前者唱于而随者唱喁，泠风则小和，飘风则大和，厉风济则众窍为虚。而独不见之调调之刀刀乎？①

当风吹过大地，各种孔窍便不由自主地"怒呺"着。这时，"众窍"既像是风的玩物，又像是风的追随者，而且它们对风的追随又总是显得那么的亦步亦趋："前者唱于而随者唱喁，泠风则小和，飘风则大和，厉风济则众窍为虚。"可以说，"众窍"已将这个世界可能存在的前后相从、随风附和、此有则彼有、此无则彼无等情状演绎得淋漓尽致。

与老子较多关注"身"之"孔窍"有所不同，庄子则更为关注精神的"孔窍"（精神的"物"化），即由人的本真之心（"真我"）堕落为"成心"（"物我"）之后所形成的"孔窍"。这样，"身我"之外，"俗我"便构成了"物我"的另一形态，而各种是非观、名利观等观念形态也就成了"俗我"的具体体现。在"身我"的意义上言"孔窍"，庄子承袭了老子的旧说，即称之为"兑"，亦即"身"之"兑"②；而在"俗我"的意义上言"孔窍"，庄子则启用了新说，即改称"隙"③，亦即"心"（或"神"）之"隙"。与"兑"出于先天不同，"隙"则来自后天，属于人为的穿凿："夫尧既已黥汝以仁义，而劓汝以是非矣。汝将何以游夫摇荡恣睢转徙之涂乎？"④鉴于"身"之"兑"是出于先天，故庄子更倾向于将由此造成的结果视为"性之自为"，从而表现出有条件接受的态度，即只要做到"有骇（骸）形而无损心"⑤即可。真正令庄子痛心疾首的倒是"心"之"隙"，因为在庄子看来，人一旦有了精神的"孔窍"，他将因此而成为各种诱惑与妄念的玩物，亦即成为庄子所谓的"风波之民"⑥。故而庄子在向人们描述了因风

---

① 《庄子·齐物论》，第 16 页。
② 《庄子·德充符》，第 81 页。
③ 《庄子·田子方》，第 304 页。
④ 《庄子·大宗师》，第 106 页。
⑤ 《庄子·大宗师》，第 104 页。
⑥ "风波之民"，语出《庄子·天地》，指那些受到外在功利因素影响而易于波动的人。

而作摇荡状("调调之刀刀")的"人籁"、"地籁"之后,紧接着便向人们描述了因各种诱惑与妄念而作摇荡状的"风波之民":

> 大知闲闲,小知间间。大言炎炎,小言詹詹。其寐也魂交,其觉也形开。与接为构,日以心斗。缦者、窖者、密者。小恐惴惴,大恐缦缦。其发若机栝,其司是非之谓也;其留如诅盟,其守胜之谓也;其杀若秋冬,以言其日消也;其溺之所为之,不可使复之也;其厌也如缄,以言其老洫也;近死之心,莫能复阳也。喜怒哀乐,虑叹变慹,姚佚启态——乐出虚,蒸成菌。日夜相代乎前而莫知其所萌。已乎,已乎!旦暮得此,其所由以生乎!①

人一旦有了是非观、名利观这样的"孔窍",也就身不由己地被这些观念所左右了,从此,他的整个生命就像是"机栝"一样随时准备着去捕捉任何可能出现的目标,并为锁定最终的胜利而极尽其能事。进而,他的生命也将在或得或失、或是或非这些不断变化的结果中作"喜怒哀乐"之鸣了,而其中所呈现出的摇荡之态(时而悲观失望、时而盛气凌人、时而狂放不羁、时而暮气沉沉)多像是应"风"而鸣的"众窍",而这一切都是生命走向"物"化的结果:"一受其成形,不亡以待尽。与物相刃相靡,其行尽如驰而莫之能止,不亦悲乎!终身役役而不见其成功,苶然疲役而不知其所归,可不哀邪!人谓之不死,奚益!其形化,其心与之然,可不谓大哀乎?人之生也,固若是芒乎?其我独芒,而人亦有不芒者乎?"②庄子甚至认为,自三代以来,人们都在以不同的方式成为陷溺于"物"的"物"化之人,"以物易性"、"丧己于物"、"失性于俗"成为普遍存在的人生悲剧:

> 故尝试论之:自三代以下者,天下莫不以物易其性矣!小人则以身殉利;士则以身殉名;大夫则以身殉家;圣人则以身殉天下。故此数子者,事业不同,名声异号,其于伤性以身为殉,一也。③

> 驰其形性,潜之万物,终身不反,悲夫!④

---

① 《庄子·齐物论》,第17页。
② 《庄子·齐物论》,第19页。
③ 《庄子·骈拇》,第123页。
④ 《庄子·徐无鬼》,第365页。

丧己于物，失性于俗者，谓之倒置之民。①

如果说"人籁"、"地籁"、"物"化之人乃至万物都是因为"孔窍"（即"籁"）而不得不"物于物"的话，那么"天籁"的情况就完全不同了，因为"天籁"是对"籁"的超越（按，"天"在庄子笔下多蕴含超越之义，如"天人"②是对"人"的超越以及"天乐"③是对"人乐"的超越等等即是），也就是对"物"或"孔窍"的超越，尤其是对"神"之"隙"的超越："夫若是者，其天守全，其神无郤（隙），物奚自入焉。"④故而，与"物于物"的"人籁"、"地籁"有所不同，"天籁"则是"物物而不物于物"⑤的，表现为它对外物的"相召"已经"心如死灰"，即已经做到了"块然独以其形立"⑥。至于庄子所谓"乘物"⑦、"胜物"⑧、"外物"⑨、"物忘"⑩、"遗物"⑪、"齐物"⑫等等，都可以被视为是对"天籁"这一本质特征的强调。

既然"天籁"是对"籁"的超越，那么秉"天籁"为心的得"道"者自当就是对"风波之民"的超越。故而，当南郭子綦宣称自己已入"天籁"之境时，这一方面固然是宣告他已经完成了这种超越，另一方面也告诉人们此前他也曾深陷"风波之民"之苦，即他也曾因"神"有"隙"而被他物"相召"过。按《庄子·徐无鬼》：

南伯子綦（按：当即南郭子綦）隐几而坐，仰天而嘘。颜成子入见曰："夫子，物之尤也。形固可使若槁骸，心固可使若死灰乎？"曰："吾尝居山穴之中矣。当是时也，田禾一睹我而齐国之众三贺之。我必先之，

---

① 《庄子·徐无鬼》，第 373 页。
② 《庄子·天下》，第 486 页。
③ 《庄子·天道》，第 185 页。
④ 《庄子·达生》，第 267 页。
⑤ 《庄子·山木》，第 285 页。
⑥ 《庄子·应帝王》，第 115 页。
⑦ 《庄子·齐物论》，第 19 页。
⑧ 《庄子·应帝王》，第 117 页。
⑨ 《庄子·大宗师》，第 96 页。
⑩ 《庄子·在宥》，第 151 页。
⑪ 《庄子·天运》，第 206 页。
⑫ 《庄子·齐物论》，第 14 页。

彼故知之;我必卖之,彼故鬻之。若我而不有之,彼恶得而知之?若我
而不卖之,彼恶得而鬻之?嗟乎!我悲人之自丧者;吾又悲夫悲人者;
吾又悲夫悲人之悲者;其后而日远矣!"①

即是说,"吾"是在不断认识到"我"(即"物我")之可悲的情况下才逐渐
远离"我"而变成"吾"的。至于"我"何以可悲,这完全是因为"我"太热衷于
向外界卖弄自己以及太在意外界对"我"的毁誉了,未能做到"于蚁弃知"、
"于羊弃意"②,结果就只能被种种诱惑所推动进而成为可悲的"风波之
民"③。有了"我"之悲作为对照,"吾"之乐自然也就有了所以乐的原因了,
即"吾"正是在"齐物"("齐是非"、"齐毁誉"、"齐生死"、"齐哀乐")之后进而
抛弃了"物我"才得其"天籁"之乐的。"天籁"之乐并非有时而尽的"物于物"
者之乐,而是"物物"者的无尽之乐,亦即"至乐"④——"至人"之乐⑤。这样,
我们就不仅在南郭子綦就"天籁"所做的交代中读到了"天籁",也在大量庄
子就"至人"所做的描述中读到了"天籁":

若夫乘天地之正,而御六气之辨,以游无穷者,彼且恶乎待哉!故
曰:至人无己,神人无功,圣人无名⑥。

所谓"至人无己,神人无功,圣人无名。"其中,"无己"是关键,因为"无
己"自然就会"无功"、"无名"。而"无己"就是"无我"或"吾丧我",而这恰恰
又是"至人"得以"乘天地之正,而御六气之辨(变),以游无穷者"的前提,亦
即"至人"正是在超越了"物"之后才得以做到世事纷扰而我心独宁的,此理
套用今人之语言之当即:身在纷扰中,心在纷扰外。对于"至人"所体现出的

---

① 《庄子·徐无鬼》,第372页。
② "于蚁弃知"、"于羊弃意"语出《庄子·徐无鬼》,意即对蚂蚁而言应该抛弃羡慕
羊肉的心志,对羊而言应该抛弃吸引蚂蚁的心意。
③ 与"风波之民"对举的便是庄子所崇尚的"全德之人":"若夫人者,非其志不之,
非其心不为。虽以天下誉之,得其所谓,謷然不顾;以天下非之,失其所谓,傥然不受。
天下之非誉无益损焉,是谓全德之人哉!"(《庄子·天地》)
④ 《庄子·秋水》,第245页。
⑤ 按《庄子·田子方》:"老聃曰:'夫得是至美至乐也。得至美而游乎至乐,谓之
至人。'"
⑥ 《庄子·逍遥游》,第6～7页。

这种"若镜"之心及其相应的生命样态，庄子曾用多种方式加以表述，如所谓"撄宁"①、"纷而封哉"②、"贵在于我而不失于变"③、"外化而内不化"、"与物化者，一不化也"④、"通而不失于兑"⑤以及"乐物之通而保己矣"⑥等等即是。至于"天籁"之说，显然与上述话题是一脉相承的。

[原载《厦门大学学报》（哲学社会科学版），2011年第5期]

---

① 《庄子·大宗师》，第96页。
② 《庄子·应帝王》，第115页。
③ 《庄子·田子方》，第306页。
④ 《庄子·知北游》，第335页。
⑤ 《庄子·德充符》，第81页。
⑥ 《庄子·则阳》，第385页。

"格物致知"释论

一、引言——问题及构论原则

"格物致知",这是由《大学》率先提出并进而成为关涉儒家思想乃至中国文化基本精神的一个核心命题,这也就决定了,对"格物致知"的任何解读皆当以能有效切入儒家思想与中国文化基本精神为归宗,否则便难免有不得要领之嫌。遗憾的是,历代注家似皆于此未予重视,致使解者虽众,而能得其确解者却难得一见,即便是其中最具影响力的朱熹、王阳明也不能例外。张祥龙先生曾就朱、王二人注解之失所做的结论可谓一语中的:"由于这基本思路的混乱,'格物致知'就成了说不清楚的一笔糊涂账。这'物'或多得支离散漫,或少得孤零一心;这'格'或为观念之知,或为道德之'正';哪还有多少《论语》气象。由此,艺与思、人的缘发本性与道德修养相分离,甚至相敌对,士大夫们又到何处去求得真挚不二的'至诚如神'呢?"[①]此外,今人也多陷入古人的樊篱而不能自拔,致使其解读亦鲜有周全者,无论是以调和郑玄、司马光、朱熹三家之说为务的叶秀山先生[②],还是从郑玄训"格物"

---

① 张祥龙:《海得格尔思想与中国天道——终极视域的开启与交融》,北京:三联书店,1996年,第410页。

② 叶秀山:《中西智慧的贯通——叶秀山中国哲学文化论集》,南京:江苏人民出版社,2002年,第270页。

为"来物"的裘锡圭先生①,皆概莫能外。由此看来,有关"格物致知"解读及其相关问题的论说,确有再作探讨的必要。笔者不揣谫陋,拟就此作一尝试。

为确保解读的准确性与论说的合理性,明确并严格遵循如下的构论原则是十分必要的:

1. 要能在汉字字义允许的范围内进行解读。由于汉字的多义性以及构义的模糊性,致使古代原典的解读每每呈现开放性特征,但开放性不等于随意性,对原典的解读要严格限定在汉字字义允许的范围内。

2. 要能依"格物致知"所在句上下文关系进行解读。以往的解读每因只考虑"格物致知"本身的含义,而对在文理及义理上能否贯通"格物致知"所在句上下文关系未予深究,终致讹误。比如朱熹,他的解读如果只考虑"格物致知"本身的含义,亦不失为一家之言,但他所谓的"格物致知"每因未必能"诚得自家意"②而饱受诟病。

3. 要能依托《大学》文本尤其是其中的一些核心命题或术语与"格物致知"之间的内在关联关系进行解读。由于《大学》乃是由诸命题与术语共同构成的意义整体,这样,诸命题及术语之间必然存在内在的关联关系,故而,对"格物致知"的解读越能与《大学》一书的意义整体相关联,便越能证明解读的合题性。

4. 要能对儒家思想乃至中国文化精神给出确切的定位,否则,一旦出现"基本思路的混乱",则必将使"格物致知"解读误入歧途。

二、儒家"修身"语境下的"物"论

《大学》"八条目"以"修身"居中,且《大学》复言:"自天子以至于庶人,壹是皆以修身为本。"③足见"修身"乃是贯穿《大学》的主话题。而正是以"修

---

① 裘锡圭:《说"格物"》,载胡晓明、傅杰主编《释中国》第二卷,上海:上海文艺出版社,1998年,第742页。
② 王阳明:《传习录》,南京:江苏古籍出版社,2001年,第326页。
③ 《大学》,朱熹:《四书集注》,长沙:岳麓书社,1988年,第7页。

身"为主话题的《大学》率先推出了"格物致知"这一命题,因此,要知道"格物致知"究属何义,我们不妨先从儒家"修身"语境下的"物"论说起。

1. 即"物"显"性"而得"意"之"诚"

儒家"修身"一名"养性","修身养性"在孟子笔下又称"尽心知性","修身养性"("尽心知性")的过程乃是儒家演绎人生终极之善亦即"知天"的过程:"尽其心者,知其性也。知其性,则知天矣。"①虽云"知性"方能"知天",然而"性"毕竟是内在于生命之中的东西,原本是不可知、不可见的,为此,儒家推出了即"物"显"性"之说:"凡人虽有性,心无定志。待物而后作。待悦而后行,待习而后定。喜怒哀乐之气,性也。及其见于外,则物取之也"②、"夫民有血气心知之性,而无哀乐喜怒之常,应感起物而动,然后心术形焉。"③即是说,唯有通过与外缘性的"物"相交接,内缘性的"性"才得以被提取出来并外显于"物"。结合儒家的一贯思想,所谓"性"外显于"物"其实际意味当有以下两重:其一,"性"外显于"物",从而导致对"物"有所助成,其中,既包括"成己",亦包括"成人"乃至"成物";其二,"性"外显于"物",也就为"知性"开启了方便之门,从而使"性"从不可知、不可见变得可知、可见,乃至可体、可感:"至静无感,性之渊源;有识有知,物交之客感尔。"④两重意味中,第一重意味清楚地表明了,儒家是将人生的终极之善建立在即"物"基础上的,同时,鉴于小自一身大至天下国家皆属儒家"物"的范畴,这也就决定了,"入世"精神必然是儒家的基本精神。第二重意味则又可作以下两种理解:其一,为"认知心"开启了"知性"之门⑤,即通过即"物"显"性",从而使

---

① 《孟子·尽心上》,朱熹:《四书集注》,长沙:岳麓书社,1988 年,第 499 页。
② 《性自命出》,转自刘钊《郭店楚简校释》,福州:福建人民出版社,2005 年,第 92 页。
③ 《礼记·乐记》,阮元:《十三经注疏》,北京:中华书局,1980 年,第 1535 页。
④ 张载:《正蒙·太和》,王夫之:《张子正蒙注》,北京:中华书局,1973 年,第 4 页。
⑤ 郭沂先生曾从以下两个层面理解古人所谓的"心":"第一个层面可称为生命之心,它是心对生命的体验和感悟的那一部分,具有情欲、意志等特征,大致相当于英语中heart。……心的第二个层面可称为认知之心,它是心对事物认识的那一部分,具有理智的特征,大致相当于英语中的 brain。"(参见郭沂《郭店竹简与先秦学术思想》,上海:上海教育出版社,2001 年,第 4 页)其说可从。

"性"得以成为"认知"的对象,亦即人们才得以获得有关"性"为何物的知识;其二,为"生命心"开启了"知性"之门,即同样在即"物"显"性"的过程中,人们才得以以即"身"而"体"的方式获得"生命的真切体验",也就是获得有关"性"之真实情状的"体知"。

  一为"认知",一为"体知",究竟哪一种才是儒家"修身养性"所需要的"知性"呢?答案显然是后者,而前者除了可能具有间接的正相关关系外,更令人关注的倒是它的负相关关系:人皆有可能因满足于将"性"说得头头是道反而使自己远离了"修身养性"意义上的真知实修。孔子显然对这种负相关关系早有警觉,故而曰:"巧言令色,鲜矣仁"①、"君子欲讷于言而敏于行"②、"知及之,仁不能守之,虽得之,必失之"③,以至于"夫子之言性与天道,不可得而闻也"④。指出在"认知"的意义上所达到的"知性"不如在"体知"的意义上所达到的"知性":"知之者不如好之者,好之者不如乐之者"⑤、"女安则为之。"⑥强调求"仁"的首要任务便是求得心安亦即发现自己真实的内心,并以此心去思度他人,进而臻于"仁者"之境:"夫仁者,己欲立而立人,己欲达而达人。能近取譬,可谓仁之方也已。"⑦"能近取譬"就是"以己取譬",就是"推己及人"、"将心比心",也就是所谓的"己所不欲,勿施于人"⑧。故曰:"夫子之道,忠恕而已矣。"⑨"忠"是"尽己"之心,"恕"是"推己"之心。⑩ 同样是为了获得建立在"体知"意义上的真知实修,孟子也就此作了多方强调,如其所谓"尧、舜,性之也。汤、武,身之也"⑪便是显例。所谓"性之"、"身之"当即"以性遇之"、"以身体之","性遇"、"身体"所获得的"知"

---

① 《论语·学而》,朱熹:《四书集注》,长沙:岳麓书社,1988年,第66页。
② 《论语·里仁》,朱熹:《四书集注》,长沙:岳麓书社,1988年,第104页。
③ 《论语·卫灵公》,朱熹:《四书集注》,长沙:岳麓书社,1988年,第244页。
④ 《论语·公冶长》,朱熹:《四书集注》,长沙:岳麓书社,1988年,第112页。
⑤ 《论语·雍也》,朱熹:《四书集注》,长沙:岳麓书社,1988年,第127页。
⑥ 《论语·阳货》,朱熹:《四书集注》,长沙:岳麓书社,1988年,第263页。
⑦ 《论语·雍也》,朱熹:《四书集注》,长沙:岳麓书社,1988年,第131页。
⑧ 《论语·卫灵公》,朱熹:《四书集注》,长沙:岳麓书社,1988年,第242页。
⑨ 《论语·里仁》,朱熹:《四书集注》,长沙:岳麓书社,1988年,第101页。
⑩ 朱熹:《四书集注》,长沙:岳麓书社,1988年,第102页。
⑪ 《孟子·尽心上》,朱熹:《四书集注》,长沙:岳麓书社,1988年,第512页。

自当就是"以心度心,以情度情"①的"体知",人君若能以这样的"知"治国临民,则必能致天下国家以尧舜汤武之治:"先王有不忍人之心,斯有不忍人之政矣。以不忍人之心,行不忍人之政,治天下可运之掌上。"②故曰:"人有恒言,皆曰'天下国家'。天下之本在国,国之本在家,家之本在身。"③"身"之所以必然是最终的"本",这与"身"所具有的特殊性密切相关,因为它是人们获得真切笃实之"体知"的唯一必假之物,是"心"臻于"不忍人之心"的唯一物质支点。故人但凡遇到尚未切知之事,只需反之己"身"即可,故曰:"天之历数在汝躬。"④在此意义上甚至可以说,人所有的真切实知都存在于一己之"身"中:"是以君子体物而知身,体身而知道"⑤、"世之人务穷天地万物之理,不知反之一身。五脏六腑,毛发筋骨之所存,鲜或知之。善学者取诸身而已。自一身以观天下"⑥、"万物皆备于我,反身而诚,乐莫大焉"⑦、"诚者自成也,而道者自道也。"⑧"诚"只能是"自成","道"也只能是"自道",撇开可体、可感、可觉、可亲的一己之"身",则不仅无"诚"可得,亦无"道"可证。而要做到"以身体之",即"物"便是不可缺少的环节,"物,犹事也"⑨即"物"就是要到事物的实情中去,亦即儒家所强调的:"必有事焉而勿正"⑩、"事上磨炼"⑪、"应接事物"⑫等等。唯有于"事上磨炼"方能"体之得实",也只有"体之得实"方能"用之有诚"。有鉴于此,致使"体之实"与"意之诚"进而"实"与"诚"在儒家思想中几乎成了可以互训的概念:"诚者,天理之实然,无

---

① 苏舆:《春秋繁露义证·楚庄王》,北京:中华书局,1992年,第15页。
② 《孟子·公孙丑上》,朱熹:《四书集注》,长沙:岳麓书社,1988年,第341页。
③ 《孟子·离娄上》,朱熹:《四书集注》,长沙:岳麓书社,1988年,第399页。
④ 《尚书·大禹谟》,阮元:《十三经注疏》,北京:中华书局,1980年,第136页。
⑤ 谭峭:《化书》卷二,北京:中华书局,1996年,第24页。
⑥ 《二程集·河南程氏外书》卷十一,北京:中华书局,1981年,第411页。
⑦ 《孟子·尽心上》,朱熹:《四书集注》,长沙:岳麓书社,1987年,第500页。
⑧ 《中庸》第二十五章,朱熹:《四书集注》,长沙:岳麓书社,1988年,第48页。
⑨ 《大学》,朱熹:《四书集注》,长沙:岳麓书社,1988年,第6页注2。
⑩ 《孟子·公孙丑上》,朱熹:《四书集注》,长沙:岳麓书社,1987年,第333页。
⑪ 王阳明:《传习录》,南京:江苏古籍出版社,2001年,第161页。
⑫ 《二程遗书》卷十八,上海:上海古籍出版社,2000年,第237页。

人为之伪也"①、"诚,实也。意者,心之所发也。实其心之所发,欲其一于善而无自欺也。"②

2. 离"物"存"性"而得"心"之"正"

对于"性"而言,即"物"的过程固然是使自身得以显发的过程,但它同时又有可能成为"性"溺而不返的过程。这是因为,"性"之所显发者,无论是表现为"欲"的形式,抑或表现为"情"、"理"的形式,都有可能对"性"构成实质性的裹胁,进而使"性"("心")滞留于"物"("外")从而丧失"性"("心")之为"性"("心")之本然,其结果必然导致牟宗三先生所谓的,原本"清澈朗润"、"纯亦不已"、"活泼泼"的"性体"就会因物的裹胁进而滑转为溺于"欲"、牵于"情"、滞于"理"的"死体",③相应地,"心"也就变成了"丧心":"心在感触经验中活动,常逐物而复留滞物之影像于心中。此时,心中完全为物象所充塞。物之影像亦物象也,以今语言之,即心中之观念或意象。此时心中完全是一些观念、意象之堆集。若由此堆集观念意象来识心,则必'徇象丧心'。"④"性体"或"心体"一旦滑转为"死体"或"丧心",其所固有的"圆神之妙"("圆应无方")的能力也就消失不见,真切笃实的"体知"随之也就无从发生了。故而,针对即"物"既可明"心"显"性"亦可迷"心"乱"性"的问题,《礼记·乐记》曾给我们留下了这样的言论:"人生而静,天之性也;感于物而动,性之欲也。物至知知,然后好恶形焉;好恶无节于内,知诱于外,不能反躬,天理灭矣。夫物之感人无穷,而人之好恶无节,则是物至而人化物也。"⑤

为了打破"心"("性")因"物"而明亦因"物"而迷这一怪圈,从而恢复"清澈朗润"、"生机不滞"⑥之本然"性体",儒家"修身"语境在即"物"之外又多了一层离"物"的话题,也就是强调要将对"性"构成裹胁的"物"从一己之身中剥离出去。相比较而言,如果说即"物"作为"性"之外发因而必然是趋于"有"或"多"的话,那么离"物"作为"性"之内收理当就是趋于"无"或"少"。

---

① 王夫之:《张子正蒙注》,北京:中华书局,1973年,第116页。
② 《大学》,朱熹:《四书集注》,长沙:岳麓书社,1988年,第6页注2。
③ 牟宗三:《心体与性体》(上册),上海:上海古籍出版社,1999年,第422页。
④ 牟宗三:《心体与性体》(上册),上海:上海古籍出版社,1999年,第469页。
⑤ 《礼记·乐记》,阮元:《十三经注疏》,北京:中华书局,1980年,第1529页。
⑥ 牟宗三:《心体与性体》(上册),上海:上海古籍出版社,1999年,第279页。

种种迹象表明,孔子的精神世界就不缺乏"无"或"少"的维度:"'无适无莫'是无,'毋意,毋必,勿固,毋我'是无,'天何言哉'是无,'荡荡乎民无能名焉'是无,'无为而治者其舜也与'是无。"①此外,所谓"君子多乎哉?不多也"②、"吾有知乎哉?无知也。有鄙夫问于我,空空如也,我叩其两端而竭焉"③、"不义而富且贵,于我如浮云"④等等,无不表明孔子总是努力在为他的精神世界保留一块属于"无"或"少"的净土。同样,孟子的精神世界也不乏"无"或"少"的维度,如其所谓"尽信《书》,则不如无《书》"⑤、"无为其所不为,无欲其所不欲,如此而已矣"⑥、"人有不为也,而后可以有为"⑦、"养心莫善于寡欲。其为人也寡欲,虽有不存焉者,寡矣。其为人也多欲,虽有存焉者,寡矣"等等,即其明证。"寡欲"所存者,无非就是"存性"或"存心"⑧,亦即所谓的"求其放心":"学问之道无他,求其放心而已矣。"⑨针对孟子的"求其放心",程子作了如下的说明:"圣贤千言万语,只是欲将已放之心,约之使反,复入身来,自能寻向上去,下学而上达也。"⑩"心""复入身来"当即收"心"于己、摄"性"于中,也就是管子所强调的"心乃反济(脐)":"凡心之刑(形),自充自盈,自生自成。其所以失之,必以忧乐喜怒欲利。能去忧乐喜怒欲利,心乃反济(脐)。"⑪同时也就是宋明理学家所强调的"心要在腔子里"。⑫ 鉴于"济(脐)"或腔子里乃是"心"之本位所在,当然也就是其"正"位所在,故"求其放心"的过程自当就是"心"得其"正"的过程,而"心"一旦得其"正",就意味着"心"已从"滞于物"的"迷"与"昏"中摆脱出来,成了"清澈朗润"、"纯

---

① 牟宗三:《心体与性体》(上册),上海:上海古籍出版社,1999年,第215页。
② 《论语·子罕》,朱熹《四书集注》,长沙:岳麓书社,1988年,第159页。
③ 《论语·子罕》,朱熹:《四书集注》,长沙:岳麓书社,1988年,第159页。
④ 《论语·述而》,朱熹:《四书集注》,长沙:岳麓书社,1988年,第138页。
⑤ 《孟子·尽心下》,朱熹:《四书集注》,长沙:岳麓书社,1988年,第522页。
⑥ 《孟子·尽心上》,朱熹:《四书集注》,长沙:岳麓书社,1988年,第505页。
⑦ 《孟子·离娄下》,朱熹:《四书集注》,长沙:岳麓书社,1988年,第418页。
⑧ 《孟子·离娄下》,朱熹:《四书集注》,长沙:岳麓书社,1988年,第427页。
⑨ 《孟子·告子上》,朱熹:《四书集注》,长沙:岳麓书社,1988年,第477页。
⑩ 《明儒学案》卷四十七,北京:中华书局,1985年,第1119页。
⑪ 《管子·内业》,姜涛:《管子新注》,济南:齐鲁书社,2006年,第354页。
⑫ 《明儒学案》卷五十二,北京:中华书局,1985年,第1246页。

亦不已"、"生机不滞"的"本心"或"正心",如此,其固有的能知、能明本性也就恢复了:"心处其道,九窍循理"①、"正心在中,万物得度"②、"心全于中,形全于外,不逢天灾,不遇人害,谓之圣人"③。

3. 亦即亦离而得其"中"道

一方面要即"物",另一方面又要离"物",这如何可能呢?在儒家看来,这不仅可能,且正如孔子"中庸之为德也,其至矣乎"④所强调的那样,人唯有在亦即亦离之"中"道中方能臻于"修身养性"之至高境界。

"中"道就是"执中"之道,就是于"物"既即又离、亦即亦离乃至不即不离、若即若离,强调的是即与离两端之间的平衡与合度,拒绝偏执于一端(一方)的"执一"。故"执中"一名"无方":"汤执中,立贤无方。"⑤孔子的言论及其人生境界就是对"执中"("无方")的最好诠释。首先,"性"不能不外发为"喜怒哀乐"之"情",然溺于"情"而不能自反则为君子所不取,故"子曰:《关雎》,乐而不淫,哀而不伤"⑥、"丧致乎哀而止。"⑦其次,"性"不能不外化为一定的"性向"或"性格",但"性向"或"性格"太过与"不及",皆属偏执于一端,当力戒之:"子温而厉,威而不猛,恭而安。"⑧复据《淮南子·人间训》:"人或问孔子曰:'颜回何如人也?'曰:'仁人也,丘弗如也。''子贡何如人也?'曰:'辩人也,丘弗如也。''子路何如人也?'曰:'勇人也,丘弗如也。'宾曰:'三人皆贤夫子,而为夫子役,何也?'夫子曰:'丘能仁且忍,辩且讷,勇且怯,以三子之能易丘一道,丘弗为也。'孔子知所施之也。"⑨即是说,与孔子的"执中用两"不同,颜回、子贡、子路三人的共同问题便是"执一",孔子曾专门就此

---

① 《管子·心术上》,姜涛:《管子新注》,济南:齐鲁书社,2006年,第290页。
② 《管子·内业》,姜涛:《管子新注》,济南:齐鲁书社,2006年,第357页。
③ 《管子·内业》,姜涛:《管子新注》,济南:齐鲁书社,2006年,第358页。
④ 《论语·雍也》,朱熹:《四书集注》,长沙:岳麓书社,1988年,第130页。
⑤ 《孟子·离娄下》,朱熹:《四书集注》,长沙:岳麓书社,1988年,第422页。
⑥ 《论语·八佾》,朱熹:《四书集注》,长沙:岳麓书社,1988年,第93页。
⑦ 《论语·子张》,朱熹:《四书集注》,长沙:岳麓书社1988年版,第279页。
⑧ 《论语·述而》,朱熹:《四书集注》,长沙:岳麓书社,1988年,第146页。
⑨ 《淮南子·人间训》,阮青注译:《淮南子》,北京:华夏出版社,2000年,第412～413页。

附录二 "格物致知"释论

批评过颜回,说他知"进"而不知"止":"子谓颜渊,曰:'惜乎!吾见其进也,未见其止也。'"①而事情的另一面则是,作为弟子的颜渊发现其师总能"叩其两端而竭"②地从容出入于"过"与"不及"之间,给人以一种"瞻之在前,忽焉在后"③的"不测"之感,此"不测"之感正是孔子"变化无方"之"中庸之德"所使然:"夫中庸之德,其质无名。故咸而不碱,淡而不醷,质而不缦。能威能怀,能辩能讷,变化无方,以达为节。"④复次,"性"外接于"物"便会生成相应的"理",然执"理"太过同样为君子所不取,故曰:"君子之于天下也,无适也,无莫也,义之与比"⑤、"我则异于是,无可无不可。"⑥最后,即便是"执中",一旦太过,也会出现向"执一"的诡异的滑转:"执中无权,犹执一也。所恶乎执一者,为其贼也,举一而废百也。"⑦故孔子主张行"权"⑧。何为"权":"权即两端,两端者,执而无执,是为允执。"⑨"执而无执"决定了"执中"的过程只有进行式、没有完成式,只有构成式、没有现成式,亦即这一过程必须始于对"执一"的"惕若"或"戒慎恐惧",方能终于对"执一"的"无执",如此循环往复,以至于无穷。这也就决定了,"君子以自强不息"⑩、"君子有终身之忧"⑪乃是对"执中"者在精神层面上的基本要求,舍此则"执中"随时都有出现滑转的危险。"执中"如此,与之相应的"存性"自当亦是如此,故曰:"成性存存,道义之门。"⑫"存存"当即"存之又存",唯有"存之又存"才是"成性"并进而臻于"道义"("中"道)之境的不二法门。

历史上,人们每因孔子在"为己"之外复推出"克己"而大惑不解,其实,

---

① 《论语·子罕》,朱熹:《四书集注》,长沙:岳麓书社,1988年,第164页。
② 《论语·子罕》,朱熹:《四书集注》,长沙:岳麓书社,1988年,第159页。
③ 《论语·子罕》,朱熹:《四书集注》,长沙:岳麓书社,1988年,第160页。
④ 刘邵:《人物志·体别篇》,上海:上海三联书店,2007年,第21页。
⑤ 《论语·里仁》,朱熹:《四书集注》,长沙:岳麓书社,1988年,第100页。
⑥ 《论语·微子》,朱熹:《四书集注》,长沙:岳麓书社,1988年,第271页。
⑦ 《孟子·尽心上》,朱熹:《四书集注》,长沙:岳麓书社,1988年,第510页。
⑧ 《论语·子罕》,朱熹:《四书集注》,长沙:岳麓书社,1988年,第167页。
⑨ 《明儒学案》卷五十五,北京:中华书局,1985年,第1324页。
⑩ 《周易·乾卦》,张善文注译:《周易》,广州:花城出版社,2001年,第1页。
⑪ 《孟子·离娄下》,朱熹:《四书集注》,长沙:岳麓书社,1988年,第428页。
⑫ 《周易·系辞上》,张善文注译:《周易》,广州:花城出版社,2001年,第275页。

孔子将"为己"与"克己"并置，乃是其"参两"显"中"①之本意使然。对此，明人焦竑见之甚真："方子及云：'孔子言为己，及又言克己，何耶？'盖未悟者当为己；知己矣，又当克己。余曰：'克己所以为己也。'坐人皆以为然。久之，检《文始经》曰：'能克己乃能成己，能胜物乃能利物，能忘道乃能有道。'与余语合。"②

三、"格物致知"当即"格物"而"知性"

有了儒家"修身"语境下的"物"论作为铺垫，继而对"格物致知"做出如下的诠释应该就不会显得过于唐突了：所谓"格物致知"无非就是"格物"而"知性"，其中，"格物"乃综合即"物"与离"物"二义而成之词，"知性"乃综合"性"得其"体知"与"性"得以能知二义而成之词，"性"得其"体知"当即显"性"于外，"性"得以能知当即存"性"于内。不过，要确保这一诠释的真实可靠，进一步坐实以下两点是十分必要的：其一，"格物"之"格"是否同时可以兼具即、离二义？其二，这一诠释能够有效贯通《大学》一书诸多论说之间的内在关联关系并凸显其思想主题吗？

"格"，本义是指"树木的长枝条交错相抵触"③，其所呈现的乃是两种截然相反的意象：其一是树枝间相簇相拥的意象，其二是树枝间相拒相斥的意象。虽然两种意象皆含"触"义，但第一种"触"乃"接触"之"触"，倾向于相聚相即；第二种"触"乃"抵触"之"触"，倾向于相分相离。前者为即，后者为离。"格"兼具即、离二义，古代汉语亦多有此辞例。按《尚书·舜典》："帝曰：'格汝舜，询事考言，乃言底可绩。三载汝陟帝位。'"④《尚书·舜典》："正月元日，舜格于文祖，询于四岳。"⑤文中"格"当训"来"或"至"。《尚书·西伯戡

---

① 张载：《正蒙·参两》，王夫之：《张子正蒙注》，北京：中华书局，1973 年，第 29 页。
② 焦竑：《焦氏笔乘》，上海：上海古籍出版社，1986 年，第 249 页。
③ 谷衍奎编：《汉字字源字典》，北京：华夏出版社，2003 年，第 211 页。
④ 《尚书·舜典》，阮元：《十三经注疏》，北京：中华书局，1980 年，第 126 页。
⑤ 《尚书·舜典》，阮元：《十三经注疏》，北京：中华书局，1980 年，第 130 页。

黎》:"天既讫我殷命,格人元龟,罔敢知吉。"①文中"格人"当即"可感通(沟通)鬼神之人"。无论是"来"、"至"还是"感通"("沟通")皆有"即"义。复按《礼记·学记》:"发然后禁,则捍格而不胜。"②"捍格"连文,有"抵触"、"格格不入"之义。此外,《汉语大词典》从古代文献中所收列的诸如"格塞"、"格碍"、"格掷"、"格格"、"格阂"、"格拒"、"格沮"、"格斗"、"格击"、"格杀"③等语词,皆说明"格"有"拒斥"、"阻隔"等义,即皆有"离"义。即、离虽为两相背出之义,但却可以同时合训,从而完成一个完整的意义指域。对汉语语用习惯的这一现象钱锺书先生早有关注,并称此现象所蕴含的思想旨趣与黑格尔的辩证法具有异曲同工之妙。为坐实此论,钱先生曾举数例为证,如《易》之"易":"《易纬乾凿度》云:'易一名而含三义,所谓易也,变易也,不易也。'"④"'变易'与'不易'、'简易',背出分训也;'不易'与'简易',并行分训也。'易一名而含三义'者,兼背出与并行之分训而同时合训也。"⑤复如"息":"'象曰:革,水火相息';《注》:'变之所生,生于不合者也。息者,生变之谓也';《正义》:'燥湿殊性,不可共处,必相侵克,其变乃生。'按王弼、孔颖达说'息'字,兼'生变'与'侵克'两义。"⑥即是说,"息"在这里当有"生息"与"止息"二义,二义虽相背但却能同时合训。"格物"之"格"当即汉语语用习惯上述现象的又一显例。

《大学》的思想主题集中体现在其所推出的"三纲领"与"八条目"中。鉴于"格物致知"出现在"八条目"中,故这里先从"八条目"谈起。为方便起见,我们不妨先作这样一个假设,即假设对于"格物致知"的上述诠释是正确的,那么这样的假设对于全面理顺"八条目"之间的文理与义理关系到底会意味什么呢?通过以下的梳理,答案也就一目了然了:由于"格物"乃合即"物"与离"物"二义而为言,则其所"致"之"知"理当既有显"性"于外的即"物"之"知"("体知")亦有存"性"于内的离"物"之"知"("能知"),与两种"知"相对

---

① 《尚书·西伯戡黎》,阮元:《十三经注疏》,北京:中华书局,1980年,第177页。
② 《礼记·学记》,阮元:《十三经注疏》,北京:中华书局,1980年,第1523页。
③ 参见《汉语大词典》,上海:汉语大词典出版社,2000年,第1509~1510页。
④ 钱锺书:《管锥编》第一册,北京:中华书局,1979年,第1页。
⑤ 钱锺书:《管锥编》第一册,北京:中华书局,1979年,第6页。
⑥ 钱锺书:《管锥编》第一册,北京:中华书局,1979年,第28页。

应的自然分别就是"诚意"与"正心",而"诚意"与"正心"又是"修身"的两个基本环节和必要前提,至于"齐家、治国、平天下"之事,则其一方面固然是"修身"的必然归趣,同时这一过程的客观有效性又需要在"格物"的总体原则下方能得以确保,因为无论是"家国"还是"天下",一律皆属"物"的范畴,即"物"应与离"物"相"参"方能得其"时中"①之道,也就是只有做到"与时变而不化,从物而不移"②,方能得其既能体"物"又不累于"物"的所谓"兼体而不累"③之妙用。可见,释"格物致知"为"格物"而"知性",不仅能使"八条目"文理俨然,亦能使其义理与儒家"修身"语境下的"物"论———相合,可谓文理与义理俱畅。"八条目"如此,与之关系密切的"三纲领"亦复如此,甚至只要沿着同样的理路进行释读,"三纲领"其实不过就是另一种说法的"八条目"而已。具体说来,"三纲领"中的"明明德"与"知性"当即同义,④相当于"八条目"中的"致知、诚意、正心、修身","三纲领"中的"亲民"即相当于"八条目"中的"齐家、治国、平天下"⑤。不同的只是"三纲领"少了"八条目"的"格物",而"八条目"则少了"三纲领"的"止于至善",不过这里少的只是文字,文义上却是暗含着的,即是说,"明明德"中暗含一个不言自明的前提即"格物",而"齐家、治国、平天下"中亦暗含一个不言自明的归宿即"止于至善"。故而,"止于至善"应即上文提到的止于"时中"之道或得其"兼体而不

---

① 《中庸》第二章,朱熹:《四书集注》,长沙:岳麓书社,1988年,第27页。
② 《管子·内业》,姜涛:《管子新注》,济南:齐鲁书社,2006年,第355页。
③ 张载:《正蒙·太和》,王夫之:《张子正蒙注》,北京:中华书局,1973年,第6页。
④ "明"当即"知","明德"可从朱熹说,即释为"人之所得乎天",而《中庸》一开篇即有所谓"天命之谓性"之说,故"明德"实即"性",进而"明明德"也就是"知性"。
⑤ "亲民"之"亲",朱熹从程子说,认为"当作新"。今按,此字不必改读,"亲"当即《尚书·尧典》"克明峻德,以亲九族"之"亲",其中"克明峻德"当即"明明德","以亲九族"当即"亲民";同时,此"亲"亦即《大学》所谓"舅犯曰:'亡人无以为宝,仁亲以为保'"之"亲",有"亲睦"之义。故"亲民"当即《孟子·滕文公上》所谓的"百姓亲睦"。而小自一家,大至天下国家,无不以"百姓亲睦"而得其"咸宁"的,此理具体可表述为:一家亲则一家齐,一国亲则一国治,天下亲则天下平。至于百姓能否相"亲",则完全取决于他们能否有"诚":"仁之思也清。清则察,察则安,安则温,温则悦,悦则戚,戚则亲,亲则爱,爱则玉色,玉色则形,形则仁。"(《五行》第五章)若以"诚"为"内圣"之事,则"亲"当就是"外王"之事,故"三纲领"、"八条目"所关注的无非就是"内圣外王"之事。

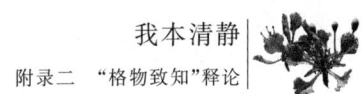

累"之妙用。就此而言,朱熹将"止于至善"释为"皆当止于至善之地而不迁"不仅失之笼统且有误导之嫌,因为人生中并没有什么现成的终极("至善")可以让人去据守,有的只是在"进退存亡而不失其正"①中得其"时中"而已。

正如包括朱熹在内的古今学者皆已注意到的那样,《大学》文本乃是一个有纲有目的结构,其中,"三纲领"乃"八条目"之纲,"八条目"又是该书其他诸论说之纲。从这些旨在对"八条目"基本内涵作展开说明的论说中我们不难看出,其所关注的话题与上述"格物致知"释义据以立说的话题并无二致,即都是围绕着儒家"修身"语境下的"物"论而展开的,且其话题同样可以概括为以下三个方面:其一,"有诸己"方能形诸外。按《大学》:"是故君子有诸己而后求诸人,无诸己而后非诸人。所藏乎身不恕,而能喻诸人者,未之有也。"②所谓"有诸己而后求诸人",意即一个人只有当他感受到了真实的自己(自己真实的内心)方能"推己及人"地还原一个真实的他人。故"有诸己"当即"体之实"、"感之切",亦即《大学》所谓的"诚于中"或"毋自欺";"求诸人"当即"动之实"、"行之真",亦即"不欺人",或即《大学》所谓的"形于外"。鉴于"体"之得"实"方能"动之"有"诚",而"小人"因不能"诚于中"("体之实"、"感之切")自然也就做不到"形于外"("动之实"、"行之真"),表现为其必然始于"自欺"而又终于"欺人":"所谓诚其意者,毋自欺也。如恶恶臭,如好好色,此之谓自谦。故君子必慎其独也。小人闲居为不善,无所不至,见君子而后厌然,掩其不善,而著其善。人之视己,如见其肝胆然,则何益矣。此谓诚于中,形于外,故君子必慎其独也。"③"慎独"之"独"朱熹释为人所不知唯有己知的"独知",不确,当释为"内心的自我体验"④。在有了"内心的自我体验"(亦即"有诸己"、"诚于中")的意义上再"求诸人",才能践行"己所不欲,勿施于人"的"恕"道,亦即《大学》所谓的"絜矩之道":"所恶于上,毋以使下;所恶于下,毋以事上;所恶于前,毋以先后;所恶于后,毋以从

---

① 《周易·乾卦》,张善文注译:《周易》,广州:花城出版社,2001年,第3页。
② 《大学》,朱熹:《四书集注》,长沙:岳麓书社,1988年,第14页。
③ 《大学》,朱熹:《四书集注》,长沙:岳麓书社,1988年,第11页。
④ 参见郭沂:《郭店竹简与先秦学术思想》,上海:上海教育出版社,2001年,第607页。

前；所恶于右，毋以交于左；所恶于左，毋以交于右：此之谓絜矩之道"①。"所谓平天下在治其国者：上老老而民兴孝，上长长而民兴弟，上恤孤而民不倍，是以君子有絜矩之道也"②。其中，"老老"、"长长"、"恤孤"皆为"亲民"之事，亦为"诚于中"者必致之事。其二，克诸己方能正诸内。"动之实"固然是"尽心"致诚之道，但它同时又有可能成为"丧心"致迷之始，因为与"动之实"相伴而行的必然是"心之动"，而"心之动"也就意味"心"有可能出离其本位并导致"心不在焉"，最终导致人们因"感情用事"而使"心""不得其正"："身（心）有所忿懥，则不得其正；有所恐惧，则不得其正；有所好乐，则不得其正；有所忧患，则不得其正。心不在焉，视而不见，听而不闻，食而不知其味。此谓修身在正其心。"③故而，尽管《大学》虽亦主张"心之动"，如其所谓"君子贤其贤而亲其亲，小人乐其乐而利其利，此以没世不忘也"④、"民之所好好之，民之所恶恶之，此之谓民之父母"⑤、"唯仁人能爱人，能恶人"⑥等等即是；但同时又强调"心"之"定"与"静"，因为只有做到了"定"与"静"，"心"才能"正"⑦，并进而"能知"、"能虑"："知止而后有定，定而后能静，静而后能安，安而后能虑，虑而后能得。"⑧而要做到这一点，就需要对附着于"心"的"物"加以剥离，也就是需要对自己痛下一番"如切如磋，如琢如磨"的"克己"之功："《诗》云：'瞻彼淇澳，菉竹猗猗。有斐君子，如切如磋，如琢如磨。……''如切如磋'者，道学也。'如琢如磨'者，自修也。"⑨"如切如磋，如琢

---

① 《大学》，朱熹：《四书集注》，长沙：岳麓书社，1988年，第16页。
② 《大学》，朱熹：《四书集注》，长沙：岳麓书社，1988年，第15页。
③ 《大学》，朱熹：《四书集注》，长沙：岳麓书社，1988年，第13页。
④ 《大学》，朱熹：《四书集注》，长沙：岳麓书社，1988年，第10页。
⑤ 《大学》，朱熹：《四书集注》，长沙：岳麓书社，1988年，第16页。
⑥ 《大学》，朱熹：《四书集注》，长沙：岳麓书社，1988年，第18页。
⑦ 明儒徐问有见于"心"之"定"、"静"与"存心"（"正心"）之间的关系，故而曰："孟子说'存心养性'，……即子思子所谓'尊德性'，《易》所谓'成性存存'是也。良心既存，物不扰动，《大学》之'有定'，《易》之'艮其背，不获其身'时也。定而虚，虚而明，一真自如，《中庸》之谓中，《大学》之谓静，《易》'敬以直内'时也。"（《明儒学案》卷五十二，北京：中华书局，1985年，1244页）
⑧ 《大学》，朱熹：《四书集注》，长沙：岳麓书社，1988年，第6页。
⑨ 《大学》，朱熹：《四书集注》，长沙：岳麓书社，1988年，第9页。

如磨"的过程既然是"心"剥离复明的过程,当然也就是生命由旧反新的过程,为此,《大学》强调要"作新民":"汤之《盘铭》曰:'苟日新,日日新,又日新。'《康诰》曰:'作新民。'《诗》曰:'周虽旧邦,其命惟新。'是故君子无所不用其极。"① "无所不用其极"实即"无所不用其新",因为"日新"之"盛德"就是"至善"("极致之善"),以故《大学》有"盛德至善"之说②。其三,戒其偏方能得其"中"。"心"之外发与内定作为同时进行的两个过程需要在一定的"度"中方能得其"时中","过"与"不及"皆为失"度",皆属"偏":"人之其所爱而辟(偏)焉,之其所贱恶而辟(偏)焉,之其所畏敬而辟(偏)焉,之其所哀矜而辟(偏)焉,之其所敖惰而辟(偏)焉。故好而知其恶,恶而知其美者,天下鲜矣。故谚有之曰:'人莫知其子之恶,莫知其苗之硕。'"③ "偏"的危害性极大:"有国者不可以不慎,辟(偏)则为天下僇(戮)矣。"④ "好"既要留有余地,"恶"也要留有余地,这就是"毋必,毋固",也就是不偏执一端,人若能诚心一意地循此以求,则"虽不中不远矣"⑤。"中"的原则落实在具体的行为中,就是要求人们做到"时中"或"至善",也就是要求人们在"善"之"过"与"善"之"不及"之间"恰到好处"地择其"中",如所谓"君子上交不谄,下交不渎"⑥即是。具体就人臣而言,其事君最大的善意就是"敬","不及"就是"慢","过"就是"谄";就人父而言,其待子最大的善意就是"慈","不及"就是"失爱","过"就是"溺爱"。人臣若能行其"敬",人父若能用其"慈",也就做到了孔子所谓的"中行",而得其"中行"方能得其"至正",否则非"狂"即"狷":"不得中行而与之,必也狂狷乎!狂者进取,狷者有所不为也。"⑦ 故《大学》"为人君,止于仁;为人臣,止于敬;为人子,止于孝;为人父,止于慈;与国人交,止于信"⑧之"止",当即孔子"丧致乎哀而止"之"止",亦即是说,所谓"为人臣,止

---

① 《大学》,朱熹:《四书集注》,长沙:岳麓书社,1988年,第8页。
② 《大学》,朱熹:《四书集注》,长沙:岳麓书社,1988年,第9页。
③ 《大学》,朱熹:《四书集注》,长沙:岳麓书社,1988年,第13页。
④ 《大学》,朱熹:《四书集注》,长沙:岳麓书社,1988年,第16页。
⑤ 《大学》,朱熹:《四书集注》,长沙:岳麓书社,1988年,第14页。
⑥ 《周易·系辞上》,张善文注译:《周易》,广州:花城出版社,2001年,第297页。
⑦ 《论语·子路》,朱熹:《四书集注》,长沙:岳麓书社,1988年,第213页。
⑧ 《大学》,朱熹:《四书集注》,长沙:岳麓书社,1988年,第8页。

于敬"、"为人父,止于慈"不过就是"臣事君致乎敬而止"以及"父待子致乎慈而止"的另一说法。

人称《大学》核心思想落实于"止"①,诚哉斯言! 不过,"止"并非要求人们留止于一定之方所(因为这样的"止"不免要失之于"滞"),而是要求人们"止"于非"狂"非"狷"之"中"。人若能"止"于"中",此不仅为"修身"之极致,亦必为"齐家、治国、平天下"之本,故曰:"自天子以至于庶人,壹是皆以修身为本。"

四、"格物致知"与中国文化精神

"格物致知"不仅是儒家思想的一个核心命题,同时也是表征中国文化精神的一个标志性语汇。有鉴于此,若不能从中国文化精神中觅得相关线索,那么导致"格物致知"被曲解的"基本思路混乱"问题就不可能从根本上得到解决。

不同于西方文化的"出世",中国文化有着强烈的"入世"精神。② 此点前人论之已备,这里就不作展开讨论了。不过,对中西文化所做的这一认定需要给出相应的解释,否则易于引起误解,因为没有哪一种文化是完全不食人间烟火的,之所以特别强调中国文化的"入世"精神,根本之点乃是由于中国文化在"致知"方式上与西方文化有别,即相比较西方文化而言,"中国哲学(文化)是紧扣主题的核心的,从来不被一些思维的手段推上思辨的眩目云霄,或者推入精心雕琢的迷宫深处"③。即是说,中国文化的"致知"是紧扣"人"生世间这样的主题核心的,它无意于通过思辨的方式营造超越于"人的切身体验"之外的知识迷宫:"(中国)国民常性,所察在政事日用,所务在

---

① 参见叶秀山:《中西智慧的贯通——叶秀山中国哲学文化论集》,南京:江苏人民出版社,2002年,第265页。
② 金岳霖:《中国哲学》,载胡晓明、傅杰主编:《释中国》第二卷,上海:上海文艺出版社,1998年,第645页。
③ 金岳霖:《中国哲学》,载胡晓明、傅杰主编:《释中国》第二卷,上海:上海文艺出版社,1998年,第645~646页。

工商耕稼，志尽于有生，语绝于无验。"①故而在中国，知识的可靠性往往等同于它的切身性，"故一种'凭身体经验'、'凭身体知道'的'无思之思'的所谓'身体思维'实际上成为中国古代认识论的主要特征"②。李泽厚先生也正是基于中国文化的这一特征而将中国文化的理性类型归结为"实践（实用）理性"："作为一种历史（经验）加情感（人际）的理性，这正是中国哲学和中国文化一个特征。这样，也就使情感一般不越出人际界限而狂暴倾泻，理知一般也不越出经验界限而自由翱翔。也正因为此，中国哲学与文化一般缺乏严格的推理形式和抽象的理论探索，毋宁更欣赏和满足于模糊笼统的全局性的整体思维和直观把握中，去追求和获得某种非逻辑非纯思辨非形式分析所能得到的真理和领悟。"③与此不同的是，西方文化虽亦不排斥源于"身体"、"性遇"的经验知识，但他们认为这种知识缺乏可靠性基础，唯有将知识置于超越经验的逻辑必然性之上，才能解决知识的可靠性问题，因此，其"致知"过程并不像中国文化那样一定要强调"有诸己"或"体之实"，相反，倒是"身"与"己"的因素越少参与其中，越能体现逻辑的纯粹性与知识的客观性，"思辨理性"也就因此而成为西方文化精神的基本特征。④

中国文化在"致知"问题上所表现出来的特征，又必然体现在以下几个方面：其一，就对不同"致知"能力的重视与依赖而言，中国文化对"生命心"的重视必甚于对"认知心"的重视，对倾向于感性的"心灵"的依赖必甚于对倾向于理智的"头脑"的依赖⑤；其二，就"致知"的性质而言，中国文化所重视的必定不是"外在性"的知识，而是"反身而诚"式的切身体验，甚至也不是有关切身体验的知识，而是切身体验本身，是即"身"而"体"的"体知"；其三，就对此岸世界与彼岸世界不同关注程度而言，由于彼岸世界对人来说永远都是不切身的，故中国文化必然更加关注此岸世界，进而将人们可以"身体"、"性遇"

---

① 《太炎文录·驳建立孔教议》，转自汤志钧编：《章太炎政论选集》，北京：中华书局，1977年，第689页。
② 张再林：《作为身体哲学的中国古代哲学》，北京：中国社会科学出版社，2008年，第108页。
③ 李泽厚：《中国思想史论》上，合肥：安徽文艺出版社，1999年，第309页。
④ 李泽厚：《中国思想史论》上，合肥：安徽文艺出版社，1999年，第34页。
⑤ 参见辜鸿铭：《中国人的精神》，桂林：广西师范大学出版社，2002年，第33～35页。

的此岸世界视为人生唯一的安身立命之所①,对"日用人伦"与庸常生活的关注压倒了对其他一切问题的关注,以至于几乎所有中国古代哲学流派,无论是主张"极高明而道中庸"、"道不离器"、"可离,非道也"的儒家,还是主张"和光同尘"的道家以及主张"担水劈柴,皆为妙道"的禅宗,都无一例外地属于典型的"情感体验型哲学"②。"不离器"就是"不离物"、"不离世",当然也就是"入世"。因此,所谓中国文化的"入世"与西方文化的"出世",更准确的说法应该是:中国文化乃是因其"致知"方式的高度即"物"性而"入世"的,西方文化乃是因其"致知"方式不同程度上的不即"物"性而"出世"的。

西方文化的不即"物"性,一方面固然会使其有脱离"人的切身体验"乃至"人的存在被遗忘"之嫌,但另一方面,它也因此而不易产生因即"物"太深而难以置身"物"外的"执滞"之病,进而,西方文化也就不会出现太多为应对此病所留下的印迹,因为既然原本就是不即的,当然也就无须再离。相反,即"物"的中国文化虽然最大限度地保留了"人的切身体验"并使"人的存在不仅没有被遗忘,而且被提到了极为重要的地位"③,但它同时又易于产生因即"物"太深而难以超然"物"外的"物累"之弊。因此,中国文化对"执中守正"的强调即应被视为该文化类型为自身所开启的免疫系统,以此抵消来自自体内部随时可能生成的弊端,以求长养超然"物"外的"浩然之气"。不过,"执中守正"虽带有一定程度上的离"物"倾向,但其最终目的却不在离"物",而是为了更好地即"物",正所谓"能胜物乃能利物"。亦如明人洪应明所言:"思入世而有为者,须先领得世外风光,否则无以脱垢浊之尘缘;思出世而无染者,须先谙尽世中滋味,否则无以持空寂之后苦趣。"④"脱垢浊"的过程就是使"性"或"明德"摆脱昏滞进而达到"知性"或"明明德"的过程,只有在这

---

① "一个世界(人生)"是李泽厚先生对中国古代文明基本特征的概括。所谓"一个世界(人生)",就是强调以此岸世界或"人间世界"为唯一真实的世界,这是一种典型的"人"本位世界观,与西方文明的"两个世界"观念有着本质的不同(参见李泽厚:《世纪新梦》,合肥:安徽文艺出版社,1998年,第10页)。

② 蒙培元:《中国哲学肢体思维》,北京:人民出版社,1993年,第56页。

③ 刘纲纪:《易学与当代美学的重建》,载朱伯崑主编:《国际易学研究》,北京:华夏出版社,1998年,第326页。

④ 洪应明著,张风点校:《菜根谭·应酬》,西安:三秦出版社,1988年,第14页。

一过程中,"性"或"明德"才恢复其能知、能明之本性,才会使"人的切身体验"变得可能。离"物"与即"物"的关系,在道家思想中就是"无为"与"无不为"的关系,即只有做到了"无为"才能"无不为":"为学者日益,为道者日损。损之又损之,以至于无为,无为而无不为。取天下常以无事,及其有事,不足以取天下。"①又是"静"与"明"的关系:"至虚极,守静笃,万物并作,吾以观其复。夫物芸芸,各复归其根。归根曰静。是谓复命。复命曰常。知常曰明"②、"圣人之静也,非曰静也善,故静也。万物无足以铙其心者,故静也。水静则明烛须眉,平中准,大匠取法焉。水静犹明,而况精神!"③在禅宗思想中,就是"定"与"慧"的关系,即有了"心"之"定"方能有"智"之"慧",所谓"由定生慧"以及"定是慧体,慧是定用"④强调地都是这一点。在儒家思想中,就是"中"与"和"的关系,即只有退而求其"喜怒哀乐"未发之"中"才能进而求其"发而皆中节"之"和":"有未发之中,始能有发而中节之和"⑤;又是"寂"与"感"的关系,"寂"与"感"事虽相反,实足以相成,即是说,人唯有保持一颗"感而能寂"乃至"常感常寂"之心,他才能为自己保留持续不断地获取真切笃实之"体知"的可能性,儒家所谓"寂然不动,感而遂通天下之故"⑥强调的正是这一话题。就此话题,俞孟宣先生的如下结论可谓深中肯綮:"惟有儒家,始终记挂着生民社会,对于他们来说,下'切己功夫'获得对自己生命根源的真切体验,目的是为了积聚起生命的能量,'养吾浩然之气',以便更自觉、有效地应对社会生活,即所谓'寂然不动,感而遂通','对内湛然澄明,对外应接万机'。"⑦每一次的"寂然不动"都是对"动"的一次自反,当然

---

① 王卡点校:《老子道德经河上公章句》第四十八章,北京:中华书局,1993年,第186~187页。

② 王卡点校:《老子道德经河上公章句》第十六章,北京:中华书局,1993年,第62~63页。

③ 《庄子·天道》,曹础基:《庄子浅注》,北京:中华书局,2000年,第184页。

④ 《坛经·定慧品第四》,李淼、郭俊峰主编:《佛经精华》,长春:时代文艺出版社,2001年,第188页。

⑤ 《明儒学案》卷十一,北京:中华书局,1985年,第181页。

⑥ 《周易·系辞上》,张善文注译:《周易》,广州:花城出版社,2001年,第282页。

⑦ 俞宣孟:《中西哲学的会通》,载俞宣孟、何锡蓉主编:《探根寻源——新一轮中西哲学比较研究论集》,上海:上海译文出版社,2005年,第33页。

也就是对生命的一次自新,故《大学》强调要"作新民"。所以,尽管历来人们对《大学》何以要强调"作新民"说法不一,但俞孟宣先生的如下说法显然更符合《大学》的本意:"学也要虚心,虚心需要'寂然不动',心中掏空了才能有容,中国哲学本身就是教人保持对生命过场中展现出来的新事物的敏感性,惟其如此,才有'周虽旧邦,其命惟新'之说。"①

可以说,正是中国文化的"入世"精神以及为突破由这一文化精神所带来的问题性,才使得"格物致知"这一语词在中国文化中的出现有了一定的必然性,其必然性就内在于中国文化亦即亦离、亦动亦静、不滞不遗、不常不断之"参两"显"中"的结构中。所谓"时行则行,时止则止;动静不失其时,其道光明"②以及"君子之道,或出或处,或语或默"③强调的是这一结构,所谓"彼语寂灭者,往而不反;徇生执着者,物而不化;二者虽有间矣,以言乎失道则均焉"④以及"六经、四书,圣人之糟粕也,始当靠之以寻道,终当弃之以寻真"⑤等等,强调的也都是这一结构。郭齐勇先生曾通过对帛书《五行》"德之行"的研究,进而将此结构准确地概括为"内收(形于内,心对身的'一')——外扩(流于外,心与身'和')——再内收外扩(通过仁之思、智之思,心与身进一步'和',心与体始,与体终,具体实践仁德、义德、礼德)——再内收(通过圣之思等,达到终极性的安乐,心对身的'独'及'舍体')——……"⑥如此精进不已,以至于无穷。明确了中国文化精神尤其是儒家"修身养性"("德之行")的这一进路,对于"格物致知"的曲解也就应该不会出现了,即不仅不会出现朱熹式的带有明显"知识论"取向的"格物致知"论,更不会出现近代以来国人误将西方科学意义上的"致知"统称为"格致"之学这样的事了。

---

① 俞宣孟:《中西哲学的会通》,载俞宣孟、何锡蓉主编:《探根寻源——新一轮中西哲学比较研究论集》,上海:上海译文出版社,2005年,第185页。
② 《周易·艮卦》,张善文注译:《周易》,广州:花城出版社,2001年,第217页。
③ 《周易·系辞上》,张善文注译:《周易》,广州:花城出版社,2001年,第276页。
④ 张载:《正蒙·太和》,王夫之:《张子正蒙注》,北京:中华书局,1973年,第6页。
⑤ 《明儒学案》卷四十四,北京:中华书局,1985年,1068页。
⑥ 郭齐勇:《中国哲学智慧的探索》,北京:中华书局,2008年,第64页。

后　　记

　　经过近半年的写作,终于写得"如是我言"近百条,我从中选出七十二条,每条加上标题,汇成一集。同时,又从我历年写的论文中选出两篇与"如是我言"主题相近的论文以附录的形式与"如是我言"编在一起,合为一个本子,并取名为"我本清净"。相较于"如是我言"而言,两篇论文的"切身"性显然要差一些,不过论文也有其自身的优势,即它可以将"如是我言"中的未尽之义以更全面、更丰富、更完整的方式表达出来。书稿虽然整理出来了,但我心里一点也不轻松,毕竟人生的"如我"之旅实在是太沉重了。我所庆幸的是,我的"如我"之旅中有那么多的微信好友,他们没有做我"如我"之旅的普通看客,而是做了积极的参与者。由于他们的参与与陪伴,我的"如我"之旅也就构成了人生的一道难得的风景线,"如我"之旅便不再是"如我"苦旅,而是人生的一个新起点。这些微信好友中,既有我的家人、朋友,也有我的老师、同学、学生,他们或点赞,或谈自己的感受,或提出自己的看法,使我受益匪浅,我要向他们表示由衷的感谢。这里,我特别要提到徐梦秋先生,梦秋先生既是我微信朋友圈的微友、学业上的师友,又是我饭桌上的饭友、球桌上的球友,《我本清净》正是在他的再三鼓励以及大力支持下才得以成功出版的,谨在此再次向他表示感谢。

　　好了,该到说本书最后一句话的时间了,这最后一句话依然是:让我们为人生开启一个"如我"的境域。

张和平
2015 年 6 月

图书在版编目(CIP)数据

我本清静/张和平著. —厦门：厦门大学出版社，2015.7
(凤凰树下随笔集)
ISBN 978-7-5615-5640-5

Ⅰ.①我… Ⅱ.①张… Ⅲ.①随笔－作品集－中国－当代 Ⅳ.①I267.1

中国版本图书馆 CIP 数据核字(2015)第 156724 号

官方合作网络销售商：

厦门大学出版社出版发行

(地址:厦门市软件园二期望海路39号　邮编:361008)
总 编 办 电话:0592-2182177　传真:0592-2181406
营销中心电话:0592-2184458　传真:0592-2181365
网址:http://www.xmupress.com
邮箱:xmup @ xmupress.com

厦门集大印刷厂印刷

2015年7月第1版　2015年7月第1次印刷
开本:720×1000　1/16　印张:15.25　插页:2
字数:228千字　印数:1～2 000 册
定价:34.00元
本书如有印装质量问题请直接寄承印厂调换